결코 가벼해질 수 없는
맑고 풍요로운 마음을 담아서,

양다솔

가난해지지 않는 마음

양다솔
에세이

가난해지지 않는

마음

양다솔을 만나고 온 밤엔 꼭 글을 쓰게 되었다. 양다솔과 친구가 아니었다면 결코 쓰지 못했을 문장들이 내 책엔 수두룩하다. 하지만 나의 문장으로는 그가 지나가듯 던진 농담 한 편조차 제대로 전할 수가 없다. 양다솔의 이야기는 반드시 양다솔의 기세 좋은 말씨로 들어야 한다. 난 오랫동안 기다려왔다. 양다솔이라는 기막힌 코미디언의 데뷔를 말이다. 이렇게 웃기고 고달프며 엉망으로 훌륭한 애를 나만 안다는 게 아까워서 발을 동동 구를 지경이었다. 드디어 완성된 그의 첫 책을 읽다가 방바닥을 쾅쾅 치면서 웃고 금세 셔츠 소매로 눈물을 훔친다. 책장을 덮으면서는 어김없이 고개를 절레절레 젓게 되는 것이다. 이토록 굉장한 희비극이라니. 이토록 궁상맞고 사치스러운 인생이라니. 내 절친의 오리지널리티에 탄복하지 않을 도리가 없다. 그의 가슴팍에 새겨진 소나무처럼 사계절 내내 씩씩한 마음을 이 책에서 본다. 양다솔이 진정으로 가난해질 일은 없을 것이다. 그런 사람이 쓰는 글은 언제고 이부자리를 벗어날 기운을 준다. **_이슬아** (작가, 헤엄 출판사 대표)

몇 번이나 나에게 당도했던 문장이 있다. "내가 갖고 있는 건 내가 선물했던 것이다." 한 친구는 이 문장 아래에 "내가 누구에게

'주는 것'만이 진정 '내 거'"라고 썼다. 이 문장에 따르면 양다솔은 모든 걸 가졌다. 다 주기 때문이다. 엄마에게 꼭 맞는 사랑을 주려고 아예 엄마의 엄마가 되어버리니까. 그렇게 친구의 친구가, 적의 적이, 양다솔의 양다솔이 되니까. 매번 그렇게 거뜬히 모든 것의 모든 것이 되니 그 마음이 가난해지기란 불가능하다. 당연하지만 양다솔은 요조의 요조가 되어주었던 적도 있다. 나는 그가 내게 보여준 요조를 만나던 순간을 잊을 수 없다. 양다솔은 나의 아이콘이다. 무슨 일이 있어도 양다솔처럼 살고 싶다.

_요조 (뮤지션, 작가)

양다솔의 글은 웃기고 이상하면서 다정하고 탄탄하다. 본투비 스탠드업 코미디언의 글솜씨에 숨을 들이마시고 별 걱정 없이 웃을 준비를 하다가도 어쩐지 품위가 느껴져 숙연하게 밑줄을 치게 된다. 누구보다 화려하게 차려입고 보이차를 내려 마시며 무심하게 왔냐고 묻고는 오늘도 끝내주게 재미있는 이야기로 좌중을 휘어잡는 그가 종종 부럽다. 익살스럽지만 끝내 기품을 잃지 않는 해학으로 동시대를 사는 양다솔이 내 친구라서, 이야기꾼이라서, 작가라서 정말 기쁘다.

_이길보라 (영화감독, 작가)

차례

1

수렵채집인의 후예

가난해지지 않는 마음

어떻게 그렇게 멋지게 사십니까!

누군가 SNS로 메시지를 보냈다. 된장국에 밥 말아 먹다가 혼자 빵 터졌다. 생판 모르는 사람이었다. 구구절절한 내용이었는데 요점은 이러했다. 어쩜 그렇게 행복한지, 어떻게 성공에 연연하지 않을 수 있는지, 어떻게 그렇게 용감할 수 있는지 묻고 있었다. 연재 메일링 프로젝트를 막 시작한 뒤였다. 이 사람 진심인가? 정말 나한테 보낸 게 맞는가? 나는 으레 전화가 잘못 걸려왔을 때처럼 답을 하지 말까 고민했다. 어디서부터 어떤 게 아니라고 말해야 할지 까마득했다. 혹시나 생각보다 많은 사람이 이렇게 생각하고 있을까 걱정이 됐다. 너무 멋져서 답장도 못 했구나 생각하면 어쩌나 싶었다. 밥알을 씹으며 한동안 고민하다가 질문보다 훨씬 긴 답장을 보냈다.

안녕하세요! 메시지 받고 조금 놀랐습니다. 저는 전혀 제 일을 즐겁게 하며 살아가고 있지 않습니다! 사실, 제가 하고 있는 것은 '일'조차 아닙니다! 글을 쓰는 것으로 사람들에게 공공연하게 돈을 받아본 것은 이번이 처음입니다! 그것은 심지어 시작조차 되지 않았고, 돈을 받은 만큼의 값어치를 할 수 있을지 증명조차 되지 않았습니다. 저는 두려움에 떨고 있습니다! 설명할 필요도 없이 그 외의 활동도 돈이 되는 일은 없습니다. 일종의 품이 많이 드는 동아리 활동 같은 것들이죠.

저는 현재 직업도 없습니다! 당장 다음 달부터, 먹고살 돈이 없습니다! 글을 쓰는 일이 행복한 적은…… 별로 없습니다! 삶에 글을 쓸 기회가 종종 있는 것은 정말 황송하고 감사합니다만, 그걸로 먹고살 수 있으리라고는 전혀 생각하지 않아요. 저에게는 그런 야망도 용기도 계획도 없습니다. 미래도 없고 성공에 대한 확신도 없습니다.

다만 저는 바보입니다. 어디서부터 뭘 해야 할지 전혀

모르겠습니다. 그저 지금 할 수 있는 일이 글을 연재하는 것이고 그래서 하는 것뿐입니다. 절벽 끝에 서 있길래 뛰어내리는 심정으로 해보는 것입니다. 그리고 친구들과 놀지 않는 삶은 너무 공허하고 심심하지 않습니까.

회사를 그만뒀다. 매일 울거나 무표정으로 다니던 회사였다. 아침이면 비상계단에서 준비운동을 하고, 맛있는 점심 도시락을 싸 가고, 퇴근 후에 설레는 약속을 잡아놓아도 버티기 힘든 회사였다. 사람들은 다가와서 조소 섞인 말투로 "매일 회사에서 스트레칭하죠?"라고 말하고 사라졌다. 마스크를 쓰고 일하게 됐을 때 답답함보다는 안도감이 앞섰다. 더는 억지로 웃음을 짓지 않아도 됐기 때문이다. 내일도, 내달도, 이듬해도 회사에 있을 생각을 하면 든든하기보다는 끔찍하다는 마음이 들었다. 밤 9시면 도시가 텅 비고, 자영업자들이 가게 문을 닫고, 무인매장이 늘어나고, 취준생의 취업이 어려워지고, 실업자는 늘어나고, 아이들이 학교에 가지 못할 때 나도 회사에 가는 것을 멈췄다.

"별 계획 없는데요"라는 말을 사람들은 믿지 않았다. 그만두겠다는 말을 달고 살던 사람들도 "일단 이것 좀 괜찮아지면……" 하고 말끝을 흐렸다. 모두가 가진 것을 꽉 쥐고 놓치지 않으려는 시기인 듯했다. 사람들은 어디 좋은 곳으로 이직을 하냐, 그것도 아니면 원대한 계획이 있냐고 물었다. 둘 다 아니었다. 그러면 고개를 갸우뚱하며 모아둔 돈이 있냐고도 물었다. 그것도 아니었다. 그럼 사람들은 토끼눈을 뜨고 이 대책 없는 친구는 대체 무슨 생각인가 하는 표정을 지었다. 그러다가 에이, 그냥 말을 안 하는 거겠지 하며 가자미눈을 떴다. 그러나 정말이지 숨겨진 비기 따위는 없었다.

엄마는 미쳤냐고 했다. 지금은 전시 상태라고, 인류에게 닥친 이 국제적 불황이 앞으로 얼마나 더 이어질지 모르는데 악착같이 붙어 있을 생각을 하지 않느냐고 타박했다. 그녀의 말이 구구절절 맞아서 내가 얼마나 어리석은 일을 했는지 알게 됐다. 나는 코로나의 한복판에서 직장을 때려치웠구나, 내가 큰 실수를 했구나, 그런 생각이 들었지만 왠지 안타깝지 않았다.

퇴직금은 상향된 전세 보증금에 넣었다. 남은 돈은 엄마에게 편지와 함께 건넸다. 나에게 시간을 달라고, 나를 믿어달라고 썼다. 나아지는 게 아무것도 없더라도, 결국 똑같은 일을 하게 되더라도, 이 시간 덕분에 후회하지 않을 수 있을 거라고 썼다. 편지를 꾹꾹 눌러쓰면서 그 말이 나에게 외는 주문 같기도 하다고 느꼈다. 하지만 뭘 해야 할지 알 수 없었다. 정말이지 아무것도 알 수 없었다. 내일이면 생각나겠지. 다음 달이면 생각나겠지. 그러면서 시간을 보냈다. 꼭 절벽 위에 서 있는 느낌이었다.

절벽 위에서도 시간은 잘만 갔다. 아침이면 느지막이 일어나 고양이들에게 밥을 주고 주전자에 물을 올렸다. 얼마 전까지는 헐레벌떡 일어나 세수도 못 하고 집을 뛰쳐나갔을 시간이었다. 덮고 잤던 이불을 바깥으로 들고 나가 햇볕에 널고 설거지를 하고 집 안을 쓸고 닦았다. 그즈음에 나의 아담한 거실은 노란 햇빛으로 가득 찼다. 크고 작은 식물이 가득해서 작은 온실에 있는 느낌이었다. 창문 밖으로는 빛을 쐬고 있는 향나무가 보였다. 바닥에는 중학교 때 다도를 시작한 후로 거의 매일 쓰고 있는 찻상과 찻주전자, 거름망과 집기들이 가지런히 놓여 있다. 벽에는 크고 작은 항아리가 줄지어 서 있다. 그 안에는 나보다 조금 어리거나 나와 비슷하거나 더 나이 든 보이차들이 숨 쉬고 있다. 보이차는 오랜 시간 숙성시킨 차라 금방이라도 대자연으로 돌아갈 것처럼 하나같이 짙은 흙색을 띠고 있다. 그런데 정작 우려보면 맛이 놀라울 정도로 가지각색이다. 심지어 같은 차도 어제의 오늘의 맛이 다르다. 날씨와 계절에 따라 사람의 컨디션이 다르고 세상의 풍경이 바뀌는 것과 같이.

나는 그날 마시고 싶은 차를 고르는 것으로 하루를 시작했다. 푹 익어서 딱딱하게 굳은 찻잎을 조심조심 떼어내고, 작은 저울을 꺼내 그램 수를 쟀다. 차와 어울리는 찻주전자를 골랐다. 나는 10년 이상 보이차를 마신 사람치고 차호(찻주전자)가 매우 적은 편에 속했다. 당장 마실 차를 사는 것만도 감당하기가 벅찼다. 무언가 크게 기념할 일이 있을 때만 차호를 들였다. 처음 차를 마시기 시작했을 때, 처음 집에서 정식으로 독립했을 때, 처음으로 취직했을 때, 그리고 마지막으로 퇴사를 기념하면서 장만한 것까지 꼭 네 개가 되었다. 만든 사람도 다르고, 원료와 재질도 다르고, 크기와 모양도 다른 네 개의 기념비가 찻상 위에서 서로 궁둥이를 붙이고 있다.

일어나자마자 물을 끓이는 것은 나의 오랜 습관이다. 약한 불에 달달 끓인 차는 오랫동안 살살 길들인 것처럼 온순하고 상냥하다. 첫 번째로 우려낸 차는 마시지 않는다. 지난한 여정을 겪어왔을 차를 한번 씻겨주는 과정이다. 깊이 잠자고 있는 친구를 깨우는 것이기도 하다. 첫 차는 물과 가까울 정도로 희고 약간 따듯한 색이다. 마치 '준비됐다'고 말하는 것 같다. 첫 차를 버리는 일은 없다. 찻잔을 가득 채우고, 유리 주전자와 차 붓에 부어 집기를 따듯하게 데운다. 차와 다도 기구 모두를 깨우는 일이다. 그렇게 쓴 첫 차를 큰 그릇에 모아두면 고양이가 오며 가며 핥아 마신다.

두 번째 우려낸 차부터 마신다. 보글보글 끓는 물을 차호에 넣고, 뚜껑을 닫은 뒤 그 위로 뜨거운 물을 골고루 부어준다. 차호 안과 밖의 온도 차를 줄여주면서 순환을 돕기 위해서다. 더불어 아주 예쁘기도 하다. 시원하게 샤워를 하는 차호는 유리알처럼 반짝반짝 빛이 난다. 마치 기다렸다는 듯 첫 차와 눈에 띄게 다른 선명한 황갈색의 차가 우러난다. 찻물 위로 하얗고 뽀얀 김이 회오리치듯 일어난다. 그것을 따뜻하게 데워놓은 찻잔에 따르고 딱 좋게 식었을 때 호로록 마신다. 아무 말도 하지 않고 아무것도 먹지 않고 차를 마시기 위해 하루의 첫입을 여는 일은 황홀하다. 메마른 입과 빈속에 뜨끈한 차가 천천히 흘러내려간다. 묵직한 따듯함이 깊은 곳까지 스며든다.

그렇게 몇 시간이고 차를 마셨다. 진한 흙색의 차가 투명하고 여린 주황색이 될 때까지. 두 마리 고양이가 어기적어기적 다가와 무릎이나 옆구리에 누워 늘어지게 잠을 자고 다시 일어나 떠날 때까지. 거실을 가득 채우던 아침의 쨍한 빛이 느직느직 자리를 옮겨 갈 때까지. 이보다 더 느릴 수 없게 호로록호로록 차를 마셨다. 그러면 바로 이것 때문에 일을 그만뒀구나 하는 생각이 들었다. 그러다 배가 살살 고플 때쯤이면 손가락을 배 위로 통통 튀겨가며 뭘 먹을까 궁리했다. 급한 것도 없고, 안 될 것도 없었다. 오늘 뭐 먹고 싶니! 다 해줄게. 나에게 말했다. 뚝딱 그릇을 비우고 산책을 갔다가 다음 끼니를 챙겨 먹고 나면 해가 지고 있었다.

일상은 비슷하게 계속되었다. 한동안은 책만 읽었다. 서점이나 도서관에 가서 마음에 드는 책을 발견하는 족족 집어 와서 쌓아놓고 야금야금 읽었다. 그러다 배고프면 맛있는 걸 해 먹었다. 고양이들과 뒹굴뒹굴하고, 늘어지게 낮잠을 자고, 영화를 보고, 뜨개질을 하고, 한강을 달리고, 등산을 했다. 일을 안 한다는, 돈을 안 번다는, 직장이 없다는, 미래가 없다는 사실 말고 모든 것이 평안했다. 마치 절벽 위에 텐트를 친 듯한 기분이 들었다. 아슬아슬하고 평화롭고 아찔하고 몹시 아름다웠다. 절벽에서 보이는 절경처럼.

봄이 되자 세상은 꽃피었다. 이렇게 꽃이 많았나 싶어 매일같이 꽃을 보러 산보를 다녔다. 도시락을 싸서 들판에 돗자리를 깔고앉아 한참 책을 읽었다. 빌라 앞에 있는 손바닥만 한 땅뙈기에 푸성귀를 심었다. 싹을 틔워보려고 씨앗도 샀다. 상추며 깻잎이며 쑥갓이나 겨자채며 바질도 심었다. 비 소식이 잦아서 물을 주지 않아도 알아서 쑥쑥 자랐다. 잘 자란 잎을 마당에서 바로 따와서 씻어다가 현미밥에 생양파와 두부, 된장을 곁들여 쌈 싸 먹는 재미가 쏠쏠했다. 연하고 신선하고 아삭거리는 맛이 꼭 잘 살고 있다는 기분이 들게 했다. 비건 지향인으로 산 지 2년이 넘었지만 야채에 밥을 싸 먹을 때면 세상에 내가 먹을 것이 별로 없다는 사실을 완전히 잊어버렸다.

사흘에 한 번씩 집 앞으로 수박이 도착했다. 여름이 왔다는 뜻이다. 냉장고에 시원한 수박이 없는 여름은 추방이다. 슬슬 봉숭아를 심을 시기가 다가온다. 나에게 여름이란 봉숭아 물을 들인 손끝이다. 손톱이 자라나서 빨간 봉숭아물이 위로 위로 올라가 결국 사라지는 것을 보는 것이 좋았다. 꼭 천천히 해가 지는 것 같았다. 봉숭아꽃이 필 때마다 따서 모아두었다가 '오늘인가?' 싶으면 돌절구에 백반을 넣고 꽃을 찧었다. 달이 통통하게 살찐 밤이었다. 손톱 위에 이겨진 꽃잎을 얹고 랩으로 싸고 실로 돌돌 감아 리본을 묶었다. 함께 물들일 사람이 있다면 금상첨화다. 지난해와 지지난해는 혼자서 열 손가락을 다 묶을 수 없어 이틀에 나눠 낑낑대며 물을 들였다. 다음 날이면 살인마처럼 손발이 빨갰다. 손톱 가득 빨간 석양이 타올랐다. 여름이 한창이었다.

팥빙수가 먹고 싶어서 인터넷으로 삶은 팥 통조림을 샀다. 작년에는 직접 팥을 사다 불려서 팥 앙금을 삶느라 고생을 했기 때문에 올해는 용의주도하게 인터넷으로 주문한 것이다. 팥 통조림은 업소용밖에 판매하지 않아 가장 작은 게 축구공만 했다. 집에서 팥빙수를 해 먹는 사람이 별로 없는 모양이었다. 빙수를 열 번도 더 해 먹어도 남을 것 같아서 먹을 만큼만 덜고 나머지는 나누기로 했다. 먹을 것과 나눌 것을 잘 소분해서 담고 당근마켓에 무료 나눔 글을 올렸다. 보존제가 들어가지 않은, 방금 개봉한 신선한 팥입니다, 하고 적었다. 그러자 어떤 사람이 지금 빵을 먹고 있던 참인데 발라 먹고 싶다고 나눔을 신청했다. 금방 사람들이 몰려들었다. 그중에 가장 절실해 보이는 두 명과 만나기로 했다. 수영을 하러 가는 길에 얼려둔 팥 봉지를 들고 나갔다. 땡볕에서 사람들이 내가 줄 팥을 기다리고 있었다. 팥이 든 봉지를 건네고 멀찍이서 인사를 주고받았다. 마스크 위로 눈꼬리가 휘어지는 것으로 보아 웃고 있는 것 같았다.

　냉동고에 꽝꽝 얼려둔 두유를 절구로 매우 쳐서 잘게 부쉈다. 거기에 팥 두둑이 덜고 시럽 조금과 콩가루를 아낌없이 부었다. 팥빙수는 누구도 빼앗을 수 없는 여름의 별미다. 두유로 만들어도 매우 맛있는데 아무도 그렇게 만들어 팔지 않아 직접 해 먹어야 한다. 얼얼하고 달큰하고 고소한 빙수가 입안에서 사르르 녹았다. 그릇 위로 숟가락이 정신없이 오갔다. 참 내, 벌써 몇 달째야. 시간은 쏜살같이 지나가고, 여전히 뭘 해야 할지 전혀 생각이 안 나네. 나는 생각했지만, 당장 앞에서 팥빙수가 녹아가고 있었다. 아무도 해치지 않는 팥빙수. 함께 나눠 먹는 팥빙수. 절벽에서 보이는 풍경은 오늘도 아름답고, 나는 시간이 갈수록 정말 이상하게도, 전혀 가난해지지 않는다.

가장 부르고 싶은 노래

절에서는 일어나서 가장 먼저 이불을 갠다. 바닥에 깔고 자는 요는 한 사람이 똑바로 누웠을 때 옆으로 한 뼘 정도가 남는 딱 1인용 크기다. 그것을 4등분 하여 접는다. 덮고 자는 이불은 조금 더 넓지만 어쨌든 별로 크지는 않은, 역시 1인용이다. 세로로 3등분, 가로로 3등분하여 접으면 요와 딱 맞는 사이즈로 접힌다. 행자는 뒤척이거나 굴러다니며 잘 수 없다는 것을 이불의 크기로 알 수 있다. 이불은 적당히 밝은 연두색이다. 아주 어둡지 않고, 너무 생기롭지도 않고, 무엇보다 삿된 생각이 들지 않는 색이다.

　새벽 4시에 일어났을 때 주변은 사뭇 어둡다. 정확히 말하면 가장 어둡다. 자기 전과 세상의 풍경에 거의 차이가 없다. 하늘엔 여전히 별이 쏟아질 듯 떠 있다. 그 시간에 가장 무거운 것은 눈꺼풀이다. 눈도 떠야 하고 동시에 이불도 개야 하는데, 그렇다고 막 개어선 안 된다. 앞서 설명했던 법도대로 정확히 각이 맞아야 한다. 그러니까 4시엔 이런 일이 일어난다. 쥐 죽은 듯 고요했던 커다란 숙소 안, 자로 잰 것처럼 줄을 맞추어 잠들어 있던 여든 명 정도의 사람들이 갑자기 일어나서 일사불란하게 이불을 개기 시작한다. 자세히 보면 눈을 감고 개는 사람도 있다. 스스 삭삭 하는 소리만이 큰 방 안에 울려 퍼진다. 그래도 각은 정확하다.

　그렇게 개는 데에 40초 정도면 충분하다. 이불을 다 개면 옷을 입는다. 행자들은 보통 머리맡에 법복을 가지런히 개어두고 잔다. 법복은 절에서 스님과 행자들이 입는 옷으로, 밝은 회색이고 상의와 하의가 있다. 원단이나 두께에 차이가 있을 뿐 몸의 실루엣이 보이지 않는 디자인이라는 것과 피부를 모두 가리는 긴팔 긴바지라는 사실은 같다. 여름엔 놀라울 정도로 덥고 겨울엔 놀라울 정도로 추운 이상한 옷이다. 입는 방법, 개는 방법 모두에 정확한 법도가 있음은 물론이다. 보통 안에 받쳐 입을 흰색이나 회색 티셔츠와 속

바지 차림으로 잠이 들고, 일어나자마자 개어둔 법복을 입는다. 숙련된 행자라면 이것도 40초 안에 가능하다. 옷을 다입고 나면 갠 이불을 옆구리에 끼고 2층 다락방으로 올라간다. 무릎을 약간 굽혀야 서 있을 수 있는 다락방의 양옆에는 키 작은 사물함이 줄지어 늘어서 있다.

사물함은 조금 큰 여행용 가방 정도의 크기다. 그 안에 모든 살림살이를 다 넣어야 한다. 많이 가질 수 없다는 뜻이다. 사물함과 천장 사이에는 약간의 공간이 있는데 그곳에 이불을 올려둔다. 아무 데나 올려선 안 되고, 사기 사물함 위에 올려야 한다. 그래야 그 사람의 이불이라는 것을 알 수 있기 때문이다. 불시에 법사님이 들이닥쳐 사물함과 이부자리의 모양새를 점검하기도 한다. 각이 잡혀 있지 않거나 정돈되지 않은 사물함은 행자됨에 어긋나 꾸지람을 듣는다. 내 사물함은 언제나 타의 모범으로 꼽혔다. 태어나기를 최대주의자인 내가 절에 갔다고 해서 비울 수 있을 리는 만무했다. 사람들은 옷 넣기만도 바쁜데 나는 차 항아리만 여섯 개였다. 어떻게 가진 공간 안에서 최대한의 수납을 이뤄낼 수 있을까만 고민했다. 매일 배치를 바꿨는데 주객이 전도되긴 했지만 나름의 쾌감이 있었다. 들어가기만 하고 나오는 것이 없는 경이로운 사물함으로 불렸다.

모든 행자의 통일된 동선은 거기까지다. 이후에는 걸

어서 왕복 10분 정도가 걸리는 샤워실로 등산을 하듯이 올라가서 굳이 세수를 하여 눈곱을 떼는 사람도 있고, 특히 결벽이 있는 사람은 이를 닦기도 했는데 그 부분은 존경을 보낸다. 기도 주머니를 들고 먼저 대웅전에 올라가 일찍 자리에 앉는 사람도 있다. 자세히 보면 눈을 감고 있다. 그때도 당연히 지정된 자리에 앉아야 한다. 예불은 물론이며 잠자는 자리와 밥 먹는 자리까지 모두 지정되어 있다. 절에는 행자 말고도 스님, 법사단, 상주대중(상근자), 신도들이 있다. 행자는 언제나 끄트머리에 앉게 된다. 태어난 나이와 상관없이 출가를 먼저 한 사람 순으로 상석에 앉는다. 또 한 가지 규칙은 바로 묵언이다. 행자는 일어나서 새벽예불의 첫 염불을 입에 담을 때까지 다른 말을 해서는 안 된다.

　나의 경우 조금 특이한데, 나는 절에 가서까지 파자마를 입는 습관을 감히 버리지 않았다. 나는 순면으로 만들어진 무인양품 파자마 세트를 입고 잠들었으며 누구보다 빠르게 이불을 개고 올라가 2층 다락방에서 법복으로 갈아입었다. 잠옷 안쪽에는 '○○기 양다솔'이라는 이름표가 바느질되어 있었다. 절에서 법복 외에 다른 옷을 입으려면 용기와 성실함이 필요하다. 대부분이 일할 때 입는 작업복 말고 다른 옷은 거의 입지 않는다. 세탁기가 없기 때문이다. 모두 손빨래를 해야 한다. 빨래를 할 시간도 많지 않거니와 빨래를 너는 일에도 법도가 있다. 누가 보아도 행자가 넌 빨래라는 것이 보여야 한다.

그곳은 경북의 한 깊은 돌산에 있었다. 높고 가파르며 외지고 그늘진 곳이었다. 감자를 하나 심을래도 수십 명이 며칠은 돌을 골라내야 했다. 항상 백 명 정도가 상주하고 있는데도 붐비지 않을 만큼 넓은 도량이었다. 겨울이면 살이 떨리게 추웠고 여름엔 거의 덥지 않았다. 평지는 거의 없고 오르막 아니면 내리막만 있었다. 덕분에 모두가 등산화를 신고 다녀야 했다. 도량은 오르막길을 따라 드문드문 넓게 퍼져 있고 가장 높은 곳에 불상이 모셔진 대웅전이 있었다. 그곳에서 가장 중요한 새벽예불과 저녁예불 등이 이루어졌다. 대웅전 바로 아래에는 행자들이 공부하고 잠을 자는 숙소 두 채가 나란히 서 있었다. 그곳은 너무 높아서 구름이 내려다보였다. 해는 당장이라도 손에 닿을 듯이 크게 떠올랐다. 커다랗게 펼쳐진 하늘에 가려지는 것이 아무것도 없었다. 해가 뜨고 지는 모습이 비현실적으로 아름다웠다. 그런 것은 어릴 때 할아버지 집에 걸린 달력에서밖에 본 적이 없었다.

바로 거기에 반해서 그곳에서 살기로 했다. 딸이 웬만한 어른보다 늙은 영혼을 가졌다고 확신한 아빠가 어느 날 그곳에서 진행하는 4박 5일 프로그램에 주민등록번호를 바꿔서 보낸 게 화근이었다. 매일같이 이런 풍경을 본다면 얼마나 좋을까, 하고 생각하며 여긴 참 좋네요, 라고 말하자 스님이 일 없으면 오라고 했다. 당시 열일곱 살이었던 나는 그 제안을 말 그대로 덥석 물었는데, 나중에 알고 보니 그곳은 성인만 갈 수 있었다. 아무도 내가 10대라는 것을 눈치채지 못했다. 10대에 그곳의 행자가 된 사람은 내가 처음이었다.

행자의 일과를 요약하자면 이렇다. 하루의 가장 중요한 의식으로는 새벽예불과 발우공양, 저녁예불이 있다. 새벽, 아침, 저녁에는 각각 한 시간씩 간단한 소임을 하는 노동 시간이 있고 그 외에도 오전과 오후에 본격적인 노동인 울력이 진행된다. 이어서 저녁엔 두 시간 정도 공부를 하고 밤 11시쯤 취침한다. 컨셉은 주경야독인데, 사실 할 일은 많고 쉬는 시간은 없다는 뜻이다. 저녁 즈음 유일한 40분의 자유시간이 있다. 그때가 씻고 빨래할 수 있는 유일한 시간이다. 샤워실에는 빨랫비누와 EM°액, 식초만 있었다. 빨랫비누로 머리를 감고 식초로 헹구는 일은 그곳의 일과 중에서 그나마 적응하기 쉬운 편에 속했다. 절에 사는 사람들이 삭발을 하는 이유를 통찰할 수 있다.

---

o   유익한 미생물을 조합, 배양해 친환경적인 항균 효과를 내는 용액.

오후 2시쯤 되면 아침의 일이 마치 어제 일처럼 느껴졌다. 저녁에 공부하는 시간이 되면 깨어 있는 사람이 더 드물었다. 사람은 머리가 어디 닿기만 하면 어떤 자세로도 잠이들 수 있다는 것을 체득했다. 불면증이 있었던 사람들도 단박에 완치되었다. 그 와중에도 행자가 하지 말아야 할 것은정말 많았는데, 심지어 마흔 개의 전통적인 계율이 있었다. 낮잠을 자서는 안 되고, 간식을 먹어서도 안 되며, 덥다고손부채질을 해서도 안 됐다. 살생을 하면 안 되니 식단은 무조건 비건이었고 오신채°°도 먹을 수 없었다. 영화나 게임은구경도 할 수 없었고 한동안은 외부와 연락도 안 됐다. 담배, 술, 커피, 섹스는 말할 것도 없다.

그렇다면 사람에게 남는 낙이란 게 무엇이 있을까? 잠도 부족하고 항상 배가 고프며 할 일은 많고 쉬지 못하며놀지도 못하고 아무것도 하고 싶은 대로 하지 못하면 어떻게 될까? 하여튼 그것은 에너지 넘치는 열일곱 살에게 매우혹독한 삶이었다. 하루하루 살아 있는 것 자체가 힘들었다. 하지만 그 속에서도 사람들이 가장 힘들어했던 것은 놀랍게도 '혼자 있지 못하는 것'이었다. 그 어디에도 혼자 있을

°° 자극성이 있는 다섯 가지 채소류. 불교에서는 마늘, 달래, 무릇, 김장파, 실파를 가리키는데, 음욕과 분노를 불러일으키는 음식이라고 하여 금식한다.

만한 공간이 없었다. 울거나, 쉬거나, 멍을 때릴 수도 없었다. 사람들은 외로움을 그리워했다. 불면의 밤들을, 낭비하던 시간을, 흥청망청 보내던 일상을.

그곳의 사람들은 언제나 스트레스가 터지기 일보 직전의 상태였다. 웬만한 사람도 지조나 품위를 지키기 어려웠다. 서로에게 화풀이를 하거나 그것도 아니면 정분이 났다. 남자와 여자, 남자와 남자, 여자와 여자. 모든 감정이 들끓었다. 몰래 야반도주를 하는 사람들도 있었다. 나이가 어리거나 많다고 나을 것이 아무것도 없었다. 서로가 서로에게 아주 무자비해졌다. 얼마 안 가서 그 사람의 바닥을 볼 수 있었다.

나로 말할 것 같으면 그들의 미움을 한 몸에 받았다. 그때를 떠올리면 방송실이나 창고에 혼자 처박혀서 자던 기억이 난다. 나는 방송부 일을 제일 좋아했다. 큰 절에는 엄청난 방송 시설이 있었다. 가끔 참여 인원이 5백 명이 넘는 행사가 진행되기도 해서 그에 걸맞은 조명과 음향 장비가 필요했다. 나는 젊어서 기계 친화적이라는 이유로 매번 뻔뻔하게 그 일에 자원했다. 땀 흘릴 일도 없고 사람들과 부대낄 일도 없었기에 모두가 하고 싶어 하는 일이었다. 몇 천만 원을 호가하는 커다란 장비가 가득한 방송실은 독립되어 있었고 아늑하고 따뜻했다. 나는 항상 배고프고 졸렸다.

일을 분담할 때 가장 쉽고 표가 나는 일에 손을 들었다. 한마디로 자기밖에 모르는 철딱서니 없는 애였다. 내가 하지 않으면 자연스럽게 남이 해야 할 일이 되었으므로 사람들이 나를 싫어할 이유는 분명했다.

다 같이 일을 할 때도 나는 조용히 사라졌다. 땡볕에서 농사일을 하다가 숲속으로 숨어들어 풀밭에 잠깐 눕는다는 게 그대로 잠들어 밤에 깨는 식이었다. 일은 모두 끝나 있었고 주변엔 아무도 없었다. 나를 찾는 사람도 없었다. 모두가 배고픔에 허덕이는 곳에서 가장 어린 애가 온갖 유약한 척을 하며 커다란 보온병에 차를 싸 들고 다니는 것도 미움받는 데 한몫했다. 유난스럽고 얄밉고 별스러웠을 것이다. 사랑스러운 막내 역할은 나 다음으로 나이가 어렸던 사람이 맡았다. 나를 보면 사람들은 하나같이 혀를 찼다. 사회생활은 절대 못 할 것 같으니 평생 절에 있으라고들 말했다. 10년이나 20년은 썩어야 바뀔 거라고 말했다. 큰스님은 아침마다 공동체 구성원 전체가 모이는 자리에서 큰 소리로 나를 앞에 불러 세웠다.

"니는 인간이 아니다. 누가 너 같은 애랑 상종을 하겠누." 스님은 불같이 화를 내며 나를 꾸짖었다. 절에서 스님의 존재는 엄청난 의미다. 그의 말이 곧 법이고 누구도 대들지 못한다. 다 큰 어른들도 스님께 꾸지람 한번 들으면 상처

받고 울고불고하며 집에 가겠다고 했다. 나는 하루걸러 하루씩 앞으로 불려 나가 보기 딱할 정도로 망신을 당했다. 아마 그 사실을 뒷산의 동물들도 다 알 거다. 나는 죄송합니다, 하고 고개를 숙이고 들어갔다가 다음 날 아침에 또 불려 나가 혼이 났다. 달리 갈 곳이 없었다. 어딜 가도 괴롭기는 마찬가지였다. 어느 날부터인가 스님은 한참 혼을 내고 나서 '그래도 쟤는 어찌 된 게 집에 간다는 소리는 안 하네' 하고 덧붙였다. 맷집 하나는 끝내주게 세졌다. 그렇게 절에서 2년을 살았다.

누군가 시켜서 그곳에서 살았더라면 지옥이나 다름없었을 것이다. 문제는 모두가 그곳에 제 발로 찾아왔다는 것에 있었다. 모두에게 무시와 미움을 받고, 하루가 다르게 공개적으로 창피를 당했지만, 나는 어느 때보다도 안전하다고 느꼈다. 우리가 다른 누구도 아닌 스스로를 위해 거기에 왔다는 전제 덕분이었다. 누군가에게 화가 나고 짜증이 나고 원망스럽다면, 그 이유가 타당하고 분명하다면 우리는 그것이 당연한 감정이라고 간주한다. 하지만 그곳에서는 아니었다.

행자에게는 한 줄의 명심문이 있다. '네, 하고 합니다'다. 그것으로 내가 가진 의지를 내려놓는 연습, 내가 아닌 존재로 살아보는 연습을 했다. 지금까지 살아온 내가 아닌,

다른 나를 만들기 위해서였다. 불교의 법은 모든 것이 나로
부터 나아가 나에게로 돌아온다고 믿는다. 그곳에서 싫은
상대를 만난다면 그는 원수가 아니라 나를 돌아볼 수 있게
해주는 불보살, 즉 은인으로 불렀다. 거기서부터 시작해 자
신의 마음이 어떤 식으로 움직이는지, 어떤 습관에 지배받
는지 살펴보아야 했다. 내가 행동을 바꿔야 한다면 누가 나
를 싫어해서가 아닌 바로 나를 위해서여야 했다. '사람들은
왜 나를 싫어하지?'에서 '나는 왜 이 행동을 하고 싶지?'로
질문이 바뀌는 데는 꼬박 2년이 걸렸다. 그곳에서 '그냥' 살
기에는 너무나 고통스러웠다. 내가 왜 여기 있는지 매 순간
기억해야 했다.

행자는 누가 보지 않아도, 누가 시키지 않아도 매 순간
자신에게 증명해야 했다. 행동 하나에 마음을 담아야 했다.
그래서 이불을 반듯이 접고 매무새를 단정히 하고 빨래를
예쁘게 널고 마음을 다해 마당을 쓸고 밥을 하고 씨앗을 심
고 예불을 외고 절을 하고 낮잠을 참아내고 배고픔을 견뎌
내는 것이었다. 거기 있는 모두가 수행자라서 가능했던 일
이다. 그러니까 만인의 불보살이자 아주 괴상한 인물인 나
에게 그곳은 가장 안전한 도망처이자 가장 훌륭한 연습 공
간이었던 것이다.

그래서 이 얘기를 왜 하기 시작했냐면 누군가가 나에

게 '18번이 뭐예요?'라고 물은 것이다. 한참 대답을 망설였다. 처음엔 없다고 생각했다.

　도량석 소임을 맡은 행자는 사람들보다 15분 먼저 일어난다. 모두가 꿈속의 끝자락을 헤엄칠 때 도량석은 일어나 소리 없이 이불을 갠다. 옷을 갖춰 입고 나가서 절에서 가장 큰 목탁을 든다. 그 목탁은 사람의 얼굴을 두 개 합친 것만 하다. 그러고는 대웅전 앞마당 중앙에 서서 때를 기다린다. 나는 기다리는 동안 대웅전 마당에 대자로 누워 하늘에 뜬 별을 헤아리기를 좋아했다. 그 후로도 그때만큼의 별은 본 적이 없다.

　그리고 어느 순간 수박을 깨듯이 있는 힘껏 목탁을 내려친다. 처음엔 크게 시작해서 아주 작게, 아주 작은 데서부터 다시 크게. 새벽의 적막을 깨는 첫 소리가 바로 도량석의 목탁이다. 사람들은 그 소리에 일어나 이불을 갠다. 산속의 새도 나무도 다람쥐도 고라니도 깨어나 하루를 시작한다. 그러면 마치 세상의 시작을 내가 알리기라도 한 듯한 기분이 들었다. 도량석은 사람들이 일어난 뒤에도 도량 전체를 돌아다니며 염불을 왼다. 숙련된 도량석이라면 정확히 15분 내에 모든 염불을 마칠 수 있다. 그즈음 종송을 하는 사람이 일어나서 준비를 마치고 대웅전 왼쪽 모서리에 있는 종 앞에 앉아 도량석이 주는 큐 사인을 기다린다. 도량에 울리는 목탁 소리가 멈출 때까지. 그리고 도량석의 염불이 끝나는 동시에 종송이 다음을 이어받는다.

목탁과 종을 치며 예불을 이끌어나가는 모든 의식을 집전이라 한다. 절에서 목탁을 쥐고 종을 친다는 것은 행자가 가질 수 있는 영예 중 하나다. 한국의 염불은 그냥 들어서는 그 뜻을 도저히 알아들을 수 없다. 인도에서 시작된 염불을 중국어로 번역하고 그것을 다시 소리 나는 대로 한국어로 바꾼 것이라 그 과정에서 정체불명의 언어가 된 것이다. 하지만 나는 어릴 때부터 암기 하나는 자신이 있었다. 보통 행자들이 2주 동안 외울 것을 3일 만에 외웠다. 밤낮으로 목탁과 종을 연습했다. 툭 치면 몇 시간 분량의 염불을 줄줄 욀 수 있었다.

사실을 말하자면 어렸을 때부터 내 목소리가 꽤 멋지다고 생각했다. 힘 있는 저음에, 발음은 시원하면서도 카랑하고, 성량도 훌륭하며 어딘가 근엄하다고 생각했다. 물론 나 빼곤 아무도 그렇게 생각하지 않았다. 10대 시절 내내 이상한 성격으로 어디를 가나 미움을 받아서 보여줄 일이 없었기 때문이다. 절은 그 목소리를 처음으로 마음껏 써보았던 곳이었다. 온 마음을 다해 목소리를 길어올렸다. 청아하고 영험한 소리가 법당 가득 울려 퍼졌다. 내 목소리가 할 수 있는 가장 멋진 일이라고 생각했다. 그 생각은 지금도 여

전하다. 세상을 깨우고, 나를 훌쩍 넘어서는 넓고 큰 뜻을
마음에 새겼다. 나를 위해서, 그곳에 있는 만물을 위해서.
그래서 그것이 나의 18번이라고, 내가 가장 부르고 싶은 노
래라고 나는 답하고 싶었던 것이다.

일력

다도 세트, 고양이 두 마리, 돌침대 그리고 벤저민 나무. 이사를 앞두고 나에게 가장 중요한 것들을 꼽아보았다. 이것을 제외한 나머지 짐을 줄이는 것이 관건이랬다. 경험이 좀 있는 사람이라면 골치 아픈 이사가 될 것을 벌써 예상했을 터다. 나에겐 가장 소중한 이 네 가지에 놀랍도록 아무런 감흥이 없는 이도 있으리라. 한 가지 분명한 건 여자 혼자 사는 집에 있을 것이라 기대되지는 않는다. 부천의 다세대주택 16평에 있는 내 짐은 4인 가구의 규모라 해도 과언이 아니었다. 혼자 4년을 살면서 야금야금 살림을 늘려간 결과였다. 따로 단프라 박스를 구입해서 자잘한 짐을 직접 포장하는 반+포장이사를 감행했음에도 이사 견적은 백만 원을 훌쩍 웃돌았다. 처음 살 때부터 시원치 않았던 중고 세탁기는 그냥 없이 간다고 쳐도, 고장 난 냉장고는 다시 마련해야 했다. 거기에 부동산 중개비, 전세금 대출 보증보험료 등이 더해지니 합이 엄청났다.

복스럽게도 1년여 만의 폭설이 찾아온 날, 나는 저 네 가지를 비호하며 이사를 강행했다. 전날 밤 가장 아끼는 차를 꺼내 우려 마시며 정든 집과 작별 의식을 하고, 찻주전자와 찻잔을 뽀독뽀독 닦아 뽁뽁이로 싸두었다. 1인용 돌침대와 1제곱미터 크기의 벤저민 나무가 있음을 이삿짐센터에 미리 일러두고 추가 금액은 15만 원으로 쇼부를 봐둔 상태였으며, 아주 객관적인 통계에 의거하여 우리 고양이들이 가장 좋아하는 이모(친구)를 고양이 담당으로 섭외해놓기도 했다. 몇 개월간 회사와 부동산을 오가며 저녁마다 집을 보러 다니고, 돈을 꿔 전세 계약금 5퍼센트를 현금으로 마련하고, 주말마다 집을 단장하고 집 보러 오는 사람들을 맞이하고, 반차를 몇 번이고 내가면서 대출 심사를 받고, 이사 비용을 마련하는 이 모든 과정을 혼자 겪으며 깨달은 것은 명료했다. 가난한 솔로 여성에게 이사란 명을 축내는 일이

구나. 이사를 자주 하지 않는 삶이 곧 행복한 삶이라고 해도 과언이 아니구나. 이사 비용을 갚는 데는 그 후로도 꼬박 1년이 걸렸다.

　나는 언뜻 해낸 것처럼 보였다. 폐업한 베이커리에서 구입한 중고 냉장고가 부엌으로 옮겨졌고, 돌침대가 깨지지 않고 침실에 안착했으며, 일생일대의 혼란을 겪은 나의 고양이들이 믿음직한 친구의 품에 안겨 흥분을 식히고 있었다. 네 명의 장정이 욕지거리를 하며 들어 옮겨야 했던 벤저민 나무는 헤어스타일이 좀 엉망이었을 뿐 그 기품은 여전했다. 중요한 것들의 생존 여부를 확인한 뒤 가장 먼저 한 일은 전기 포트를 찾아 물을 올리는 것이었다. 새로운 집 거실에 성처럼 쌓인 단프라 박스들을 온 힘을 다해 밀어내고 그 사이에 찻상을 폈다. 그러고는 뽁뽁이에서 차 도구들을 하나하나 벗겨내기 시작했다. 일을 마치고 온 엄마, 이모, 친구들이 찻상을 두고 동그랗게 모여 앉았다. 그리고 새로운 집에서 마시는 첫 번째 차를 우렸다. 각자의 앞에 무사히 도착한 찻잔에 갓 우린 따듯한 차가 채워졌다. 온몸이 녹초였으나 동시에 깊은 곳에서 전혀 다른 힘이 솟아오르고 있음을 느꼈다. 난생처음이었다. 꿈만 같았다. 두근대는 가슴을 진정시켜야 했다.

　10대 시절을 되돌아보면 가장 먼저 인천과 서울을 오

가는 빨간 버스에서 졸던 장면이 떠오른다. 인천에서 서울 사이를 오가는 데 한 시간 정도 걸리는 광역버스가 있었다. 그 시절엔 유난히 아침잠이 많아서, 아침마다 비몽사몽한 상태로 버스에 타서는 자리에 앉자마자 곯아떨어졌다. 겨우 정신을 차리면 창밖으로 익숙한 동네 풍경이 스쳐갔다. 헐레벌떡 일어나 운전석으로 달려가서 "아저씨! 저 졸다가 한 바퀴 돌았어요!"라고 말하고 다시 자리에 앉는 일이 허다했다. 배차 간격이 너무 길어서 정류장 앞 편의점에서 컵라면을 먹다가 갑자기 버스가 오는 바람에 컵라면을 그대로 든 채로 버스에 탄 적도 있다. 버스에서 성추행을 당한 적도 있고, 헤어진 연인을 마주친 적도 있다. 하여튼 그마저도 버스가 끊겨버리면 집에 돌아갈 방법이 없다. 밤 11시면 어디에 있든 빨간 버스를 잡아타야 하는 저주받은 운명이었다. 빨간 버스 신데렐라로서 서울을 방황하던 내가 겪은 아쉬움과 용기, 설렘은 다 열거할 수도 없다. 빨간 버스는 나와 서울을 연결하는 동시에 내 생을 나르는 버스였던 것이다.

　　매일 왕복 두 시간을 길에서 보내며 서울로 왔다. 구석구석을 내 동네인 양 쏘다녔다. 무엇이든 새롭고 반짝이는 것들로 가득한 이 동네에서 아침을 맞이하는 기분은 어떨까, 집에 돌아갈 걱정 없이 서울의 밤거리를 다닐 수 있다면, 세수도 안 한 얼굴로 한강을 산책할 수 있다면 어떨까 상상했다. 그렇게 인천과 부천을 침실로 하고 서울을 거실 삼기를 25년, 내가 서울 그것도 한복판인 마포구에 적을 두게 된 것이다. 1억이 넘는 어마어마한 액수와 내 이름 석 자를 나란히 적은 대대적인 일이기도 했다. 진짜 '사회인'이 된 기분이었다. 나, 양다솔. 억대 빚을 진 여자. 시니컬하게 "화장실 빼고 다 은행 거야" 하며 웃음을 흘리는 여자가 된 것이었다.

이런 팔자에도 없는 전개는 절반은 회사, 절반은 나라의 덕이었다. 집에서 회사까지는 왕복 세 시간이 넘게 걸렸다. 해 뜨기 전에 집을 나서 만원 버스와 만원 지하철을 세 번 갈아타야 회사에 도착할 수 있었고 같은 방식으로 해가 다 진 후에야 집에 돌아올 수 있었다. 아침은커녕 저녁을 먹을 힘조차 남아 있지 않았다. 서울의 집값은 쳐다볼 수 있는 나무가 아니었고, 나처럼 벌이가 적은 사회초년생에게 몇천만 원의 보증금을 턱턱 빌려주는 은행은 존재하지 않았다. 그때 다니던 회사가 중소기업이었고, 때마침 정부에서 중소기업청년전세자금대출 제도를 만든 것이 화근이었다.

그렇게 결심을 굳힌다. 회사에서 이를 악물고 버티기로. 대기업의 현모양처가 되었다는 마음으로, 혹은 나라의 부름을 받고 입대한 자의 마음으로, 귀를 막고, 입을 막고, 눈을 감고 딱 2년만 버티기로 다짐한다. 까닭은 간단했다.

당장 내후년에 집에서 쫓겨날 생각이 아니라면 회사에 꼭 붙어 있어야 했다. 상황이 이렇게 되니 회사는 단순한 일터가 아니었다. 묻지도 따지지도 않고 살아남아야 하는 곳이 되었다.

노동운동에 청춘을 바치고, 삶의 대부분을 노동으로 보낸 나의 어머니 김한영 여사는, 내가 진로를 고민할 때마다 이렇게 말하곤 했다. "걱정할 것 없어. 공장에 취직해!" 그녀의 말에 따르면 생산만큼 숭고한 노동은 없다. 실제로 무에서 유를 창조하는 것은 사람의 손밖에 없다는 것이다. 그런 의미에서 공장은 어떤 노동보다 정직하고 뜻깊다. 그러나 나는 그 말을 들을 때마다 끔찍한 기분에 사로잡혔다. 평생을 공장에서 일하는 내 모습은 상상하고 싶지도 않았고, 다른 누구도 아닌 어머니가 나의 가능성을 그 정도로 평가한다는 것이 무척 슬펐다.

그런 그녀는 평생 공장에서 일하며 모아온 목돈을 나에게 건네기에 이른다. 나는 그 말도 안 되는 돈이 내 눈앞에서 사라지기라도 할까 봐 덥석 받아버리고 말았다. 그녀는 말했다. "마음 붙일 곳 하나 없는 세상에서, 네 집만은 네가 돌아와 푹 쉴 수 있는 곳이었으면 해." 그리고 정말 그녀의 말대로 되었다. 그 돈은 넉넉한 삶의 공간이 되었다. 아침이면 볕을 받을 수 있고, 창문을 열어 바람을 맞을 수 있으며, 고양이와 내가 부족함 없이 굴러다닐 수 있는 공간이 되었다. 어떤 일을 겪어도 돌아갈 수 있는 곳이 되었다. 처음엔 그 돈이 어떤 의미인지 실감할 수 없었다. 일한 만큼 받거나 받은 돈보다 더 일하는 것 외에는 잘 알지 못하고 알 생각도 없는 김한영 여사가 그 돈을 모으기 위해 얼마만큼의 시간을 들였을지. 아니, 어쩌면 나의 어머니에겐 수학 공식만큼 분명할지도 몰랐다. 10년. 적어도 그랬을 것이다. 그녀의 육십 인생에서 적어도 10년을 나에게 준 것이었다. 정작 당신은 평생 누구에게도 받은 적 없는 시간을 나에게 준 것이었다. 그리고 그 시간은 내가 월세를 내느라 덜 허덕이게 하고, 조금은 사고 싶은 것들을 사고, 삶에 너무 지치지 않을 수 있는 여유를 주었다.

　스스로를 먹이고 살리는 일은 무엇이든 숭고하다. 그러나 회사에 다니는 일은 끔찍했다. 단언컨대 나는 좋은 직원이 아니었다. 나는 지각을 일삼았다. 마치 왈츠의 리듬에 몸을 맡긴 듯했다. 왈츠가 뚠 딴딴, 뚠 딴딴이라면 뚠이 정시출근이었고 딴딴이 지각이었다. 이를 본 선배는 미니 드라이기를 구입하여 회사에 두면 화장실에서 머리를 말릴 수 있으니 준비 시간이 절약될 거라고 친절히 조언해주었다. 그러나 나는 이미 회사에서 세수를 하고 있었다. 내 얼굴에는 입사 1일 차 신입부터 대표까지 바로 알아볼 수 있는 문장이 써 있는 듯했다. '돈 벌러 왔습니다만.' 동료들은 내가 일을 잘할 생각이 없다는 걸 귀신같이 알아보았고, 그 것이 사실이었기 때문에 나는 어떤 부정도 하지 않았다. 나 의 상사들은 줄곧 '밀레니얼 세대와 소통하는 법', '열심히 일하는 직원은 가고, 밀레니얼 세대가 왔다' 같은 제목의 책 을 읽었다. 나는 감히 '받은 만큼만 일하는 직원'이 되겠다 는 원대한 꿈을 품었고, 긴 시간의 시도와 노력 끝에 그것이 환상에 불과하다는 것을 깨달았다.

그곳에서의 시간은 잔인할 정도로 허망하고 찐득하게 흘렀다. 시간이 흐를수록 내 몸과 마음은 서서히 그리고 명 확히 바래갔다. 내가 할 수 있었던 유일한 일은 점심 도시락 을 싸는 것이었다. 맛있는 점심을 먹는 것이 세상에서 제일 중요한 일이라도 되는 듯이, 매일 점심을 먹기 위해 태어난 사람이라도 되는 듯이 도시락을 쌌다. 얼마가 드는지는 중 요하지 않았다. 예쁜 도시락통이라면 가격표도 보지 않고 구입했다. 3단 도시락이 기본이었고 가끔 5단에서 7단이 되 기도 했으며 구성은 주로 메인 요리 하나와 국물 요리 그리 고 사이드 요리 두 가지가 보통이었다. 지방 농장에서 전날 갓 배송된 쌈 야채를 한 아름 들고 와 화장실에서 씻어서 구운 버섯과 쌈장을 곁들여 먹기도 하고, 샐러드와 샌드위 치, 파스타로 양식 코스를 즐기기도 했다. 한국은 물론이고

미국, 이탈리아, 일본, 태국, 멕시코, 베트남, 스페인, 프랑스
음식까지 글로벌했다. 국물 요리는 출근 직전에 따뜻한 물
로 예열한 보온병에 담아 가서 점심때 열어도 김이 솔솔 올
라왔다. 퇴근 후 귀가하자마자 도시락을 싸기 시작하여 자
정이 넘어 완성하는 날이 많았다. 도시락을 만드는 동안은
내일도 점심이 있다는 것 외에 모든 것을 잊어버렸다. 그 정
성은 고스란히 다음 날 점심의 나에게로 배달되었다. 맛있
고 배부르게 먹고 나면 남은 오후를 버텨낼 힘이 조금 생겼
다. 나는 대접을 받고 있었다. 다른 누구도 아닌 나에게서
말이다.

　　나는 출근길이 아니라 퇴근길에 화장을 시작하는 부류
였다. 마치 그때부터 하루가 시작된다는 듯이. 퇴근 시각이
됨과 동시에 기지개를 켜듯 자리에서 일어났다. 서둘러야
했다. 집으로 향하는 버스에서도 쉴 수 없었다. 갖가지 화장
품과 능숙한 손놀림으로 종일 겪은 피로와 비애를 감춰야
했다. 집에 도착해서 환복까지 하고 나면 동일 인물로 보이
지 않을 정도로 변신해 있었다. 그러니까, 양다솔이 되어 있
었다. 나는 노을 지는 저녁 따끈따끈한 풀 메이크업을 한 채
땅을 마구 구르는 주짓수를 하거나, 요가 혹은 필라테스를
했다. 또는 땀으로 옷이 젖을 때까지 춤을 추고, 내 삶의 모
든 비극을 소중히 모아 스탠드업 코미디 모임을 하고, 밤의

한강을 내달렸다. 나를 위한 저녁을 차려 먹고, 사랑하는 친구를 만나 맛집에 갔다. 납작했던 하루를 조심스레 하나씩 펴내듯이 하루를 다시 시작해야 했다. 다음 날 아침 언제 그랬냐는 듯 다 죽어가는 얼굴로 회사로 향해야 한다는 사실을 매일매일 잊어버려야 했다.

그 이유는 간단하다. 하기 싫은 일이었기 때문이다. 달리 하고 싶은 일이 있었냐면 그것도 아니었다. 나에게는 오로지 '살고 싶은 하루'가 있을 뿐이었다. 회사에서의 내 모습을 보고는 상상도 할 수 없을 풍요가 우리 집에는 있었다. 나는 다음 달, 다음 해도 아닌, 당장 오늘 하루를 잘 보내는 방법에 대해서 알고 있었다. 아침이면 일어나 집을 깨끗이 청소하고, 한강을 달린 후 집 안 가득 들어온 햇빛을 맞으며 차를 마시고, 매일 나를 위한 끼니를 정성스럽게 차렸다. 나는 행주에서 찌든 냄새가 나기 전에 팔팔 삶아낼 줄 알았고, 날씨가 추워지기 전에 창문마다 야무지게 뽁뽁이를 바를 줄 알았으며, 식물의 뿌리가 화분 아래로 나올 때쯤 새 화분으로 분갈이를 해줄 줄 알았다. 함께 사는 고양이들의 털에는 윤기가 흘렀고, 냉장고는 제철에 맞는 먹을거리로 가득했으며, 살림에 필요한 갖가지 도구들이 빠짐없이 준비되어 있었다. 누가 보아도 "참 잘 산다"고 할 만했다. 마치 그곳이 나의 우주인 듯 그 안에서 완벽히 순환했다.

그런데 어떻게 살아야 할지에 대해서만은 완전히 바보가 되었다. 진로와 직업이라는 문제 앞에서는 눈앞이 캄캄해졌다. 이토록 부지런하고 성실하고 열심인 자가 동시에 이토록 대책이 없을 수 있다는 사실이 개탄스러웠다. 빨래한 장 개본 적 없고 밥상 한번 차려본 적 없어도 자신의 삶을 멀리 내다보고 치밀하게 계획하고 뻗어나가는 사람들이 있었다. 그런 사람들을 보면 내가 한없이 바보처럼 느껴졌다. 현실이 어느 날이라도 닥쳐와 나의 하루를 빼앗아갈 것 같았다. 마치 녹아버릴 눈으로 눈사람을 만드는 것처럼 무의미하게 느껴졌다.

2년은 정직하게 흘러갔고 얼마 전, 나는 회사를 떠났다. 어쩌면 나의 조상은 수렵채집인인지도 몰랐다. 가장 긴 역사를 살아온 인류의 훌륭한 조상 말이다. 인류가 한곳에 정착하고, 작물을 경작하고, 내일을 예측하고, 계획을 세우기도 전에 놀랍도록 오랜 시간 동안 이곳에는 그들이 있었다. 오늘의 먹을거리와 머물 곳을 찾아다니며, 매일 하루를 마치 하나의 삶처럼 살아내던 이들. 스스로 서 있는 곳을 장악하고, 손으로 만질 수 있는 것들을 지배하는 능력이 삶의 질을 좌우하던 시간들. 당장 내일도 아닌 바로 지금, 이 순간에 온전히 살아 있지 않으면 목숨을 부지할 수 없었던 수만 년 역사의 주인공들. 나는 스스로가 바보처럼 느껴질 때면 그들을 떠올려보곤 했다. 회사 사무실에 앉아 있는 영혼 없는 표정의 내 모습을 떠올리곤 했다. 수만 년 전 내가 사는 이곳에서 누구보다 생생하게 살아 있었을 그들과, 집 안에서 나만의 방식으로 자전하는 내 모습을 떠올렸다.

하늘이 파랗고 햇빛은 노란 어느 평일 오후에, 한강을 달리다가 나는 문득 깨달았다. 내가 2년 전에 했던 나와의 약속을 지켜냈다는 사실을 말이다. 등 아래쪽에서 찌르르 진동하는 감각이 느껴져왔다. 과거의 나와 지금의 내가 악수를 하고 서로의 등을 두드려주는 것만 같았다.

나에게는 얼마간의 시간이 있었다. 아주 귀한 시간이었다. 우선은 햇볕을 쬐기로 했다. 나의 어머니 김한영 여사가 나에게 선물해준 10년의 시간, 내가 나를 위해 세워낸 2년의 시간이 준 공간과 시간이 허락하는 최대한의 볕을 받기로 했다. 그밖에도 중요한 원칙들이 있었다. 눈을 뜨자마자 창밖으로 날씨를 확인할 것, 방금까지 꾼 꿈들을 헤아려볼 것, 무슨 일이든 꼼지락거리며 손을 움직일 것, 손에 잡히는 대로 뭐든지 읽을 것, 눈꺼풀이 감기면 언제든 잠에 들 것, 꾸준히 온몸을 흔들며 춤을 출 것, 언제나처럼 밥 먹는 일을 세상에서 제일 중요시할 것. 한바탕 땀을 흘리며 달리고 집으로 돌아왔다. 창문을 활짝 열어젖혔다. 신선하고 차가운 공기가 집 안을 새롭게 채웠다. 고양이들이 창틀로 뛰어올라 밖을 보았다. 내 무릎 위로 오후의 쨍한 햇살이 천천히, 미끄러지듯 흘러내리고 있었다.

일어나서 웃겨봐

처음은 당연히 친구의 권유였다. 내 삶의 중요한 것들이 으레 그래왔듯 이번에도 친구가 등을 떠민 것이다. 스탠드업 코미디? 대충 동네에서 제일 재밌다는 애들이 한번 모여본다는 취지랬다. 고집 세고 편협한 인간이 친구 말까지 안 들으면 큰일 난다는 말을 후손들에게 남기고 싶다. 하여튼 웹자보를 보여주면서 친구는 말했다. "넌 이미 스탠드업 코미디언이고 동네가 아니라 전국구 대표니까 사실 돈 받고 가르쳐야 하지만, 일단 가봐."

평소 나는 친구들이 모이면 이야기를 몇십 분이고 늘어놓아 좌중을 휘어잡고 희로애락의 널을 뛰게 하는 데 선수였다. 기분이 꿀꿀한 날 전화로 주구장창 징징거리면 한참을 말없이 듣던 친구가 "하소연의 기승전결과 강약 조절이 일품으로, 그대로 무대에 올리면 되겠다"고 말하곤 했다. 자연스럽게 말하는 일에 종종 연루되었다. 각종 행사의 사회라든가, 팟캐스트의 게스트, 프로그램의 깜짝 패널, 네 시간 동안 2부로 나뉘어 진행되는 엄청난 결혼식의 호스트까지. 심지어 한 친구는 "행사를 하나 하는데, 네가 나와서 한 10분만 아무거나 떠들어라"라면서 반강제로 나를 백 명의 관객 앞에 데뷔시키기도 했다. 그것이 완벽한 스탠드업 코미디 쇼였음을 나중에 알았다. 엄마는 어릴 때부터 "입만 안 열면 완벽하다"고 입버릇처럼 말했는데 이제는 말하라고 내게 무대까지 준다는 사실이 조금 웃겼다. 더구나 내 삶이 풀리는 꼬락서니로 보아 이것도 재주라고 부르며 살아남으려면 친구의 제안이 발단이 될 수도 있을 듯했다.

낯선 사람은 싫고, 재미없는 얘기 들어주는 것도 딱 질색이지만 뭐 얼마나 웃긴 애들이 오나 싶어 뒷짐 지고 '스탠드업 코미디언 발기대회'로 향했다. 찌는 듯한 더위가 가고 막 선선한 바람이 불어오기 시작한 초가을이었다. 전설적인

날이라 날짜도 기억한다. 9월 1일이다. 목적지에 가까워질
수록 어디선가 왁자지껄한 소리가 들려왔다. 장소는 네 평
남짓한 희고 아담한 작업실이었는데 벌써 사람들이 꽤 모
여 있었다. 벽 한쪽에 난 통창으로 오후의 햇빛이 비스듬히
들어와 공간을 밝혀주었다. 족히 여덟 명은 앉을 수 있는 커
다란 책상에 둘러앉은 사람들이 한창 이야기꽃을 피우고
있었다. 문을 열고 들어가자 대화가 멈추고 방 안에 있던 사
람들의 시선이 일제히 나에게로 쏟아졌다.

중요한 얘기는 이미 다 끝난 상태였다. 내가 한 시간도
넘게 늦었기 때문이다. 사람들은 서로 아는 사이 같기도 했
고 누군가는 조금 어색해 보였고 어떤 사람은 동행으로 보
이기도 했는데, 어느 하나 특별해 보이는 이는 없었다. 한
사람이 시선을 조금 끌었는데, 단순히 성적인 호감을 느꼈
을 뿐이었다. 동성에게 그렇게 대놓고 끌려본 것은 뜻밖이
라 다소 당황스러웠지만, 덕분에 내 안의 바이섹슈얼 정체
성을 명확히 확인할 수 있었다. 만나는 모든 여자에게 그러
한 긴장감을 이끌어내는 것이 그녀의 능력이며 카리스마라
는 것은 나중에 무대에서 분명히 알게 됐다. 모임은 예상보
다도 한심했다. 그들은 지난 한 시간 동안 어떤 스탠드업 코
미디언을 좋아하는지, 어떤 코미디 프로그램을 재밌게 보았
는지, 어떤 코미디가 트렌드인지를 떠들고 있었다고 신난

얼굴로 말했다. 바로 그것이 내가 늦게 간 이유였고 말이다. 이제 친구 중에 제일 웃긴 애로 사는 것의 슬픔에 관해 얘기하는 차례였다.

"좀 어색하다 싶으면 네가 제일 웃기잖아, 하면서 은근 추켜올리는 척 분위기 띄우게 시키잖아요!" 한 사람이 서러운 목소리로 말했다. 다른 사람이 맞장구쳤다. "맞아요! 그럼 난 또 신나서 4절까지 해버리고 혼자 쪽은 다 팔리고." 그러자 사람들이 연이어 소리쳤다. "우리는 뭐 맨날 웃기고 싶은 줄 아나!" "나중에 보면 나 빼고 둘이 사귄다 그러고!" "집에 가서 맨날 혼자 이불킥하고!" 원성이 쏟아졌다. 그러고선 맞다맞다 하고 까르르거렸다. 나는 생각했다. 그래서 이 사람들은 웃긴 게 싫다는 건가?

웃긴 사람과 우스운 사람의 경계란 분명 아슬아슬하다. 나도 과거에 낯선 사람을 만나면 정신없이 이야기를 늘어놨었다. 상대방의 의사와는 상관없이 나의 약점과 치부를 탈탈 털어 농담거리로 만들었다. 그 사람의 구강 구조를 구경할 수 있을 때까지. 그러니까 나를 향해 이를 훤히 드러내며 웃어 보일 때까지. 우리 대화의 비율이 10 대 0이 되고 그가 "다솔 씨는 참 재밌네요"라는 말을 해줄 때쯤에야 겨우 마음을 놓을 수 있었다.

모두 내가 처음 보는 사람과도 거리낌 없이 대화하는 사람이라 생각했고 나도 그렇다고 굳게 믿었다. 그 모든 것이 내 방식의 낯가림이라는 것을 깨닫기 전까지는. 그렇게 정신 나간 사람처럼 떠들고 온 날이면 혼이 쏙 빠진 것처럼 피곤했다. 정작 내가 누구를 만났는지 새까맣게 잊어버렸다. 내뱉은 수많은 말 중에 진심으로 하고 싶었던 말은 한마디도 없었다는 것을 알 수 있었다. 바닥에 널브러져 몇 시간은 멍을 때려야 했다. 웃지 않는 상대를 견디지 못하는 순간, 웃긴 사람은 우스운 사람이 되는 게 아닐까.

넋이 나간 내가 던졌던 수많은 농담이 누군가에겐 돌이 되기도 했다. 나도 상대도 돌보지 않는 말들이었다. 그것은 나 스스로에 대한 묵직한 증오가 되어 돌아왔다. 그 후로 어색할 때 먼저 말을 건네지 않는 연습을 했다. 그것을 위해 내 20대 중반을 다 보냈던 것도 같다. 할 말이 없으면 하지 않아도 된다고, 저 사람을 웃기지 않아도 된다고 수없이 되뇌었다. 그랬더니 어느 순간 거짓말처럼 말수가 싹 사라졌다. 마치 넘쳐나던 우물이 어느 날 싹 마른 것처럼. 농담을 걷어낸 나의 모습은 아닌 게 아니라, 말 그대로 싸가지가 없었다. 말수가 없는 내 모습은 나도 초면이었다. 처음 만난 사람들은 이제 나를 무서워하거나 불편해했다. 하지만 불친절한 사람이 되는 것이 두렵지는 않았다.

나는 팔짱을 끼고 의자에 비스듬히 기대어 앉아 한참을 잠자코 듣기만 했다. 자기소개는 간단히 했다. "양다솔입니다." 늦은 것에 대한 설명 따위도 하지 않았다. 웃음기라고는 없는 얼굴로 앉아, 말하는 사람의 얼굴을 뚫어져라 쳐다봤다. '거드름'의 사전적 정의였다고 할 수 있겠다. 후에 친구들은 그때 내 모습을 「슈퍼스타K」의 심사위원 이승철 같았다고 회자한다. 한마디로 이빨 덜덜 떨리게 무서웠다는 거다. 사람들은 계속해서 자잘한 이야기들을 이어나갔고 분위기는 마무리를 향해 가는 듯했다. 다음 모임에는 이 코미디언의 쇼를 같이 보는 것으로 할까요? 같은 얘기를 했던 것 같다. 그때 내가 말했다. "오늘 이걸로 끝인가요?" 그러자 방 안에 갑작스러운 정적이 깔렸다. 그게 내가 40분 만에 했던 첫 마디였기 때문이다.

"무대 안 하나요? 저는 그런 줄 알고 준비해왔는데." 사람들은 일제히 웅성거렸다. 네? 오늘요? 하지만 대본도 쓴 게 없는데. 한 번도 해본 적 없는데. 아직 아무것도 아는 게 없는데. 내가 말했다. "10분 정도 생각하고 아무 말이나 해볼까요? 지금 수다 떨듯이 한 사람당 딱 3분씩만요." 당황하는 사람들 사이로 마지막 한마디를 덧붙였다. "저는 친목 모임은 싫어서요." 이것을 스탠드업 코미디에서는 펀치라인이라고 부른다. 내가 무슨 대단한 사람이라서 그런 말

을 했던 것은 아니다. 단지 배운 게 그거였다. 가장 오래 속
했던 모임인 글방에서 유일하게 요구했던 것이 모임에 글
을 가져오는 것이었다. 그렇기에 의당 코미디 모임의 지참
금은 코미디라고 생각했을 뿐이다. 사람들의 얼굴은 당연히
충격으로 질렸다. 방 안에 폭탄이라도 터진 것 같았다. 사람
들은 분주히 일어나 줄지어 화장실에 가기 시작했다. 다리
를 떨고 한숨을 쉬고 물건을 떨어뜨렸다. 그리고 이 낯선 사
람의 말이 명령이라도 되는 듯, 10분 뒤에 차례대로 일어나
앞으로 나갔다.

　아무 말이나 한 사람은 아무도 없었다. 똑같은 이야기
를 한 사람도 없었다. 3분 만에 얘기를 끝낸 사람도 없었다.
아까까지 본 적 없는 얼굴이었다. 심지어 목소리도 달랐다.
각자의 말을 하던 사람들의 시선이 한곳으로 모였다. 같은
공간에서 같은 사람들이 배치만 바뀌었을 뿐인데 전에 없던
긴장감이 흘렀다. 얘기가 시작되자 박수와 감탄 외엔 어떤
소리도 들리지 않았다.

　한 남자는 최근에 맞이한 소중한 이의 죽음에 관해서
얘기했다. 솔직히 끔찍하게 안 웃겼다. 저 사람은 여기 왜
왔을까? 몇 달 안에 그를 얼마나 사랑하게 될지도 모르고
그때의 나는 그를 신나게 무시했다. 한 여자는 섹스도 연애

도 한번 안 해봤는데 엄마 손에 떠밀려 매일 선을 보러 다
닌다는 이야기를 했다. 서툴고 엉뚱한 그녀의 얘기에 웃음
이 나다가도 어딘가 꼭 안아주고 싶다는 생각이 들었다. 나
는 도저히 주변에서 새로운 남자를 만날 방법이 없어 틴더
로 막심이라는 남자를 만났는데 그것이 후회막심이었다는
얘기를 했다. 레즈비언이라고는 세상에 나 혼자인 줄 알았
더니 서울에 올라와 횡단보도만 건너도 어깨에 치이는 게
퀴어였다는 이야기, 나이 차이가 1세기는 나건만 영락없이
단짝친구인 할머니의 이야기까지.

하여튼 그날 웃긴 얘기를 한 사람은 아무도 없었다. 오
히려 슬프고, 이상하고, 진지한 얘기를 늘어놓았다. 그들 자
신의 얘기였다. 그제야 무대에 선 사람이 누구인지 보였다.
가벼운 농담은 우수수 부서졌다. 낯가림을 감추는 농담, 누
군가를 깎아내리는 농담 따위는 절대 그곳에서 꺼낼 수 없
었다. 마주 보고 했으면 당황스럽거나 눈물이 났을 이야기
가 일어나서 했다는 이유로 너무 웃긴 얘기가 된다는 사실
이 놀라웠다. 모두가 한 가지 이야기를 위해 몸과 마음과 시
간을 내어주고 있었다. 진짜를 써내 들어야 했다. 우리가 웃
으면 꼭 무언가가 승화되는 것 같았다. 그 이야기를 보호해
주는 어떤 기운이 생기는 것 같았다. 우리는 서로에게 놀라
고 있었다. 사실 모두가 진짜 이야기를 기다리고 있었다. 최

초의 공연이 시작되었고, 최초의 관객이 되고 있었다. 나는 팔짱을 풀었다. 바로 앉아서 상체를 앞으로 기울였다. 코미디가 시작된 것이다.

오후 3시의 빛

나에게 최저임금 만 원은 오후 3시의 빛이다. 어쩌면 어리석은 선택이었는지도 모른다. 성인이 되자마자 독립했던 것 말이다. 스무 살이 됨과 동시에 대학생이 된 나는 키우던 고양이 두 마리를 데리고 본가를 나왔다. 공부하기 위해 지방에서 상경한 대학생이 아니었다. 본가에서 한 시간 정도 떨어진 값싼 공단 동네가 나의 첫 보금자리였다.

　나는 쓰레기통이나 섬유유연제가 집에 원래 있는 게 아니라는 걸 미처 몰랐다. 겨울에는 채소가 금값이 된다는

것도 몰랐다. 내 이름 석 자가 적힌 청구서가 날아오기 시작
했다. 등록금, 휴대폰 요금, 교통비, 수도세, 도시가스비, 전
기세, 인터넷 요금, 월세, 그리고 고양이와 내 밥값까지 생
각보다 많은 것이 우선순위를 매길 새도 없이 마구 날아들
었다.

공부도 손에서 놓고 싶지 않았고, 혼자 산다고 아무거
나 먹고 싶지도 않았다. 그러나 고집을 부려가며 독립을 한
내가 용돈을 받을 수 있을 리 만무했다. 냉장고에 늘 밥이
있고, 적은 용돈으로 어떻게 하면 예쁜 옷을 한 벌 더 살지
고민하던 내가 어느 순간부터 남은 돈으로 돌절구라든가
멸치 액젓 같은 것을 쟁여두게 되었다.

대충 계산해보아도 한 달 생활비는 80만 원을 훌쩍 넘
었다. 학생이니 학교에 다녀야 했고, 성적을 위해 공부도 해
야 했고, 누가 사주거나 해주지 않는 밥도 챙겨 먹고 갖은
집안일도 해야 했다. 친구도 연애도 차치하고 남는 시간에
일만 한다고 해도 시급 6,470원은 나에게 고작 40만 원을
쥐여주었다. 한 친구는 내 얘기를 듣더니 자신이 다니는 술
집 아르바이트를 추천했다. 새벽에 나가서 몇 시간만 일하
면 되는 데다 별로 힘들지도 않고 생활비도 넉넉해진다고
했다. 하지만 미니스커트도, 술도, 남자도 어려워하는 나는
그 일에 선뜻 손을 뻗을 수 없었다.

그렇게 내가 선택한 일은 결국 편의점 야간 아르바이트였다. 밤을 밝히는 편의점을 홀로 지키며 손님을 기다리면서도 매번 두려워했다. 어떻게 하면 이 시간을 보상받을 수 있을까 싶어 악착같이 폐기 상품을 챙겼다. 남들이 잠자는 시간에 일하는 대신 나의 한 시간은 6,470원에서 9,705원이 됐다.

손님이 오지 않는 동안에는 내가 이 시간에 할 수 있었을 훨씬 더 가치 있는 일들을 상상하곤 했다. 이를테면 곤히 잠을 잔다든가 그런 것들. 아침이 되어 집에 돌아오면 녹초가 되었다. 그대로 쓰러지듯 자고 일어나면 저녁이었다. 오늘의 날씨는 어땠는지, 사람들은 낮에 하늘을 보며 어떤 생각을 했는지 알 수 없었다. 나가서 놀지 못해 조금은 서운할 정도로 예쁜 볕이 들었는지, 아니면 안에 있는 게 최고다 싶을 정도로 시원한 비가 내렸었는지 나로서는 모를 일이었다. 그렇게 밤을 새우고 일해서 받은 돈은 단순히 나의 존재를 이어가기 위해서 너무나 순식간에 사라졌다. 내게 남은 것은 낯선 손님의 방문이 두려운 새벽과 다른 모두가 중요한 일들을 마치고 돌아온, 나 홀로인 저녁뿐이었다.

쉬는 날은 수업을 들었다. 학교에서 오후 수업을 듣다 보면 창문 너머로 보이는 풍경을 빤히 바라보게 됐다. 강렬하고 밝은, 누군가의 품에 안긴 것처럼 따스한, 오후 3시의 빛이었다. 사람들이 길을 걸어가고, 누군가와 이야기를 나누고, 또 아무렇게나 자세를 취한 채 쉬고 있는 것을 별일처럼 바라보았다. 구석구석 빠짐없이 노랗게 물든 오후, 밝은 얼굴에 반사되는 볕을 오랫동안 응시했다. 마치 어느 때보다도 중요한 일인 듯, 바람에 살랑거리는 나무가 그려내는 그림자를 몇 분이고 바라보기도 했다. 그러다 문득 떠올렸다. 이 시간에는 좁은 우리 집 거실도 노오란 물이 든다는 것을.

그런 오후 3시엔 꿉꿉한 이불을 널고, 예쁜 원피스를 입고, 아끼는 노래를 한 곡 골라 들으며 누군가와 어디로든 걸으면 좋을 것이다. 그것도 아니라면 낮잠을 자거나, 하고 싶은 무엇을 해도 좋을 것이다.

최저시급이 만 원이 된다면, 어쩌면 나에게 그 시간이 올 수도 있지 않을까. 그런 상상을 하며, 그 소중한 시간에 지쳐 잠든 내 모습이 아득히 떠올랐다. 오후 3시의 빛, 따뜻하고, 따뜻한 꿈이었다.

내가 때린 할아버지들

언젠가 한 정치인이 '이부망천'이라고 했다. 이혼하면 부천 가고 망하면 인천 간다는 뜻이란다. 그게 망언이라는 것은 뒤늦게 알았다. 원래 있는 말인 줄 알았다. 뭐랄까, 막 떠들다가 나왔다고 하기엔 너무 입에 착 붙는 워딩이었다. 당시에 인천에서 20년을 살고 갓 부천으로 이사를 왔던 나는, 그러니까 태어날 때부터 망했고 이제 막 이혼을 한 상태였다. 내 지금 현주소는 공교롭게도 서울이다. 그러니까 내 인생은 바닥에서부터 시작해 가파른 상승세다. 내가 주식이라면

워런 버핏이라도 몰빵할 것이다. 그 정치인이 날 보거든 감복하여 또 사자성어를 뱉을지도 모른다.

인천 토박이로 살면서 가장 관심이 없었던 것은 다름 아닌 인천이었다. 인천에 사는 사람들의 공통적인 특징은 인천에 결코 살지 않는다는 것이다. 분명 살고 있는데도 스스로가 인천에 살고 있다는 자각이 없다. 모두 잠깐 머무른다고 생각한다. 지방에서 올라왔지만 서울에는 가지 못했거나, 서울에서 살 수 없지만 지방까지 갈 수 없었거나, 어딘가 가기 위해서 잠시 쉬었다가 뜻하지 않게 그 자리에 머무른다.

인천은 한 방향으로 흐른다. 인천에서 나오려는 방향이다. 아무도 인천으로 향하지 않는다. 인천과 서울을 잇는 고속도로에서 막히는 쪽은 언제나 서울 가는 방향이다. 인천은 떠난다는 말이 어울린다. 한번 벗어나면 본능적으로 다시 갈 일을 만들지 않기 때문이다. 가장 큰 장점은 서울과 가깝다는 점이다. 서울 쪽에 산다고 말하고 뒤에 살짝 인천을 끼워둔다. 머물다 머물다 어쩐지 떠나지 못한다. 하지만 결코 살지 않는다. 그런데 인천은 서울보다 넓다. 그렇다면 누가 인천에 사는가? 인간 천국. 어질 인과 내 천을 쓰는 본래 뜻처럼 인천은 어질게도 모두를 끌어안는다. 사실 모두가 인천에 산다. 길을 걷는 누구든지 붙잡고 물어보라. 인천에 친척 하나쯤 살지 않는 사람은 없다. 한국인의 먼 친척이 모두 인천에 있다. 어떻게든 하나쯤 인천에 끈을 두고 있다. 먼 친척의 도시라고 이름 붙여도 될 것이다.

오랜만에 인천에 방문할 일이 있었다. 항상 가던 치과에 가기 위해서였다. 거리는 내가 떠날 때와 똑같았고, 평일 오후의 주택가는 한적했다. 멀리서 중학생 남자 한 명이 걸어오고 있을 뿐이었다. 거리에는 그와 나 둘밖에 없었다. 우리는 서서히 가까워지다가 스쳐 갈 것이었다. 그의 손에 핫도그가 들려 있었다. 케첩이 듬뿍 뿌려진 커다란 핫도그의 튀김 냄새가 바람에 실려 왔다. 우리가 스치는 순간, 나는 핫도그를 베어 무는 그의 얼굴을 보고 만 것이다. 입 주변에 피처럼 묻은 케첩, 한껏 일그러진 얼굴, 목젖이 보일 만큼 크게 벌어진 입안으로 핫도그가 구겨져 들어가고 있었다. 카메라 플래시가 터진 것처럼 한동안 그 장면이 눈에서 사라지지 않았다. 식사가 아니라 사냥의 현장을 목격한 느낌이었다. 밀림의 왕이 한 치의 망설임도 없이 참혹하게 사냥감을 베어 물듯이.

새삼 그런 생각이 들었다. 서울 사람들은 길에서 어떻게 먹지? 생각해보니 길에서 무언가를 먹는 사람을 본 일 자체가 없었다. 서울이라면 사람들은 길에서 먹지 않을 것이다. 핫도그? 그런 건 평생 먹은 적도 없는 사람처럼 보일

수록 좋다고 생각할 것이다. 서울 사람들이 길에서 먹는 것은 오로지 테이크아웃 커피뿐이다. 그것도 음식보다는 액세서리에 가깝다. 길에 보는 사람이 아무도 없어도 마찬가지일 것이다. 먹기 위한 장소인 식당에서조차 그렇게 먹는 사람은 없을 것이다. 인천은 그런 면모가 있었다. 누가 어떻게 생각하든 개나 줘버리라는 식의, 누가 뭐라든 나는 여기서 손에 쥔 핫도그를 최대한으로 즐기겠다는 식의 본능과 무의식을 가감 없이 꺼내 보이는 면이 있었다.

인천으로 가는 1호선만 타도 어떤 광기 같은 것이 느껴졌다. 나도 모르게 그 지하철에 오르면 무언가 한 꺼풀 벗겨지는 느낌이 들었다. 어떤 일이 일어나도 이상하지 않았다. 인천에서 마지막으로 살던 동네에는 긴 하천이 흘렀다. 언젠가 그 동네의 작은 정자에서 너구리 컵라면을 먹다가 실제로 너구리와 눈이 마주친 적이 있다. 놀라고 당황스러운 마음에 혹시 내가 너구리를 소환시킨 건가 싶어 컵라면과 너구리를 번갈아 쳐다보았다. 사람들은 이 얘기를 하면 내가 농담을 하는 줄 아는데, 내가 농담을 지어낸다면 이것보단 재밌으리란 걸 믿어달라. 그곳을 떠나고 일주일 후 그 하천에서는 머리를 노랗게 탈색한 대학생 여자의 시체가 발견되었다. 당시 머리가 노랬던 나는 소름이 돋아서 괜히 몸 구석구석을 더듬거렸다.

내가 다니던 초등학교까지는 걸어서 50분이 걸렸다. 골목이 좁디좁아서 버스도 없었다. 매일 아침 다른 아이들보다 한 시간 일찍 일어나 학교로 출발했는데, 어느 날 늦잠을 잔 탓에 늦어버렸다. 당시에 가까이 살던 친구와 언덕을 오르며 걸음을 재촉하고 있었다. 모퉁이를 한 번만 더 돌면 학교에 도착할 수 있었다. 그때 골목에 서 있던 웬 젊은 남자가 갑자기 말을 걸었다. 학교 앞 골목이 가장 조용한 시간은 등교 시간 직후다. "학교 가니?" 우리는 별생각 없이 "네"라고 답했다. 그는 다시 "조금 늦지 않았니?"라고 물었고 거기에 대답하려고 했을 때는 이미 그 남자에게 기습 키스를 당한 후였다. 초등학교 5학년 때였다. 그게 내 첫 키스다. 나는 당장 그를 밀쳐내고 어딘가로 도망갔지만 나보다 덩치가 작았던 친구는 그러지 못했다. 나중에 돌아가보니 그 아이가 그 자리에 그대로 서 있었다. 아무 데도 아프지 않았지만 몸과 마음이 덜덜 떨리고 있었다. 이후 첫 키스는 언제 했냐는 질문에 나는 늘 두 번째 키스에 관해 얘기해야 했다.

누군가 갑자기 나를 껴안는 일도 있었다. 횡단보도를 건너는 수많은 사람 사이에서, 마치 원래 알던 사람처럼 반갑게 나를 껴안고는, 왜 이러세요, 하면 왜 이러긴, 삼촌이잖아 같은 말을 하는 아저씨들이 있었다. 초록 불이 깜빡이

는 도로 위에서 나를 안고 몸을 부비던 남자들. 더러운 바닥
에서 찐득한 시선을 보내며 반쯤 너덜거리는 아저씨들이
어디에나 있었다. 대로에, 골목에, 대낮에, 한밤에.

한번은 서울역에서 엄마와 함께 인천으로 가는 광역버
스를 탔다. 엄마와 나 둘 다 한 덩치씩 하기 때문에 나란히
붙어 앉는 쪽은 택하지 않았다. 우리는 같은 줄의 왼쪽 오른
쪽 끝에 앉아 쾌적한 여정을 즐기기로 했다. 그런데 몇 정거
장 후에 빈자리가 아주 많았음에도 어떤 할아버지가 굳이
내 옆자리에 앉는 것이다. 옆을 돌아보면 엄마가 있었으므
로, 그것만으로는 뜻 없는 우연으로 치부하기에 문제가 없
었으므로, 별로 개의치 않고 눈을 감고 쉬고 있었다. 그런데
이상하게 자꾸 젖꼭지가 간지러웠다. 눈을 떠보니 그가 팔
꿈치로 내 가슴을 더듬고 있었다.

순간 겁에 질려 아무 말도 할 수가 없었다. 그의 손목
을 콱 붙잡고 엄마를 가리키며 말했다. 저 사람 우리 엄마예
요. 저랑 같이 내려서 경찰서 좀 가보실래요? 그는 고개를
세차게 흔들며 벌떡 일어나더니 다음 정류장에서 바로 내
려버렸다. 당시에는 통쾌하다고 생각했지만, 곧 그게 아니
라는 걸 알았다. 그의 손을 놓지 말고 경찰서에 갔어야만 했
다. 그 자리에서 엄마와 같이 그 사람을 마구 팼어야 했다.
그런 상상을 하다가 지쳐 잠에 들었다.

일련의 사건을 통해 알게 된 사실은, 그런 사건 이후에 꼭 내가 열병에 걸린 듯 괴로움에 시달린다는 것이었다. 어떻게 하면 더 잘 대처할 수 있었을지 적어도 백 가지 방법이 떠올랐다. 왜 그런 일이 나에게 일어났는지보다는 왜더 잘 대처하지 못했는지 후회스러워서 가슴이 아렸다. 그런 일이 모두에게 일어나고 있음은 확인할 필요도 없었다. 다음에 만나면 죽여버릴 거야, 다음에 만나면 죽여버릴 거야 하고 끔찍한 말들을 수없이 되뇌었다. 그 사람이 나에게 제대로 혼쭐이 나서 다시는 어떤 여자에게도 그렇게 할 엄두를 못 내도록 만들고 싶었다. 세상은 자꾸만 새로운 기회를 주었다.

지하철에서 환승을 하고 있었다. 민소매의 계절이었다. 환승로를 덜렁덜렁 걷고 있는데 어떤 대머리의 할아버지가 빠르게 내 옆으로 바싹 따라붙더니 별안간 내 팔뚝을 만지기 시작했다. 정말 순식간에, 양손으로 팔뚝을 찰흙처럼 주물주물거리더니 앞으로 빠르게 사라졌다. 누가 보면 마치 내 팔뚝과 예약된 시간에 정해진 일을 하고 떠난 사람 같았다. 그러고는 아무 일도 없었다는 듯이 태연자약하게 걸어가버려서 방금 있었던 일이 마치 환상 같았다. 3초 후에야 사태를 파악했다. 깊은 곳에서부터 화가 올라오기 시작했다. 나도 모르게 팔을 돌리기 시작했다. 방금까지 그 사람이 주무르던 팔이었다. 마치 정월대보름에 쥐불놀이를 하듯이 오른팔을 허공에 마구 돌렸다. 그러고는 전속력으로 달려, 내가 가진 모든 힘을 주어 그 뒤통수를 내리쳤다. 누군가를 때려본 것은 평생 처음이었다. 나는 뒤도 보지 않고 달렸다. 살면서 그렇게 달려본 적도 처음이었다. 「톰과 제리」에서 제리가 달리듯이 도망쳤다. 용수철처럼 다리가 앞뒤로 튕겨져 나갔다. 긴 계단을 오르고 지하철 플랫폼의 맨 끝까지 질주해 사람들 사이에 몸을 숨긴 후에야 뒤를 돌아보았다. 그의 모습은 보이지 않았다. 숨이 턱 끝까지 차서 넘어갈 것 같았다. 다리가 후들거렸다. 그날은 조금 덜 괴로웠다.

크리스마스에 엄마, 이모와 함께 케이크를 사서 집으로 걸었다. 한창 걷고 있는데 자전거 바퀴에 내 발이 깔렸다. 자전거를 끌고 가던 할아버지가 길을 비키지 않는다는 이유로 바퀴로 내 발을 그대로 밟은 것이었다. 그러더니 대뜸 눈을 어디다 뜨고 다니는 거냐고 소리쳤다. 나는 순식간에 그 사람의 가슴팍을 두 손으로 밀쳤다. 당황한 노인이 고래고래 소리를 지르며 쌍욕을 했다. 나도 지지 않았다. 엄마와 이모는 그 광경을 보고는 싸움을 말리기 시작했다. 둘 다 한 덩치와 한 목청 하는 여자들이어서 그는 곧 씩씩거리며 가던 길을 가야 했다. 엄마와 이모는 약국에 들러 쌍화탕을 샀다. 그러고는 약국 앞 계단에서 뚜껑을 따주며 말했다. 절대 먼저 손 대면 안 돼. 경찰서 가면 네가 불리해. 그쪽에서 손 대면 그때부터 시작이야. 그녀들은 나를 나무라는 것이 아니었다. 그저 요령을 말해주고 있었다. 그 말에는 뼈가 있었다. 경험으로 된 뼈다. 싸움을 말릴 때부터 이모 손에 들려 있던 크리스마스 케이크는 형체를 알 수 없이 망가져 있었다.

언젠가부터 나는 아저씨와 할아버지에 한해서라면 언제 어디서든 10초 안에 극한의 분노를 꺼낼 수 있는 사람이 되어 있었다. 길에서 소리 지르며 욕하는 할아버지들에게 지체 없이 더 큰 목소리와 욕으로 상대해주는 내 모습은 가끔 용맹했지만 사실 그냥 미친년 같았다. 마음속에 포악한 들짐승을 숨기고 다니는 것 같았다. 사람들이 말하는 '이상한 사람'이 된 것 같았다. 그냥 좀 넘어가면 될 걸, 그냥 미친 사람 취급하고 잊어버리면 될 걸 하는 생각이 자꾸만 머리를 어지럽혔다. 조용히 살고 싶었다. 사람들이 향하는 곳으로 따랐다. 뒤도 돌아보지 않고 인천에서 부천으로, 부천에서 서울로 향했다. 서울의 중심이라는 강남에서 직장을 구했다.

강남으로 향하는 출근길은 지옥 같았다. 지하철은 사람으로 가득 차 앉기는커녕 서 있을 수도 없었다. 몸과 몸이 서로 부대껴 마치 공중에 떠 있는 것 같았다. 누군가와 살을 붙이고 있는 것이 이렇게나 기분 나쁜 일일 수 있음을 실감했다. 공기는 언제나 부족했고 불쾌는 사방에 넘쳐흘렀다. 움직이는 게 아니라 사람들이라는 파도에 휩쓸려 오고 가는 것 같았다. 인천에서 서울로, 서울에서 강남으로, 그 모든 것이 나 스스로의 결정이 아닌 듯한 느낌이 들었다. 그 순간 무언가 선명히 느껴졌다. 엉덩이를 스치는 어떤 스산한 촉감이 느껴졌다. 이미 사람들과 몸을 밀착하고 있었지만 그 느낌은 분명히 구분되어 전해졌다. 그 손은 스치듯 내 몸을 훑고 문 쪽으로 유유히 자리를 옮겼다. 그쪽엔 갈색 정장을 입은 노인이 서 있었다. 그는 내 시선을 느끼자 다른 곳으로 고개를 돌려버렸다.

나는 단전에서부터 올라오는 메스꺼움을 느꼈다. 커다란 바위처럼 거대하고 묵직한 화가 쿵쿵거리면서 다가오고 있었다. 아무리 흘러와도 그들은 있었다. 여전히 그곳에 늘 새로운 모습으로, 역겹도록 같은 방식으로. 나는 얌전할 생각 따위는 없었다. 이왕이면 미쳐버릴 생각이었다. 죽음을 불사할 생각이었다. 나의 시선은 칼을 꽂아 넣은 듯 그 사람에게 고정되어 흔들리지 않았다. 눈알이 튀어나갈 것 같았다. 주변의 공기가 나를 따라 진동하기 시작했다. 내 눈에는 살기가 담겨 있었다.

내가 아주 무서운 존재가 되었다는 것을 스스로도 알

수 있었다. 나는 생각한다. 진정으로 누군가를 죽일 생각으로 노려본다면 시선 외에 달리 필요한 것이 있을까? 전기가 통하듯 손끝 발끝이 저릿저릿했다. 온몸이 발광하듯이 따끔거렸다. 나는 중얼거린다. 널 죽여버릴 거야. 널 죽여버릴 거야. 그는 이리저리 시선을 피하다 이내 나와 눈을 맞춘다. 저년은 뭐라는 거야, 라는 표정과 당혹스러운 눈빛으로 나를 바라본다. 네가 쳐다봐서 어쩔 건데, 하는 표정이 얼굴 어딘가에 서려 있다. 나는 손을 들어 올린다. 고개를 쳐들고, 검지를 뻗어 목 가운데에 갖다 붙인다. 그러고는 최대한 천천히 일자를 긋는다. 그가 정확히 알아듣고도 남도록 말한다. 널 죽일 거야.

그는 화들짝 놀라 겁에 질려 뒤로 돌아서버린다. 나는 그의 등 뒤로 따라붙는다. 귓가에 속삭인다. 널 죽여버릴 거야. 널 죽여버릴 거야. 어떤 것도 무섭지 않았다. 그는 악몽을 쫓듯이 팔을 허공에 뿌리치며 말한다. 이거 왜 이래! 그때 지하철 문이 열리고 그는 도망치듯 뛰쳐나간다. 나는 벼락이 내리치듯 소리친다. 무시무시한 말들을 쏟아붓는다. 밀림의 왕이 포효하듯. 그는 「톰과 제리」의 제리처럼 도망친다. 직감한다. 일생 동안 그에게 이렇게 한 사람이 아무도 없었다는 것을. 그가 보이지 않을 만큼 멀리 도망치고 난 후 온몸이 떨리기 시작한다. 머리부터 발끝까지 전신이 윙윙

울린다. 온몸에 힘이 풀려 당장이라도 바닥에 주저앉을 것 같다. 당장 한 걸음도 더 걸을 수 없다. 그제야 내가 할 수 있는 최선을 다했음을 안다. 화를 가득 채웠던 몸은 병을 얻는다. 나는 기꺼이 그 병을 끌어안고, 어딘가에 있을 그들을 결코 기다리지 않는다. 그리고 기다린다.

모녀전철

덜컹덜컹. 전철이 달리는 소리가 들렸다. 오늘도 사람들은 어딘가를 향해 가고 있구나. 여전히 피곤이 가시지 않았지만 몸을 일으켜야 했다. 정오가 지난 시각이었다. 바깥은 선선하고, 쨍하게 맑았다. 여름까지 딱 한 걸음 정도 남아 있었다. 기지개를 켜고 샤워기를 틀었다. 서둘러 나갈 준비를 했다. 평소 내 스타일에 비해 많이 심심한 옷을 골라 입었다. 며칠 전에 만들어둔 강된장과 흑미밥을 덥혀서 뚝딱 비벼 먹었다. 그때 전화가 왔다. 엄마가 약속한 시각보다 조금 일찍 역에 도착했다고 한다. 서둘러 이를 마저 닦았다. 가글로 꼼꼼히 입가심을 하는 것도 잊지 않았다.

처음 이 집에 왔을 때는 전철 지나다니는 소리 때문에 적잖이 곤욕스러웠다. 선잠이 들었다가 깨기도 하고, 무언가에 오래 집중할 수도 없었다. 소리란 것은 가끔 이상해서 분명 좀 멀리에 있을 텐데도 마치 바로 옆에 있는 듯이 들리곤 했다. 언젠가 우연히 전철을 좋아하는 사람들에 대한 영화를 본 적이 있다. 그들에게 전철 소리는 단순히 덜컹덜컹이 아니라 수많은 소리로 구분되어 인식되었다. 이를테면 덜크덩 덜크덩. 덜컹 치익 덜컹 치익. 두궁두궁 탁 같은 것. 그들은 전철이 지나갈 때면 하던 일을 멈추고 눈을 감았다. 그러고는 잠시 후 말했다. 몇 년도에 나온 ○○사의 M-○○○ 모델이군. 나는 세상에 저렇게 하나도 안 부러우면서도 기막힌 능력을 갖춘 인간이 있다는 데 놀랐다. 왠지 모르게 나는 그 영화를 끝까지 보았다.

전철을 좋아하는 그들은 언제나 철로 옆에 있는 집에 살았다. 그런 집은 마침 값이 싸기도 했다. 그것이 내가 이 집에 사는 이유이기도 했다. 그러나 지금도 나에게 그 소리는 여전히 덜컹덜컹 정도로 들릴 뿐이다.

그녀는 지하철역 지상 플랫폼의 벤치에 앉아 이어폰을 귀에 꽂고 있었다. 약속 시각에 7분 정도 늦었음에도 별말없이 나를 맞았다. 그녀가 무언가 재밌는 걸 듣느라 나를 기다리는지도 몰랐다는 사실에 굉장히 안도했다. 그러지 않고서는 시작부터 인상을 구겼을 것이다. 이어폰 사이로 새어 나오는 소리로 짐작컨대 팟캐스트를 듣고 있는 것 같았다. 그녀는 평소 「뉴스공장」을 좋아했다. 엄마는 고개를 들어 말없이 자신의 옆자리를 권했다. 나를 보고 별말이 없었다는 것은 오늘 나의 차림새와 화장이 별로 거슬리지 않는다는 뜻이기도 했다. 그렇지 않으면 그것이 대화의 첫머리에 등장했다. 이를테면 입술 색·머리 색·옷 색이 그게 뭐냐. 무시무시한 그 눈 화장이 뭐냐, 치마 길이가 짧아서 보지가 훤히 보인다, 등이었다. 나는 수년간 그녀와의 공방을 통해 그녀가 원하는 스타일의 범위를 명확히 좁혀냈고, 이제는 그것을 구현해내는 데에 거의 완벽히 성공했다. 얼마 전에는 "지금까지 중에 최고야!"라는 찬사를 받은 적도 있다. 폴카도트 패턴의 긴 원피스와 짙은 녹색 카디건, 넓은 리넨 모자와 가죽 샌들 등 흡사 80년대 요조숙녀 같은 차림이었다. 그다음으로 나에게 숙제가 된 것은 엄마도 만나고 친구도 만나는 날의 착장이었다. 다행히 오늘은 별다른 약속이 없었다.

곧 플랫폼에 인천행 열차가 도착했고, 엄마와 나는 전철에 몸을 실었다. 자리가 한 곳 비어서 엄마가 앉았다. 나는 엄마 앞에서 손잡이를 잡고 섰다.

"그런데 우리 예약하고 가는 거예요?" "응, 전화해두었다." 나는 얼마 전 동네에 있는 치과에 갔다가 충치를 발견했다. 그래서 급히 치료를 받는 중에 예후가 좋지 않으니 발치를 생각해봐야 할지도 모른다는 경고를 받았다. 며칠 전 엄마에게 그 소식을 전했고 엄마는 잠시 생각에 잠기더니 '그 치과'에 가보는 게 좋겠다고 했다. '그 치과'는 엄마가 아는 사람의 치과였다. 그곳은 인천의 한구석이었기 때문에 가려면 마음을 굳게 먹어야 했고, 엄마는 신세를 지는 것을 정말로 싫어했기 때문에 아주 중요한 때만 그곳을 찾았다. 초등학교만 졸업하고 나를 낳은 뒤에 중·고등학교 검정고시를 치른 그녀에게는 '사' 자로 끝나는 친구들이 꽤 있었다. 젊은 시절 노동운동을 하다 만난 사람들이었다. 비록 그녀는 지금은 노동운동을 하지 않고, 운동은 애초에 싫어하며, 이제는 늙어서 노동도 쉽지 않았다. 그러나 그녀가 젊은 시절에 관해 이야기할 때면 단 한 문장을 말해도 그 파란이 전달되고는 했다.

지금은 엄마와 나 둘 다 각각 서울의 북동쪽과 남동쪽의 끄트머리에 살고 있지만, 사실은 인천에서 아주 오랜 세월을 함께 살았다. 이런 말은 되도록 쓰고 싶지 않지만, 인천 토박이다. 그러니까 말하자면 우리는 인천행 1호선을 적어도 백 번은 타보았을 것이다. 그곳을 벗어난 뒤로 우리가 함께 이 노선에 오른 것은 실로 오랜만이었다. 서 있는 사람은 나를 비롯해 몇 명밖에 없는 한산한 오후의 지하철에서 우리는 한참 그 사실에 대해 대화를 나누었다. 이곳의 공기와 풍경이 몸에 너무나 익숙해서 마치 집으로 돌아가는 길처럼 느껴졌다.

우리는 흡사 사람의 이름과 닮아 있는 동춘이라는 역에 다다라서 내렸다. 치과까지는 10분을 더 걸어가야 했다. 오래되었지만 견고하게 지어진 아파트 단지 옆으로 대로가 나 있었다. 발밑으로 보도블록이 가지런하게 채워져 있었고 일정한 간격으로 심어진 나무에는 연둣빛 잎이 무성했다. 부처님 오신 날을 기념하는 색색의 연등이 초여름 오후의 빛을 받아 반짝거렸다. 멀찍이 간격을 두고 중년의 아주머니들이 나란히 걷고 있었다. 낡았지만 고풍스러운 구도심이었다. 선선한 바람이 몸을 감싸고 지나갔다.

엄마는 어지간해서는 무엇에 쉽게 복종하지 않는 사람이었는데, 그런 그녀가 유일하게 평생을 '네'라고 답해온 사람이 있다면 바로 아빠였다. 내가 보기에 엄마와 아빠가 몸싸움을 하면(내가 아빠 편에 합세해도) 승리하는 쪽은 언제나 엄마일 것이었다. 심지어 우리 집 호적에도 엄마가 세대주로 등록되어 있었다. 하지만 내 기억을 전부 되짚어봐도 엄마와 아빠는 서로 목소리를 높인 적이 없었다. 언제나 엄마의 '네'로 대화가 마무리되었다. 엄마는 아빠를 흉보는 법이 없었다. 내가 보기에 순전히 아빠가 잘못했어도, 엄마는 돌아서서 나에게 말했다. 그래도 너희 아빠만큼 훌륭한 사람은 없어.

아빠는 우리 셋 중에 무언가에 한번 빠지면 가장 대책이 없는 사람이었다. 산에 빠지면 우리 셋은 매주 등산에 가야 했고, 108배에 빠지면 우리 셋은 한 줄로 서서 자의와는 상관없이 땅에 몸을 포개야 했다. 발가락 양말에 빠지면 다음 날 백 켤레의 발가락 양말이 집 앞에 배송되어 왔고, 음악에 빠지면 집채만 한 스피커로 매일 음악을 들었으며, 식물에 빠지면 집 안이 정글이 되었다. 엄마와 나는 고개를 설레설레 저으며 말했다. "아빠가 또 시작했네." 그는 그렇게 수많은 것에 빠지기를 반복했다. 대부분은 기억조차 나지 않는다. 하지만 아빠가 마지막으로 빠졌던 것은 절대 잊을 수 없다. 그는 어느 날 말했다. "나 스님이 되려고 해." 아빠가 쉰 살이 되기 딱 한 해 전의 일이었다. 엄마와 나는 알고 있었다. 언제나 그래왔듯, 그가 거기 빠지도록 두는 수밖에 없다는 것을. 그렇게 일순간에 엄마는 과부가 되었고, 인천의 7층 아파트 베란다에서 몸을 던지려 했다. 아빠는 온몸으로 그녀를 막았다. 내가 본 둘의 유일한 몸싸움이었다.

얼마 전 이모와 동사무소를 갈 일이 있었다. 기초생활
수급자를 대상으로 하는 매입임대주택을 신청하기 위해서
였다. 내가 아침 일찍부터 부랴부랴 서둘러서 서울 북동쪽
의 동사무소에 도착했을 때 처음 보는 여자가 나를 향해 손
짓했다. 딱 봐도 미친 여자처럼 보이는 그 여자는 바로 이모
였다. 여담이지만 나는 평소에 옷 입는 감각이 좋다는 칭찬
을 종종 받고는 한다. 사람들은 나의 어머니가 봉제사이니
만큼 응당 그 영향이 있지 않느냐고 물어왔다. 여담이지만
내 평생 가장 창의적이지 않은 질문 톱 리스트에 올리고 싶
다. 나에게 잘 만든 옷은 예쁘고 싼 옷이지만 엄마에게 잘
만든 옷은 재질이 좋고 바느질이 잘된 옷이다. 오랜 세월 동
안 우리는 그저 서로가 생각하는 좋은 옷의 영역을 굳게 견
지하였다. 물론 엄마의 영향으로 다림질 하나는 끝내주게
한다. 감각에 영향을 받았다고 하려면 오히려 이모 쪽이 더
맞을지도 모른다. 이모는 엄마의 친언니로, 인생의 전반을
강남이라는 구역에서 보냈던 그녀는 예순이 넘은 나이에도
오로지 힐만을 신고, 목걸이와 팔찌, 반지, 귀걸이를 빼놓지
않으며, 아주 빠르고 능숙하게 완벽한 헤어드라이를 해낼
수 있었다. 어딜 가나 주눅 들지 않을 만한 옷차림을 했고,
명절이면 조카들이 그녀의 옷장을 호시탐탐 노렸으며, 동년
배의 여자들로부터 곁눈질을 받는 여자였다.

그녀와 우리 가족이 같이 산 역사는 내가 초등학생 저학년이던 때부터 불규칙적으로 이어져왔는데, 언제나 그녀가 소식도 없이 우리 집 문을 두드리는 것으로 시작해 말없이 사라지는 것으로 끝났다. 며칠일 때도 있었고 몇 달, 몇 년일 때도 있었다. 그 과정에서 나처럼 말 많은 인간도 더는 그녀에 관한 질문을 하지 않게 되었다.

엄마는 덩치가 산만 했다. 얼굴 안에 이목구비도 큼직큼직하고 목소리도 쩌렁쩌렁해서, 청소년과 아이들을 비롯해 다 큰 아저씨들도 우리 엄마 앞에서는 으레 긴장했다. 그녀는 젊을 적 우리나라의 노동실태를 개혁하는 노동운동가였고, 성품이 대쪽 같은 사람들이 노상 그러듯 노동운동 단체의 대장이었다. 그런 엄마가 결혼한 사람은 살집이라고는 없는, 길쭉하고 샌님처럼 생긴 나의 아빠였다.

이모에게는 친구가 없었다. 이모는 어릴 적부터 눈에 날 정도로 예뻤고 머리가 좋았으며 입담과 카리스마 덕에 주변은 추종자들로 가득했다. 그러나 그녀는 그들을 절대 친구로 취급하지 않았는데, 그녀의 표현을 빌리자면 '놀아주는 것'도 지쳤다고 했다. 이모에게 문제가 생겼거나 사고가 났을 때 연락할 사람은 엄마밖에 없었다. 엄마는 자신이 만만하기 때문이라고 말했다. 이모는 펄럭펄럭하는 불길 같았다. 그녀가 가진 수많은 것이 그녀를 쉴 없이 타오르게 하

는 것 같았다. 언젠가 점쟁이가 말하길 이모의 사주에 화火
가 매우 많다고 했다. 이모는 한겨울에도 반소매를 입어야
할 정도로 더위를 많이 탔다. 엄마는 무슨 일이 있어도 그녀
의 화를 돋워서는 안 된다고 했다.

그런 이모는 이 맑고 쨍한 날씨에 다양한 톤의 누더기
를 겹겹이 입고 있었다. 얼굴은 잿빛이었고 그마저도 모자
를 눌러써서 거의 보이지 않았다. 최순실이 처음 검찰로 가
던 때랑 조금 비슷했다. 나에게 묘사를 부탁한다면 중요할
때만 숲속에서 나오는 미친 마녀 정도로 말할 수 있을 것이
다. 그녀는 괴상한 목소리로 나를 불렀다. 그런 모습의 이모
는 처음이었다. 후에 그녀는 그때의 차림새를 동사무소용
패션이라고 했다. 자신처럼 젊어 보이는 사람이 수급자라면
서 동사무소에 나타나면 사람들이 의심할 거라고 말했다.
이모가 겹겹이 껴입은 누더기 중에는 내가 작년에 이모에
게 생일 선물로 준 옷도 끼어 있었다. 이모가 하도 안 입기
에 버린 줄 알았던 옷이다. 하지만 이상하게 안심이 되었다.
그녀가 미친 사람이라는 것이 뭔지 정확히 이해하고 있는
것 같았기 때문이다.

엄마와 내가 숨을 헐떡거릴 정도로 웃을 때면 이모의
이야기를 하고 있을 때가 많았다. 그것은 같은 짐을 지고 있
는 사람끼리만 나눌 수 있는 조금의 비난, 조금의 조롱, 그

리고 아주 오랜 시간 동안 쌓인 섬세하고 희소한 맥락 위에 놓인 패러독스였다. 이모를 사랑하고 이해하고 책임지고 있는, 그러니까 이모의 이야기에 웃을 수 있는 권리를 가진 사람은 세상에 엄마와 나 단둘뿐이었다. 그래서 우리는 세상 모든 사람을 대표하듯 그 거리 위에서 깔깔거리며 웃었다.

그러나 우리가 다시 그 거리를 되돌아 동춘역으로 왔을 때, 내 눈은 젖어 있었고 우리는 더는 웃지 않았다. 길은 낡아 있었고, 반짝이던 나뭇잎도 빛을 잃었다. 이모 이야기는 진즉 끝나 있었다. 그 치과에서는 내 이를 뽑을 필요가 전혀 없다고 했다. 신경치료를 진행하기 위해 간호사는 내 얼굴 위에 초록색 천을 덮어주었다. 그와 동시에 나의 눈에 약속처럼 눈물이 차올랐다. 나는 속삭였다. "시작했다." 그러고는 다만 최대한 많은 눈물이 흐르기를 조용히 소원했다. 지금이 내가 울 수 있는 유일한 순간이었다. 이것은 요즘 새로 생긴 습관이었다. 나는 가장 연약한 감정을 딴짓하듯 흘려보내는 것을 좋아했다. 그곳에서는 쉬이 고통받는 환자에 빙의하여 나의 온갖 슬픔을 흘려버릴 수 있었다. 나는 편하게 누워서 천으로 얼굴이 덮인 채 귓바퀴에 눈물 웅덩이가 생길 때까지 소리 없이 울었다. 치료가 끝나자마자 대기실에서 기다리고 있던 엄마에게 가서 안겼다. 엄마는 당황하며 연신 이렇게 말했다. 왜 그래. 그렇게 아팠니? 정

말 그렇게 아팠어? 너 나이가 몇인데 아프다고 울어. 눈물
그쳐.

　나는 아직 조금 젖은 눈으로 엄마에게 말하기 시작했
다. 그냥 말없이 안아주고 토닥여주면 될 걸 왜 무조건 울지
말라 다그쳐. 엄마는 왜 항상 그런 식이야. 내가 얼마나 어
렵게 눈물을 흘리는지 알아. 내가 얼마나 울어야만 하는 사
람인지 알아. 평생을 통틀어 내가 우는 모습을 겨우 몇 번밖
에 보지 못했던 그녀는, 잘못한 엄마라는 말을 듣는 것을 소
름 끼치게 싫어했다. 엄마는 화를 내기 시작했다. 자신이 부
족하기보다는 항상 이모가, 아빠가, 내가 너무나 이상한 사
람이고 그것을 참아주며 사는 자신의 공로가 늘상 인정되
고 있지 않음을 힘주어 말했다. 그래서 나는 엄마가 놓치고
있는 아주 중요한 사실 하나를 주지시켜야 했다. 나를 포함
한 이상한 트리오의 그림자에 가려졌을 뿐 엄마도 적잖이
이상한 사람이라는 것을.

　우리 가족의 공통점은 한 번에 한 가지밖에 못 한다는
것이었다. 그래서 우리는 하염없이 걷고, 하염없이 말하고,
걷고 말하다가 걷고 있다는 걸 까먹어버리고 말았다. 역에
도착했을 때 우리는 잠시간 당황해버렸고, 방금 잠에서 깬
사람처럼 방향을 찾아야 했다. 지하철을 타서도 목소리를
눌러가며 논쟁은 계속되었다. 정신이 들 때마다 열차를 반

대로 탄 것은 아닌지 확인해야 했다. 계획대로라면 우리는 요즘 생긴 나의 피부 발진 때문에 엄마가 아는 '그 한의원'으로 가야 했다. 그러나 우리는 역시 지하철에 탔다는 것을 잊은 채 열변을 했고 결국 내려야 할 역을 지나쳐버리고 말았다. 다음 역에 내려서 플랫폼 벤치에 앉았을 때 우리는 이제 목소리를 누르지 않았다. 산 위에서 소리를 지르는 사람처럼 서로를 향해 부르짖었다. 엄마는 소리를 낮추라고 소리쳤고 나는 엄마를 보고 배운 거라고 소리쳤다. 지나가던 사람들이 우리를 보고 망부석처럼 굳었다.

엄마는 내가 얼마나 변변찮은 구직자인지 알면서도 어서 취직하라고만 재촉했다. 그것은 이미 내가 나에게 하는 말을 엄마의 입으로 듣는 셈이었다. 이미 내 마음은 불바다였다. 대학을 졸업한 뒤로도 엄마에게 달마다 20만 원 정도를 빚지고 있었고, 그 돈을 받는다는 이유로 엄마는 내가 독립을 하지 않는다고 했다. 엄마가 '독립'을 나의 '선택'으로 하지 않는다는 식으로 말할 때마다 구토가 나올 것 같았다. 누구보다 독립을 원하는 사람은 나였다. 나야말로 빌어먹을 독립을 해서 빌어먹을 20만 원을 받지 않고 도로 내가 20만 원을 주되, 엄마에게 들은 모든 잔소리 또한 연금처럼 꼬박꼬박 돌려드리고 싶었다. 몇 달 동안 구직과 실패를 반복했고, 엄마는 내가 여전히 눈높이를 낮추지 않았다고 했다. 하지만 내가 지원하는 곳은 모두 최저임금을 겨우 맞춰주는 곳이었다. 나보고 공장에 가라는 거냐고 묻자 엄마는 그제야 말했다. 그건 네 선택이지.

그 말은 내가 실제로 선택할 수 있는 범위가 어디까지 인지를 보여주는 것 같았다. 마치 내가 인간이 되기엔 20만 원 정도 부족한 것 같았다. 나는 소리쳤다. 그깟 20만 원! 엄마는 벌떡 일어서서 말했다. 하! 그깟 20만 원, 그래. 어디 한번 잘 살아봐. 이제 너에게서 모든 걸 앗아갈 거야. 그깟 20만 원과 너의 전셋집. 내가 평생 일해서 벌어준 그 집과 모든 걸 다시 회수할 테니 어디 한번 잘 살아봐. 그깟 20만 원. 그게 내 시간이야! 그녀는 씩씩거리며 탑승구 쪽으로 걸어가서 등을 돌리고 섰다. 그러고는 사람들이 다 듣도록 소리쳤다. 자기가 줄 것이라고는 아무것도 없고, 오히려 내가 당신을 부양하지 않는 것만도 다행이니, 차라리 서로 안 만나고 사는 편이 시대와도 맞는다고. 이제 오늘 이후로 더 볼 필요도 없을 거라고.

나는 벤치에 앉아 있던 내 몸이 액체가 되었음을 확인했다. 어느 역이었는지조차 모르겠다. 방전된 것처럼 뇌와 몸이 동작을 멈췄다. 열차 도착 방송이 울렸다. 엄마는 당장이라도 그 열차에 올라 나에게서 멀어지려 하고 있었다. 저걸 타야 하는데, 나는 생각했다. 하지만 그뿐이었다. 몸이 사라져 있었기 때문이다. 나는 이곳에서 기약도 없이 떠나간 나의 혼을 기다려야 할지도 몰랐다. 그다음에야 전철에 몸을 싣고, 엄마는 벌써 멀리 떠났을 테고 나는 곧 그녀에게 돌려줘야 할 내 집에 동그마니 남겨질 터였다. 고양이들이 날 위로하려 하면 피부엔 두드러기가 돋을 것이다. 나는 사방이 막힌 방 안에 홀로 갇혀 있었다. 나가려고 문을 열면 또 다른 방으로, 또 다른 방으로 자꾸만 이어지는 방. 그곳을 나오려고 자꾸만 다시 문을 열어도 계속해서 방 안에 갇혀버렸다. 저 멀리 작은 구멍으로 엄마가 지하철에 오르는 모습이 희미하게 보였다. 나는 젖 먹던 힘까지 내어 달렸다. 다시 한번 문을 열어젖혔다. 그다음 문도, 그다음 문도 열어젖혔다. 그렇게 수천 개의 문을 빠져나와서야 나는 몸을 일으킬 수 있었다. 그녀가 탄 전철 문이 닫히기 전에 가까스로 탈 수 있었다. 그녀는 그것을 꿈에도 모르리라.

엄마는 아무 일도 없었다는 듯 자리에 앉아 눈을 감았다. 그녀의 눈은 몹시 무거워 보였다. 모르는 사람이 그 나이에 그 정도 짐을 들고 있다면 예의상 들어드릴까요, 하고 물었을 것이다. 그녀는 가끔 자신의 목덜미를 주물렀고, 눈도 뜨지 않은 채 앞에 선 나에게 저리로 꺼지라는 듯 손짓했다. 열차의 문이 열리고 닫히고 다시 출발했다. 덜컹 치익 덜컹 치익.

그 순간에도 여전히 나는 나일 뿐이었다. 그러나 어느 순간 몸이 고장 난 것처럼 삐걱거리고 있었다. 그것 또한 요즘 생긴 증상이었다. 말을 하는 게 아주 거추장스럽게 느껴졌다. 혼이 나간 사람처럼 감각이 느려지고 생각과 행동이 딱딱해졌다. 아무도 내가 존재한다는 것을 모를 것 같았다. 「존 말코비치 되기」의 주인공처럼, 마치 내 시야가 TV 속 영상처럼 멀게 느껴졌다. 나는 최대한으로 전철을 타고 있기로 작정했다. 다만 이 전철만이 낼 수 있는 소리를 더 정확하게 들어보려고 했다. 수많은 사람을 싣고 달리는 전철이 어떤 기분일지 헤아려보려 했다. 당장 내가 할 수 있는 최선의 것이었다. 전철은 어두운 터널을 지나며 검어졌고, 밝고 따뜻한 동네를 지나며 빛이 났다. 전철이 서울의 남동쪽을 지나고 익숙한 역을 지날 때 이제는 내려야 하는데, 하는 생각이 들었다. 하지만 그뿐이었다. 나의 몸은 이미 서울을 가로지르고 있었다. 왠지 전철과 한 몸이 될 수도 있을 것 같았다. 어디에도 정차하지 않고, 누구도 탑승하지 않은 전철에 엄마와 내가 있었다. 무겁게 감긴 그녀의 눈은 수천 번을 열어도 열리지 않을 것 같았다. 영원히 혹은 아주 오랫동안 뜨이지 않을 것 같았다.

이따금 멀리 떨어져서 엄마를 볼 때면 나는 항상 놀라곤 했다. 평범하고, 뚱뚱하고, 늙은 아줌마. 한때는 한 성깔

했을 것 같지만 이제는 그 성깔이 힘에 부치는, 가난하고 굼뜬 인상의 여자. 그녀의 머리는 난잡하게 뽀글거렸고, 드문드문 비어 있었으며, 행색은 칙칙했다. 엄마의 차림새에는 누군가의 관심을 받고 싶다는 기대가 전혀 없었다. 그리고 건너편엔 겨우 심심하게 차려입은 내가 있었다. 그녀와 내가 남남으로 만났다면 이것보단 서로를 좋아하지 않았을까. 나는 그녀의 무겁게 감긴 눈을 보며, 무거워 보이시는데 좀 들어드릴까요, 하고 물어볼 줄 아는 타인이었을 테니까. 그러나 나에겐 엄마밖에 없었고, 엄마에겐 나밖에 없었다. 그래서 때로 우리는 세상 사람들을 대표해서 서로를 증오했다.

　1호선의 시작과 끝은 매우 멀어서, 절반을 지날 때면 사람도 새로 태어날 수 있을지 몰랐다. 나는 그녀의 옆자리에 앉았다. 엄마─ 내가 너무 힘들어서 그래. 미안해. 두궁두궁 탁, 두궁두궁 탁. 나의 목소리가 전철 소리에 힘없이 겹쳐졌다. 엄마는 죽은 사람처럼 눈을 감고 미동도 하지 않았다. 내가 옆에 왔다는 사실이 조금도 놀랍지 않은 듯했다. 엄마는 친구가 자살한 적 있어? 내가 묻자 엄마는 불현듯 눈을 부릅뜨고 나를 쳐다보았다. 그러고는 그러엄─ 이라고 답했다. 몇 주 전에 친구가 자살했고 나는 3일간 검었고 그녀를 운구했다. 분명 힘든 일이지. 그런데 그런 건 언제나 너의 본질적인 문제가 될 수 없어. 엄마가 그런 말을 할 때면, 나는 오랫동안 멈추지 않은 장대한 폭포 앞에 서 있는 기분이 되었다. 내가 그녀에게 답으로 어떤 말을 늘어놓든 무의미하게 느껴졌다.

그 뒤로 무슨 말을 했는지 잘 기억나지 않는다. 애타게 찾던 것을 만났을 때 잠시간 마음이 놓이듯이. 곧이어 우리는 종로3가역에 도착했고, 내렸다. 정확히 말하면 전철과 분리되었다. 엄마는 화장실에 가고 싶다고 했고, 나는 입구에서 그녀를 기다렸다. 엄마는 앉을 만한 의자가 있는 곳을 안다며 나를 이끌었고, 나는 조용히 따라갔다. 그녀가 눈을 뜨고 나와 말하기 위해 어딘가로 이끈다는 것이 그저 기뻤다. 그녀가 어떤 순간을 지나 눈을 떴을지 나로서는 절대 알 수 없을 것이다. 도착한 곳에는 넓은 벽에 조각 설치물이 있었고, 그 앞에는 들어가지 말라는 울타리가 설치되어 있었다. 그녀가 말했다. 원래 이곳에 의자가 있었는데. 이젠 없네. 우리는 할 수 없이 그 앞에 만들어진 몇 개의 계단에 쭈그려 앉았다. 나는 이곳에 노숙자와 부랑자들이 나뒹구는 것을 본 적이 있었다. 그 사실을 말하자 엄마는 이크, 찝찝해라, 라며 괜히 엉덩이를 한번 털었다. 사람들은 바쁘게 각자의 방향으로 발걸음을 재촉했고 끝없이 교차했다. 갈 곳 없는 모녀가 계단에 쭈그려 앉아 있다 한들 시선을 붙잡아

둘 수는 없다는 듯이. 그때 엄마가 무언가를 생각해낸 듯 가방 안을 뒤적거렸다. 그러고는 까먹을 뻔했구나, 하며 나에게 작은 봉지를 건넸다. 그 안에는 몇 개의 면 생리대가 들어 있었다.

그것을 받아 든 나는 다시 울고 있었다. 사실 있잖아. 며칠 전에 왜 하루 종일 비 오던 날에. 별것도 안 했는데 몸이 바위처럼 무겁고 피곤하더라고. 그래서 하던 일 다 접고 집에 가서 쉬기로 마음먹었지. 막상 집에 와서 침대에 누우니까 글쎄 이상하게 잠이 안 오는 거야. 그런데 축축한 공기 사이로 희미한 향냄새가 나는 거야. 향도 안 피웠는데 냄새가 나네, 생각했어. 그런데 점점 냄새가 짙어지는 거야. 뭘까 하고 나가보니까 내가 면 생리대 삶은 물을 그대로 올려놨던 거야. 그게 새까맣게 타서 이제 막 불이 붙으려고 하는 거야. 유난히 누구에게서도 연락이 없던 날이었어. 나는 아주 쉽게 죽을 수 있겠구나. 내가 죽는다 한들 그 소리가 너무 작아서 아무도 알 수 없겠구나. 그런 생각을 했어. 나를 살린 것은 고작 이상하게 잠이 들지 않았던 기운, 그것뿐이었어. 엄마, 나는 잘 살고 있지 못해. 하다못해 갖고 태어난 이 하나조차 제대로 간수를 못 하잖아. 어느 순간부터 살아 있는 모든 사람이 생경해 보였어. 무슨 일이 있어도 삶을 선택했던 사람들. 어떻게든 빈틈을 파고들어 제자리를 찾아온 그들이 너무도 대단해 보였어. 성한 이를 가진 어른들은 더욱더. 얼떨결에 삶을 되찾은 나는 자욱한 연기를 빼려고 모든 창문을 열어젖혔어. 날씨가 너무 습해서 연기는 몇 시간 동안 빠지지 않았고, 그 냄새를 맡으면서 생각했어, 나는 지금 기뻐해야 하는 걸까. 놀랍도록 아무런 생각이 들지 않았거든. 나는 죽고 싶지는 않았지만, 살고 싶지도 않았던 거야.

가난한 집에서 태어나 홀어머니 밑에서 자란 나의 엄마는 초등학교를 졸업하는 동시에 봉제공장의 공순이가 되었다. 그때부터 그녀는 배움을 포기하고 온 가족을 먹여 살렸다. 열악한 노동환경에서 뼈 빠지게 일하던 어느 날 엄마는 할머니로부터 전화를 받는다. "좀 더 큰돈을 마련해와야겠어." 그 말을 들은 엄마는 알았다고 하고 전화를 끊고서 한강에 갔더랬다. 콱 죽어버릴까 고민했다. 도대체 왜 그러지 않았는데? 내가 물으니 그녀는 글쎄, 하고 잠시 생각했다. 그러고는 말했다. 내일은 다를 거라는 믿음이 있었어. 와, 나는 놀랐다. 엄마, 희망 말이야? 그래. 도대체 어떻게? 그냥 근거 없이 그렇게 믿어왔어. 난 그런 거 없어. 어쩜 좋으니. 그러게 말이야. 그리고 우리 사이엔 침묵이 흘렀다.

그러나 있잖아, 나는 다만, 너에게 물려주고 싶지 않은 것들을 물려주지 않으려고 죽을 만큼 노력했어. 엄마가 말했다. 나의 가난, 나의 출신성분, 나의 외모, 나의 학력, 내가 당연한 듯 져야 했던 의무들 말이야. 다만 나는 가끔 그런 생각을 해. 정말이지 너로 살았다면 얼마나 좋았을까 하고. 부모에게 사랑받고, 용돈을 받으며 성인이 되고, 대학을 다니고, 예쁘게 꾸밀 줄 알고, 또 아주 예쁜 애인 것 말이야. 엄마의 말에 나는 다시 한번 폭포 앞에 서 있는 느낌이었다. 그것은 그녀가 아주 드물게 하는 그녀식의 위로였다. 나는 손에 한가득 무언가를 들고서 무거운지도 모른 채 한참을 서 있는 사람처럼 그곳에 오랫동안 있을 것 같았다. 우리는 문득 멈춰서 긴 이야기를 시작했다. 그곳은 카페도 집도 식당도 아니었다. 멀리서부터 코끝을 찌르는 악취가 났다. 더럽다는 말이 모자랄 정도로 세상의 온갖 속되고 천한 것들이 얼룩덜룩 눌러붙어 있었다. 그곳에서 엄마와 나는 이야기를 나누었다. 집을 잃고 길을 잃은 사람들처럼 바닥에 주저앉아서, 침묵만큼이나 굉장하고 삶만큼이나 찬란한 이야기를 했다. 맞은편에는 LCD 광고판이 쉼 없이 움직였다. 계단에 쪼그려 앉아서 서로에게 기대 있는 모녀의 모습이 화면 위로 희미하게 비쳤다.

우리는 역을 나와서 죽집에 들어갔다. 엄마는 녹두죽을 시켰고 나는 엄마 것을 야금야금 뺏어 먹었다. 나는 녹두죽을 싫어하는 줄 알았으나 아주 고소하고 적당히 밋밋한 것이 한입 먹고 나니 멈출 수가 없었다. 우리는 말없이 그릇을 싹싹 비웠다. 그리고 그곳을 나와 햄버거 집에 들어갔다. 나는 햄버거를 시켰고 엄마는 내 것을 뺏어 먹지 않았다. 우리는 다시 종로3가역으로 걸었다. 그때쯤 우리는 1호선만큼이나 긴 이야기를 마친 후였다. 이제 엄마는 3호선을, 나는 1호선을 타야 했다. 역에 도착해 개찰구 앞에 다다르고 있었다.

지하철 안에 어느덧 저녁의 서늘함이 드리워져 있었다. 그때 문득 그녀는 멈춰 섰다. 무언가 생각난 것이 있는 듯했다.

있지, 내가 얼마 전에 「밥 잘 사주는 예쁜 누나」라는 드라마를 봤는데, 주인공들이 예쁘고 멋진 것만 빼면 있잖아. 그러니까…… 하! 너희 아빠는 정말 웃긴 사람이었어. 글쎄 나는 별생각도 없었는데 너희 아빠가 어느 날부터인가 매일같이 전화를 하는 거야. 정말이지 적어도 하루에 세 번은 했다니까. 그뿐만 아니라 아침에는 일하는 곳까지 데려다주고, 퇴근하고 일터를 나서면 마치 문지기처럼 기다리고 있었어. 하루라도 못 보면 큰일이라도 날 것처럼, 오늘은 이걸 하고 내일은 저걸 하자 너희 아빠는 그렇게 말했어. 나는 당황스러웠어. 무슨 이런 사람이 다 있나 하고 말이야. 나는 첩의 자식이어서 홀어머니만 계시고, 당신보다 나이도 훨씬 많고, 예쁘지도 않고, 배우지도 않았고, 돈도 없는 공순이일

뿐인데. 좋아할 부분이라고는 눈곱만치도 없었는데 정말 이상했지. 설마 그걸 모르고 있는 걸까 싶어서 어느 날 소상히 말해줬지. 그런데 네 아빠가 딱 한마디 하더라. "상관없어." 그러고는 결혼을 반대하던 아버님 앞에서 내 손을 꼭 잡고 살림을 차리겠다고 잘라 말했어. 매일같이 날 기쁘게 해주려고 무언가를 준비하고, 나를 놀라게 할 궁리를 했어. 누구도 그전까지 그래준 적이 없었어. 네 아빠와 함께한 세상에는 모든 고통과 내가 가진 약점들이 존재조차 하지 않는 것 같았어. 내 삶에서 그의 아내가 되는 것만큼 쉬운 일은 없었어. 나는 결혼할 생각도 없었고, 누군가가 나를 사랑해줄 거라고 생각한 적도 없었는데. 모든 일상이 전과 똑같았는데. 완벽히 달라져 있었어. 네 아빠랑 1년 동안 그랬어. 있지, 정말 꿈만 같았어. 정말이지 그거면 되었다고 생각했어.

내가 아는 한 아빠는 엄마를 단 한 번도 불쌍해한 적이 없다. 도대체 왜인지, 그는 배운 정도나 출신 성분이나 생김새 따위는 아무래도 상관없는 사람이었다. 마치 방이 더러워도 아무 상관이 없는 사람이 치우지 않는 사람을 나무라지 않는 것처럼. 아빠가 누군가에게 엄마를 아내로서 당당하고 자랑스럽게 소개하는 순간들은, 매번, 절대로 지치지 않고 그녀를 새로 태어나게 했을 것이다. 어떤 한마디 말 없이도 그녀의 전의를 모두 녹여버렸을 것이다. 그래서 호랑이 같은 나의 엄마는 다른 누구도 아닌 아빠가 하는 모든 말에 '네' 하고 답할 수 있었다. 그녀는 좋았다. 모든 순간이 매우 좋았다. 어쩌면 그런 순간만이 삶을 가능하게 하는지 몰랐다. 아무리 말해도 닳지 않는 순간, 말할 때마다 빛을 발하는 순간 말이다. 다시는 그 전으로 돌아갈 수 없는 순간 말이다. 절대로 빼앗길 수 없는 기억 말이다. 사람들이 바쁘게 개찰구 안으로 빨려들어가고 있었다. 전철의 입구 앞에서, 모녀는 서 있었다.

겨울처럼 쌓이는

쌀국수가 잘못 왔다. 그녀는 나무 데크로 된 계단을 올라가 현관문 앞에 놓인 식료품 꾸러미를 주워 들었다. 온갖 식료품이 땅바닥에 어지럽게 널브러져 있었다. 흔히 집에서 쓰는 투명한 봉지에 터질 듯이 담다 넘쳐서 담기지 못한 물건들이 그 위에 얹혀 있거나 옆에 나뒹굴고 있었다. 뭐 이런 곳이 다 있어, 그녀는 그렇게 생각하고 가방과 장갑을 쥔 채 그것들을 어찌어찌 품에 안고 집으로 들어갔다.

그러나 그녀가 진짜 언짢았던 부분은 쌀국수였다. 그녀는 어제 휴대폰으로 5밀리미터 굵기의 쌀국수를 세 개 주문했다, 가 그녀의 생각이었다. 실제로 도착한 것은 콧물을 그대로 굳힌 듯한 1밀리미터 굵기의 쌀국수였다. 아무리 봐도 대형마트의 배달 서비스라고는 보기 어려웠던 투명한 봉다리 안에서 구겨진 주문서를 찾아 손에 쥐었을 때, 그녀는 꽤 화가 나 있었다. 드디어 화를 낼 일을 찾았을 때에 올라오는, 조금은 쌓여 있던 분노였다.

그녀가 사는 건물의 입구에는 오래된 우편물이 가득 찬, 구겨진 빨간 우편함이 있다. 그 우편함엔 그 건물에 사는 모든 가구의 요금 고지서가 뭉텅이로 얹혀 있기 마련이었는데, 그중 가장 비싼 청구서가 자신의 것임을 알았을 때 그녀의 표정은 말할 수 없이 오묘해졌다.

바로 어제 그녀는 오래간만에 긴 낮잠을 청했다. 그러고는 잠에서 깨어 SNS를 보았는데, 그녀가 자는 동안 밖에는 펑펑 눈이 내렸고 뒤늦게 창문을 벌컥 열었지만 눈은 이미 그쳤으며 누군가는 이미 마당을 쓸어놓았고 어떤 눈들은 이미 때가 탔으며 무엇보다 누구도 그녀에게 이 사실을 알려주지 않았다는 것을 깨달았다. 건물 입구의 구겨진 빨간 우체통 앞에서 청구서를 받아 든 그녀의 표정은 딱 그때와 닮아 있었다.

그녀의 머릿속에는 이상은의 「성녀」라는 노래 속 한

구절이 계속 맴돌았다. '눈이 오는 줄도 모른 채 창문을 닫아두겠지.' 누군가에게 털어놓을 수라도 있다면 기분이 좀 나아질 것 같았다. 그녀는 그 숫자들을 발음해보았다. 구만 오천이십 원. 구만오천이십 원. 그녀는 그 노란 종이의 구석구석을 훑어보았다. 알 수 없고 보이지 않는 전기가 어떤 원리로 그 숫자를 만들어냈는지 알고 싶었다. 얼마나 그곳에서 있었는지 모르지만, 어느 순간 그녀는 계단을 따라 집으로 올라가기 시작했다. 꼭대기 층에 도착했고, 거기 콧물 굵기의 쌀국수가 널브러져 있었다.

어느 순간부터 집 안에 있는 갖가지 버튼이 눌렸다 하면 제자리로 돌아오지 않았다. 냉장고 온도 조절 버튼과 보일러 전원 버튼이 그랬다. 그러더니 삑— 삑— 소리를 내며 저들이 알아서 온도를 올렸다 내렸다, 전원을 켰다 껐다 하는 것이었다. 반대로 눌러도 자꾸만 제자리로 돌아오는 버튼도 있었다. 전기포트였다. 물을 끓이려고만 하면 멀티탭 전원이 꺼져버렸다. 언젠가부터 그녀는 물을 끓이기 위해 와이파이를 끄고, 전등을 끄고, 히터와 전자레인지와 세탁기를 꺼야 했다. 하지만 그런 것쯤이야 아무렴 상관없다고 생각했다.

그녀가 대학교에서 사무 보조를 할 적에 알게 된 교직원 선생님들이 어느 날 밥을 사주겠다고 찾아왔다. 그러고는 그녀에게 이제 그렇게 지겹고 더러운 아르바이트 그만 하고 학교로 돌아오는 게 어떻겠느냐고 말했다. 장학금이나 일자리 같은 건 자신들이 알아봐주겠다고 했다. 날마다 열 시간이 되도록 일하고 막차를 겨우 잡아타서 집으로 돌아오던 그녀의 속을 따뜻한 국물로 채워주고 들려주었던 퍽 희망찬 이야기들에 그녀는 벌써 전액 장학금이라도 담보받은 양 기뻐했다. 그녀는 당장 알바를 때려치우고 다음 날로 학교 장학상담실로 향했고 그곳의 처음 보는 선생님에게서 등록금을 지원받을 가능성이 거의 없으며 해보고 안 되면 다시 휴학하면 되지 않겠냐는 대답을 들었고 그녀는 다만 그런 결과를 얻으려고 그 지겹고 더러웠던 아르바이트를 때려치운 것은 아니었다. 그녀에게 말을 건넸던 선생님들은 그저 뒷머리를 긁었을 뿐이었다. 몇몇은 그런 이야기를 했다는 걸 기억조차 못 하는 것 같았다.

몇 개월 전 그녀는 한부모가정의 자녀가 되었다. 처음엔 장학금을 더 받을 수 있지 않을까 생각했다. 어차피 있어봤자 돈도 안 벌어 오는 아빠가 소득구성원으로 있으니 차라리 차상위계층이 되어 등록금 부담을 덜게 되었다고, 마치 그가 없어져서 더 깔끔해졌다는 듯 약간은 으스댔다.

어머니가 너무 많이 버셔서 안 되겠는데요. 그러나 처음 보는 주민센터 직원은 말했다. 그녀는 자신의 어머니가 그렇게 능력 있는 소득자임을 처음 알았다.

143만 2천 원. 주민센터 직원은 말했다. 그 이상 소득이 있으면 한부모가정에 해당되지 않습니다. 부모가 하나이면 한부모가정이 되리라는 생각은 완전한 착각이었다. 그 돈은 그녀로서도 마음만 먹으면 벌 수 있는 돈이었다. 대학도 다녀야 하고 살림도 유지해야 하는데 그 정도 돈으로 그게 가능하냐고 묻자 주민센터 직원은 최저생계비에서 무려 130퍼센트로 책정된 액수이며 그 이상의 소득이 있는 가정은 한부모가정이 될 수 없다고만 말했다. 143만 2천 원이면 홀로 딸을 키우는 가정도 그럭저럭 먹고살 수 있는 윤택한 나라에서 살고 있었음을 그녀는 처음으로 알았다. 그제야 그녀는 아빠를 잃었다는 것을 알았다. 그녀는 진정으로 한부모가정이 되었다.

휴대폰 요금제 통화량이 모두 소진되었다는 문자를 받은 것은 그녀가 주문서에 적힌 상담 번호와 통화를 막 끝낸 후였다. 알고 보니 주문을 잘못한 것은 그녀였다. 통화 내용의 요지는 그 쌀국수는 그녀의 집에서 멀리 떨어진 마트에서 왔고 근처에 같은 브랜드의 마트가 있음에도 그 쌀국수는 그곳에서는 교환할 수 없으며 하고 싶다면 꼭 그 쌀국수가 왔던 곳으로 다시 돌아가야 한다는 것이었다. 그 콧물을 굳힌 것 같은, 참으로 먹잘 게 없어 보이는 쌀국수의 The

Only Home은 오로지 그곳이라는 양, 상담원이 마치 국제적 문제를 논하는 듯한 굳건한 목소리로 말했다. 그녀는 자신이 그런 멍청한 실수를 했다는 데 너무 화가 났다. 전화를 끊고 나서 이 소득 없는 통화에 통화량을 다 써버렸다는 것을 알리는 문자를 받자마자 상담원으로부터 다시 전화가 왔다. 15일 내로 다녀가셔야 합니다. 뭐라고요? 안 들려요, 안 들리는데요. 끊습니다, 하고 한 달 후에 교환하러 갈걸 그랬다고 그녀는 생각했다.

밖은 어제 쌓인 눈이 곳곳에 얼음이 되고 햇빛이 닿은 곳엔 염화칼슘의 잔해만 남아 있었다. 이제 정오를 조금 넘겼는데도 세상은 차가운 창백한 파란빛으로 차 있었다. 거리엔 적어도 10년은 더 전에 달렸을 법한 철물점 간판과 오래된 가게, 칠이 벗겨지고 전깃줄이 튀어나온 낡은 다세대 주택이 늘어서 있었다. 개중에는 꽤 최근에 지은 것 같은 멀끔한 빌라들도 있었고 군데군데 구멍가게가 있다거나, 길목에는 창고로 쓰일 법한 비닐하우스가 불쑥 끼어 있기도 하고 쓰레기 폐기장이 몇 곳씩 늘어서 있고 택시 종점과 시멘트로 발라서 뚝딱 지어놓은 공장이 있기도 했다. 하여간에 무엇보다 사방이 집이었으며 집이라고 부르기보단 사람들이 사는 구멍이 송송 뚫려 있다고 하는 게 적합해 보였다. 잡다한 것들로 빽빽해 더는 들어갈 것이 없어 보였다.

그 와중에 거리 한 귀퉁이에서는 공사가 한창이었다. 공사장 바로 옆에는 딱 봐도 오래되고 볼품없는 4층짜리 다세대주택이 있었다. 그냥 봐서는 사람이 살 것 같지 않은 건물이었다. 1층 창에는 안이 보이지 않게 불투명한 시트지가 볼품없이 발려 있었다. 갖가지 기계에 쓰이는 작은 철 부품을 만드는 공장이었다. 그녀는 오래간 그곳이 운영되고 있다는 사실조차 몰랐다. 아무리 봐도 독신이고 그래서 그렇게 표독스럽다고밖에 생각되지 않는 중년의 남자가 운영하고 있었다. 언젠가 그녀는 그곳에서 무선드릴을 빌렸고, 감사 인사로 호박전이며 밀감 같은 것을 갖고 내려왔었다.

그녀는 쌀국수를 잘 챙겨 넣고 옷을 갈아입고 화장을 고치고 건물 밖을 나섰다. 차가운 공기가 밀려들자 얼굴을 목도리 안으로 깊숙이 파묻고 걸음을 재촉했다. 3시 23분, 그녀는 아르바이트 면접 장소에 도착했다. 그러나 그것은 13분이나 늦은 시각이었다. 그녀가 버스를 타고 3시 10분에서 딱 5분 전에 도착한 곳은 집에서 그리 멀지 않은 드러그스토어였다. 면접 장소를 완전히 착각했다는 것을, 그러니까 3시 10분에 있어야 했던 장소는 정반대 방향에 있는 드러그스토어였다는 것을 깨달은 시각이 또한 3시 10분이었다. 면접 장소에 전화를 걸면서 그녀는 근처 지하철역으로 빠르게 달려갔고, 다음 면접자가 있기 때문에 5분 안에 도착하지 못

하면 면접을 볼 수 없다는 말에 다시 지하철 개찰구를 빠져나와 택시를 잡아탔다. 역시 가장 힘들었던 것은 무리하면서까지 최선의 선택을 했음에도 불구하고 곧이어 맞이할 곤란한 상황을 기다리는 것밖에 할 수 없었던 택시 안에서의 시간이었다.

결과적으로 지각씩이나 한 알바 면접자로서 드러그스토어 안으로 입장했다. 매니저는 올 것이라는 기대가 전혀 없었다는 듯이 그녀를 맞이하고 그제야 그녀의 이력서를 인터넷으로 뒤져보기 시작했다. 하루에도 50명이 이 아르바이트를 하겠다고 이력서를 내고 있던 통에 그녀의 이력서를 찾는 데는 꽤 시간이 걸렸다. "딱 좋은 나이에 능숙하고 진득한 알바를 원하신다면"이라는 제목을 단 이력서가 지나갈 때 그녀는 뭔지 모를 수치심을 느끼며 작은 목소리로 그것이 자신의 이력서임을 알렸다.

저녁 무렵 집에 도시가스 검침원이 방문했다. 검침원이 이 집은 오래되어 단열도 안 되고, 꼭대기 층이라 열이 흩어지는 것도 당연하며, 창문들은 외풍을 술술 들이고, 보일러의 수명이 끝났어도 벌써 곱절은 끝났고, 다른 집 10분 땔 것을 이 집은 한 시간을 때야 하니 도시가스 요금 10만 원이면 그래도 절약해서 쓴 것이라고 설명해주었다. 더불어 아파트와 빌라의 좋은 점이라든가, 어디든 중간층에 사는 것이 얼마나 쾌적한지에 대해, 요즘 새로 지은 건물들의 훌륭한 단열 시설에 대해, 그리고 자신이 키우는 개와 고양이에 대해 말해주었다. 그녀는 도시가스 검침 확인란에 사인을 했다. 누구의 대리인도 아닌 자신으로서의 서명이었다.

신년을 맞이하여 가장 먼저 하고 싶었던 일은 아르바이트를 때려치우는 것이었고, 그 후로 일자리는 구해지지 않았다. 차라리 그 일을 계속하는 게 나았다 싶을 즈음에 그녀는 노란 전기요금 고지서를 받았다. 가끔 피카츄를 키우는 꿈을 꾸었다. 그녀는 계좌에 남아 있는 돈을 대차게 모두 노란 용지에 밀어 넣기로 했다. 그나마도 낼 돈이 남은 게 어디냐는 낙관마저 들었다. 그럼에도 그녀는 마트에서 굵은 쌀국수 세 봉지와 나무로 된 후추 그라인더를 사 올 수밖에 없었다. 아이스크림 가게의, 입에서 사르르 녹아내리는 녹차 아이스크림은 겨우 지나쳤다. 그녀는 집에 돌아와서 통후추를 채워 넣고 그라인더를 몇 번 돌렸다. 아래로 후추들이 우수수 떨어졌고, 그녀의 얼굴에 작은 화색이 돌았다.

그녀는 언젠가부터 이력서가 아닌 어떤 문장도 쓸 수가 없었고, 알바가 아닌 어떤 일로도 움직이고 싶지 않았다. 일할 때를 제외하고는 그저 죽은 듯이 가만히 있고 싶었다. 음악도 듣고 싶지 않았고, 영화도 보고 싶지 않았다. 어느 순간부터 그녀가 들어야 할 것, 봐야 할 것은 정해져 있었다. 새로운 사람을 만나는 것도 그만두었다. 그녀가 만나야 하는 사람들도 정해져 있었기 때문이다. 그녀는 그대로도 능숙하고 진득한 알바생 따위가 될 수 있었고, 아등바등 애를 쓰고 별별 짓을 해 봐야 그저 딱 좋은 나이에 능숙하고 진득한 알바생 따위밖에 될 수 없었다.

그곳은 창문을 다 닫아도 밤의 쌀쌀함을 피해갈 수 없는 오래된 다세대주택의 꼭대기 층이었다. 인부들이 집으로 돌아간 공사장은 을씨년스러웠으며 가로등 하나만 쓸쓸히 거리를 밝히는 겨울밤이었다. 그녀는 밖으로 나가고 싶지 않다고 생각했다. 물을 끓이는데 전기는 자꾸만 자꾸만 끊어지고 보일러는 죽은 지 오래였지만 어쨌든 차 한잔은 마실 수 있었고 양말을 신은 발은 따뜻했다.

그녀는 창문을 다시 한번 고쳐 닫은 뒤, 소파에 담요를 덮고 앉아 시집을 꺼내 들었다. 건물 현관의 구겨진 빨간 우체통 앞에서 전기요금 고지서를 바라보았듯 시집의 구석구석을 유심히 보기 시작했다. 이 알 수 없는 일들의 보이지 않는 전개가 어떻게 이 지금을 만들었는가를 알고 싶었다. 얼마 동안이나 그러고 있었는지 모른다.

완벽한 비극에 대하여

어느 날 아빠가 떠났다. 내가 대학교 1학년 때였다. 그는 엄마와 나를 버리고 스님이 되겠다고 했다. 지난 50년은 당신 뜻대로 되지 않았으나 앞으로의 50년은 그렇지 않을 거라고 비장하게 말했다. 엄마는 아파서 일을 그만뒀다. 병원에선 입원은 몇 주면 되지만 한동안은 회복에만 전념해야 한댔다. 일련의 사건들이 가져다준 변화는 간단하고 명확해 보였다. 나는 알바를 하나 더 시작했고, 아빠가 두고 간 차를 헐값에 팔아 등록금을 냈고, 엄마는 화를 더 자주 냈다.

그러다 어느 날부터 수업 시간에 조는 일이 잦아지고, 처음으로 수업에 결석을 하는 일까지 생기자 깨달았다. 공부도 일도 제대로 하고 있지 못하다는 것을 말이다.

나는 학업을 멈추고 일에 전념하기 시작했다. 그러나 아무리 일을 해도 바뀌는 것은 별로 없었다. 자취방 월세와 공과금, 식비, 두 마리 고양이의 사료 값, 휴대폰 요금을 내고 나면 우스울 만큼 남는 돈이 없었다. 헐레벌떡 막차를 잡아타고 집으로 돌아가는 길엔 어딘가 잘못된 듯한 느낌을 지울 수 없었다. 그러던 어느 날 친구로부터 연락이 왔다. 친구는 똑똑한데 가난한 학생들을 위한 장학금이 있다고 했다. 처음엔 망설였다. 그것은 천재적인 두뇌로 금방이라도 하늘로 비상할 학생이 찢어지게 가난하고 불우한 가정 환경에 날개를 묶였을 때를 위한 것이 아닌가 생각했다. 내 옷에는 눈에 띄는 구멍도 없고, 성적표에는 필요 이상으로 다양한 알파벳이 있었기 때문이다.

혹시나 해서 찾아본 장학금 신청서의 질문들은 대강 두 가지의 내용을 요구하고 있었다. 너는 얼마나 열심이며, 얼마나 비참한가에 대한 것이었다. 사실 장학생으로 선정될 가능성만큼이나 다른 대안들도 불확실했으므로 나는 별안간 한 가지씩 적어나가기 시작했다. 평생 일을 쉬어본 적 없는 어머니는 자신의 이름으로 된 집 하나 갖지 못했고, 지금은 병이 들어 실직 상태다. 아빠는 가정을 버리고 떠났다. 가족 중 누구도 소득원이 없어 당장 내야 할 등록금을 위해 유일한 재산인 차를 팔아야 했다. 나는 생활비를 벌어가며 학업을 병행하다가 어느 순간 한계에 다다랐다는 판단으로 휴학계를 내고 매일 일하고 있다. 그러나 돈은 모이지 않고 언제 다시 학교로 돌아갈 수 있을지 모르겠다. 그렇게 쓰고 나니 뭔가 임팩트가 부족하다는 느낌이 들었다. 엄마와 함께 살고 있는 이모의 이야기도 쓰기로 했다. 이모는 세 번의 이혼 후 정신이상자로 진단을 받고, 생활보호대상자로 지정되어 제대로 된 경제활동을 하지 못하고 나와 과부인 엄마의 손에 떠맡겨졌다.

좀 더 적을 만한 것이 없나 생각해가며 한 줄 한 줄을 더하고 있는데 어느새 볼에 눈물이 흘러내렸다. 내 앞에 명확히 실존하는 묵직한 가난은 글에서 너무도 지루하고 뻔한 어조로 처참하게 서술되고 있었다. 그곳에는 예쁜 원피스 한 벌을 사기 위해 산책 삼아 버스비를 아끼고, 때로는 비싸고 맛있는 밥을 먹는 사치를 부리고, 친구들과 적은 돈으로 여행을 가기 위해 갖가지 방법을 연구하고, 빛 좋은 날에는 잠시 수업을 빠져나와 산책을 하는 내 모습이 없었다. 그것은 어릴 적부터 TV를 틀면 나오던 불행한 사람들의 이야기, 어른의 말을 듣지 않은 아이들이 벌로서 받는 운명과 같은 이야기였다.

사실 나의 이모는 굉장히 활발한 사람이다. 그녀는 부지런하고 손이 야무져서 김치를 정말 맛있게 담그고, 집 안을 예쁘게 가꾸며 주변 사람을 챙길 줄 안다. 나의 어머니는 어린 나이부터 노동 전선에 뛰어들어 가정을 책임져야 했음에도 세상에 대한 배움을 게을리하지 않았다. 인생의 가장 어려운 문제들에 명확한 해답을 내놓는 지혜를 가졌으며, 내가 가장 닮고 싶은 사람이다. 무엇보다 나의 심신을 건강하게 길러준 훌륭한 어머니였고, 당신은 받아보지도 못한 대학 교육까지 받도록 해주셨다. 아버지는 일면 무책임하게 우리를 떠났지만, 흠잡을 데 없이 성실하고 훌륭한 아버지였으며, 나는 한 명의 인간으로서 그를 응원할 수 있었다. 비극은 쉬웠다. 비극은 이야기 자체가 아닌 앵글에 있었다. 장학생으로 선정되었다는 연락을 받은 날 나는 무척 기뻤다. 그리고 이내 경쟁에서 제쳐졌을 나보다 덜 임팩트 있는 가난들을 떠올렸다. 신청서 위에서 죽어버렸을 수많은 희망의 순간에 대해서 생각했다. 가난하기 이전에 한 명의 학생으로서 캠퍼스를 누비고 있을 나의 친구들을 생각했다.

2

열혈우정인의 삶

친구 발견

옛날 얘기를 자꾸 해서 뭐 하겠냐만은, 걔는 정말 못생겼었다. 그 시절 내 유일한 낙은 일주일에 한 번 글방이라는 글쓰기 모임에 가는 거였다. 딱히 글쓰기에 관심이 있는 것은 아니었다. 거기엔 선생님도, 친구도 없었다. 서로가 어디 사는 누구인지도 모르지만 그가 써 온 글을 읽고 단지 그 글에 대한 얘기만 하면 됐다. 10대에 그 정도 거리를 두고 누군가를 만날 수 있는 곳은 흔하지 않았다.

거기서 걔를 만났다. 첫눈에 한 생각은 이거였다. '정말 찐

빵같이 생겼군.' 그러고는 단호히 시선을 거두었다. 그 시절
엔 내 못생김만도 감당하기가 벅찼기 때문이다. 단지 걔는
읽는 사람이 다 부끄러워질 정도로 적나라한 섹스 이야기
를 자꾸만 글로 써왔다. 그리고 매번 딱 붙는 바지나 짧은
원피스 같은 걸 입었기 때문에 그냥 비슷한 진영에서 있는
힘껏 싸우는 사람에 대한 전우애 같은 걸 느끼거나 가끔 애
쓴다 싶은 마음이 들긴 했다. 그래도 사람들은 그 글을 보고
어디가 좋고 어디가 바뀌면 좋겠다고 얌전히 말해줬다. 내
가 보기엔 그냥 남사스러웠다. 그러나 야한 걸 남사스럽다
고 하면 촌스러워지는 곳이어서 되도록 티 내지 않고 있었
다. 간혹 조금 심한 비평을 들은 날이면 걔는 그 자리에서
입을 막고 억억 우는 것 같았다. 까무잡잡한 피부에 작은 눈
과 둥근 코, 얇은 입, 각진 턱에 주근깨가 도드라지는 얼굴
과 두터운 허벅지, 뭔가 측은한 어깨의 그 아이는 겨울이면
신경 쓰일 정도로 가볍게 입고 나타났다. 한파경보 같은 게
울리고 누군가의 집에서는 보일러가 터지는 날에 짧은 치
마와 얇은 트렌치코트에 검정 스타킹 차림으로 나타났다.
그러고는 뭐가 춥냐고 그랬다. 밥맛이었다.

　그 시절 나 또한 밥맛이기는 마찬가지였다는 점을 시
인하지 않을 수 없다. 나는 그 시절 무슨 옷을 입느냐가 인
생의 전부인 듯 굴었다. 아침 점심 저녁마다 무슨 옷을 입을

지를 고민하느라 밥도 굶고 옷을 샀다. 특이한 옷을 사겠다고 서울 바닥에 있는 재래시장을 빗자루처럼 쓸고 다녔다. 할머니들 사이를 비집고 들어가 악착같이 값을 깎아 옷을 샀다. 빨강, 주황, 노랑, 초록, 파랑, 남빛 그리고 보라까지, 머리부터 발끝까지 휘황찬란했다. 내 몸에 세상을 품고 싶다는 야망이 있었기 때문에 세상의 어떤 색깔도 외롭게 하고 싶지 않았다. 가슴팍에는 커다란 인형을 꽂고, 머리는 짧고 둥글게 잘랐으며, 알이 없는 커다란 뿔테 안경을 쓰고 다녔다. 어딜 가나 시선이 쏟아졌다. 쳐다보기엔 눈이 부시지만 그렇다고 안 볼 수도 없었다. 친구가 없는 애들만 할 수 있는 차림새였다. 사람들은 내가 도대체 뭐 하는 앤지 알 수 없어 했고 나도 그 시절 내가 뭘 했는지 대관절 알 수가 없다. 그러고선 딱 그만큼 이상한 글을 글방에 써 갔다. 종이 한 장을 숨 막힐 정도로 빼곡히 채워 갔다. 혹평이 쏟아져도 얼굴색 하나 바뀌지 않고 당당한 게 영 밥맛이었을 것이다.

개를 잘못 본 게 아닐까 약간 걱정이 되기 시작한 것은 그로부터 몇 년이 지난 후였다. 우연히 들어간 블로그에 개 이름 석 자가 적혀 있었다. 이름 밑에는 탄생 년도가 뭇 위인들의 그것처럼 괄호 안에 자랑스럽게 적혀 있었고, 그 아래에는 무려 자신의 약력을 줄줄이 써놓았던 것이다. 당연히 대단한 건 없었다. 대단한 건 오로지 그 호기였다. 뭐야,

뭔데. 왜 이러는데. 나는 생각했다. 뭐라도 되어보겠다는 거야? 하고 심드렁하게 스크롤을 내렸다. 그러다 별안간 깜짝 놀랐다. 정신을 차리고 보니 거기 있는 글을 전부 읽어버린 후였다. 재밌었다. 놀라웠다. 대단진 않았다. 그건 아직 아니었다. 아직 아니긴 했는데 분명 곧이었다. 잘못 본 걸까 싶었다. 내가 아는 애가 맞나? 약간 겁이 났다. 친구 해놓을걸. 좀 봐둘걸.

몇 년 만에 다시 글방에 나갔을 때 나는 걔 말고는 어디에도 시선을 두지 않았다. 걔는 생긴 건 여전했지만 뭔가 가닥을 잡은 듯했다. 예전보다 무리한 시도를 덜 하는 것 같았다. 핑크색 아이섀도를 피한다던가, 셔링이 가득한 시폰 원피스를 입기를 그만둔 것 같았다. 뭐라도 말을 걸고 싶었지만 아무 말도 할 수 없었다. 안녕, 잘 지냈니? 같은 건 내 마음을 반영하기엔 필요 이상으로 새삼스럽고 싫었다. 몇 년 전에 만난 사이인데 오늘이 초면인 것 같았다. 걔가 하는 말들이 모두 멋지게 들렸다. 걔 옆에 있는 애들마저도 멋져 보였다. 초등학교 2학년 때 국어책에서 배웠던 "너랑 친구가 되고 싶어" 같은 문장이 머릿속을 뱅뱅 돌았다. 정말 초등학생처럼 걔 주변을 뱅뱅 돌았다. 그런데 걔는 아무런 낌새도 채지 못한 것 같았다. 걔야말로 놀라울 정도로 나에게 시선을 두지 않았다. 내가 거기 있는지도 모르는 것 같았다.

그때 글방 선생 어딘이 말했다. 다음 주 글 주제는 인터뷰야. 꼭 인터뷰해보고 싶었던 사람 있지? 해 오면 돼. 그러자 방에 있던 애들이 웅성거렸다. 아니 다음 주까지 글 한 편을 써오는 것만도 대책이 없어 죽겠는데, 누굴 만나서 인터뷰를 해 오라고? 순간 회심의 미소를 지은 사람은 나뿐이었다. 가슴이 마구 뛰었다. 방을 나오면서 애들이 물었다. 누구 할 생각이야? 그러자 뜨거운 불덩이처럼 대답이 튀어나왔다. 나는 이슬아. 그러자 앞서 가던 개가 날 돌아봤다. 네가 왜? 하는 표정이었다. 그러고는 몇 초 뒤에 개가 말했다. 그러던가.

인터뷰 장소는 우리 집이 어떠냐고, 덥석 제안했다. 당시 개네 집은 남양주였고, 우리 집은 인천이었다. 개는 얼떨떨한 표정으로 순순히 그러겠다고 답했다. 우리가 정확히 수도권 양극단에 산다는 것은 생각도 못 한 모양이었다. 설레는 마음으로 온갖 부산을 떨며 집을 단장했다. 당일이 되자 좀 늦을 것 같다는 연락이 왔다. 생각보다 너무 멀다고. 가는 길인데 토할 것 같다고. 그러더니 그냥 아무 데나 중간에서 만나는 게 어떻겠느냐고 했다. 당황스러웠다. 집이 아니면, 개 앞에서 멋있을 자신이 없었다.

뒤늦게 집 앞에 도착한 개의 얼굴엔 귀찮은 애를 보기 위해 먼 길을 달려온 피곤함이 잔뜩 담겨 있었다. 나는 너무나 기뻐서 개를 힘껏 반기며 거실로 안내했다. 커다란 베란다 창으로 동네 풍경이 한눈에 보였다. 푸른 벤저민 나무가 거실 한쪽에 우거져 있고, 나무의 고운 결이 그대로 보이는 원목 다탁 위에 차를 우리는 도구들이 정갈히 놓여 있었다. 나는 주전자에 물을 올리고 가장 좋은 차를 꺼내 능숙한 몸짓으로 따듯한 차를 우려냈다. 그러는 동안 우리 사이엔 적막만 감돌았다.

개는 내 앞에서 조용히 당황하고 있었다. 조금 열린 동공으로 나를 바라보고 있었다. 그 순간 개는 알았을 것이다. 내가 여기까지 개를 끌고 온 이유를. 결과적으로 나는 개를 인터뷰하는 데 실패했다. 그저 나를 새로 소개하느라 바빴다. 결국 한 편의 글만 쓰였다. 개가 나에 대해서 쓴 글이었다. 물론 그 글은 별로였다. 대부분 추측이며 편견이고 과장이었다. 글 속 인물은 내가 아니라 만화에나 나올 법한 괴상한 캐릭터였다. 그 후로도 한동안 그 애랑 친구가 되지 못했다. 알다시피, 괴상한 애는 만화에서나 봐야 재밌기 때문이다. 그러나 그 후로 글방에서 우리는 가끔 눈이 마주쳤다.

대학교에 입학했는데 우연히 개를 마주쳤다. 교정을 지나는 개를 한눈에 알아봤다. 내가 개를 좋아해서가 아니라, 눈에 띄었다. 생긴 건 여전했지만 좀 예뻤기 때문이다. 개는 이제 조금 아는 듯 했다. 자기가 무슨 색을 위해 태어났는지, 어디를 드러내고 숨겨야 하는지. 허리와 골반을 감싸는 와인색 벨벳 원피스를 입고 검은 곱슬머리를 늘어뜨리고 페도라를 비스듬히 쓴 모습이었다. 강의를 듣다 말고 걔 옆모습을 그린 적도 있었다. 별것도 아닌 양 걔한테 슬쩍 그림을 내밀면 걔는 상냥하고 새침한 말투로 그림도 잘 그리는구나? 하고 말하고 갈 길을 가버렸다. 그런 일이 아니고서야 우리는 별 대화를 나누지 않았다. 걔도 나도 각자의 일상과 친구들이 있었다. 그냥 가끔 교정을 걷는 걔를 멀리서 눈으로 좇을 뿐이었다.

그러던 어느 날 걔가 다가오더니 말했다. 평소보다 조금 더 예쁘게 단장한 모습이었다. 정말 슬픈 일이 있었어. 나는 놀라서 물었다. 무슨 일? 오늘 좋아하는 원피스를 입고 강의를 들으러 갔는데, 동기 남자애가 나를 보더니 큰 목소리로 이렇게 말하는 거야. "야, 이슬아 치마 길이 좀 봐라. 왜, 다 벗고 다니지 그래?" 당연히 강의실에 있는 모든 사람이 나를 쳐다봤어. 그러고는 걔가 엄청 크게 비웃기 시작하는 거야. 너무 창피하고 화가 났는데 대꾸할 말이 하나도 떠오르질 않는 거야. 당장이라도 울음이 터질 것 같아서 바로 뛰쳐나왔어.

나는 그 강의실이 어딘지 알고 있었다. 그 말을 한 남자애가 누군지도 알고 있었다. 남자애가 무슨 말투로 그 말을 했을지도, 그 말을 듣고 얘가 어떤 기분이었을지도 정확히 알고 있었다. 이런 씨발새끼. 나는 말했다. 나는 그런 부류의 남자애들을 알고 있었다. 여자애들의 겉모습에 대해 놀라운 말들을 경이로울 정도로 내뱉는 애들을. 몸이 퉁퉁 부을 정도로 화가 나는데도 정작 말문이 막혀 아무런 대꾸도 할 수 없게 만드는 애들을. 그런 애들한테 중학교 전부를 시달리며 살았으니까. 그들을 증오하면서도 무엇보다 내 생김새를 증오하며 살았으니까. 10대 내내 내가 글방에 가져갔던 글은 그 증오에 대한 것뿐이었다. 그 글들은 보기 힘들 정도로 흉했다. 그 증오가 너무 뜨거워서 글까지 태워버린 것 같았다. 강의실을 뛰쳐나와 울음을 터뜨린 순간 걔가 떠올린 것은 아마 그 뜨거움이었을 것이다.

　내가 제일 화나는 게 뭔지 알아? 걔가 말을 이었다. 그 말을 듣는 순간 마치 과거로 돌아간 것처럼 중학교 때의 나로 돌아가버렸다는 거야. 아무 말도 하지 못했던 그때로. 그런데 그 말에 어쩐지 나는 실소를 터뜨리고 말았다. 나라도 그럴 것 같았다. 그건 단순히 무섭다거나 반박할 용기가 없는 게 아니었다. 그냥 한순간에 질려버리는 것에 가까웠다. 너무나 뜨악한 저질스러움에는 꼼짝달싹도 할 수 없는 뭔가가 있었다. 내가 말했다. 네가 방심했네. 여기가 대학교인 줄 알았나 보네. 걔가 말했다. 그러니까. 난 중학교는 졸업한 줄 알았지 뭐야. 완전 방심했어. 교정의 커다란 나무 아래에 앉아 개랑 나는 깔깔대며 웃었다. 나는 개가 앞으로도 그런 말에 대답할 수 없는 사람이길 바랐다. 대답할 필요가 없는 사람이길 바랐다.

그 후로도 한동안 우리는 서로를 잡아두는 일이 없었다. 가끔 교정에서 마주치는 정도였다. 소싯적부터 쌓아온 옷에 대한 노련함으로 매일같이 완벽한 차림으로 등교를 하는 나에게 개는 "오늘도 예쁘네" 하고 길을 질러 가버렸다. 대부분의 학교 사람들은 겉모습만 보고 나를 콧대 높은 부잣집 딸내미로 멋대로 추측했는데, 안타깝게도 개도 그중 하나였다. 내가 생활비를 벌기 위해 쓰리잡을 뛸 때도, 아빠가 가족을 떠나 출가를 했을 때도, 등록금이 없어 휴학을 했을 때도 개는 여전히 내가 손에 물도 묻혀본 적 없는 부잣집 딸내미라고 생각하고 있었다. 내가 알바를 한다는 사실을 우연히 알게 됐을 때 개가 "아, 그래?" 하며 나를 뻔히 쳐다보았던 것을 기억한다. 개 얼굴엔 '의외군'이라고 쓰여 있었다. 개는 나를 인기 많고 화려하고 잘난 삶을 사는 미국 드라마 「가십걸」의 주인공쯤으로 생각했던 모양이었다. 내 삶이 얼마나 처량하며 한적하고 한심한지를 말해줄 때마다 더없이 흥미롭다는 표정을 지었다. 좋아하는 애한테 무모하게 고백을 했다가 차였던 일이나, 아무한테도 말 못 할 한심하고 창피한 일들을 얘기하면 걔는 전에 없이 신이 나 보였다. 걔 얼굴엔 이렇게 쓰여 있었다. '정말 웃기는 애군!' 그러고서 다음 날이면 어김없이 걔 만화에 내 얘기가 등장했다. 한 번도 나에게 먼저 허락을 맡거나 검열을 거친 일은 없었다. 그냥 누군가 와서 "만화에서 잘 봤다"고 하면 뒤늦게 들어가 확인하는 식이었다. 언젠가는 내 나체가 연재된 적도 있었다. 영감의 대상이 되었으니 기뻐야 했을지 모르겠는데 사실은 놀라울 정도로 창피했다.

　나는 만화로 봐도 참으로 안타깝고 우스꽝스러운 애였다. 내가 봐도 현실보다는 만화에 더 어울렸다. 한심해서 만화에 등장해야 한다면 그 정도는 되어야 할 것 같았다. 그렇지만 걔가 아는 나도, 거기에 그려진 나도 내가 아니었다. 그래서 그냥 두었다. 누군가는 한심해서, 누군가는 괴상해서 걔의 만화를 종종 즐겁게 만들어줘야 할 것 같았다.

　걔의 애인들을 멀리서 지켜본 바로는 대체로 말수가 적었다. 얼마간 그들의 목소리를 알아낼 방도가 없었다. 그리고 필수적으로 큰 귀걸이를 하고 있었다. 뭐야, 저거, 싶을 정도로 큰 귀걸이였다. 대부분 딴따라가 입을 법한 찰랑이는 셔츠 차림을 하고 있었다. 그런 복색을 해놓고도 무책임하리만치 침묵을 지켰다. 오로지 귀걸이가 달랑거리는 소리만 울렸다. 대답하지 않는 것도 대답이 될 수 있다는 걸

개의 애인들한테서 배웠다. 나중에야 개가 "네 눈이 너무 커서 아무 말도 못 했대" 같은, 말 같지도 않은 말을 전하곤 했다. 세상엔 이런 남자들도 있군. 나는 생각했다.

어느 날부턴가 나에게 반하는 남자들도 종종 생겨났다. 살다 보니 그런 일도 있었다. 어느 날 갑자기 누군가 나를 대차게 오해하는 일. 사실 결정적으로 개가 나를 다시 보게 된 것은 나에게 반한 남자들 덕분이라는 것을 나는 알고 있었다. 개 주변의 남자들이 다솔 종합병원에 긴급 이송될 정도로 큰 사고를 당한 적이 몇 번 있었다. 입원 소식을 들었을 때 가장 놀란 건 나도 아니고 개였다. 그들에게 가장 많은 질문을 던졌던 것도 개였다. 개 얼굴엔 이렇게 쓰여 있었다. "얘가 그 정도라고?" 시간이 지나 다들 무리 없이 쾌차한 뒤에, 수많은 오해와 이해가 우리를 씻겨 간 뒤에, 그 자리에 남아 있었던 것은 개였다. 그 남자애들이 나도 모르고 개도 몰랐던 뭔가를 발견해준 것 같았다. 괴상하고, 불편하고, 극성이고, 종잡을 수 없는, 대체로 피곤한 이, 라는 나에 대한 단어 사이사이에 무언가를 채워준 것 같았다.

개한테 먼저 전화가 걸려 오는 일은 흔치 않았다. "어쩐지 네가 연락이 없길래. 왠지 연락해봐야 할 것 같았어." 나는 마침 집 앞에 도착해서 양말 한 짝을 벗으려던 참이었다. 친구의 장례식을 지키다 발인을 마치고 며칠 만에 집에 돌아오는 길이었다. 내가 말했다. "양말을 벗고 던진 후에 세 바퀴를 돌고 들어가야 잡귀가 꼬이지 않는대." 개는 갑작스러운 소식에 놀라면서도 어쩐지 놀라지 않았다. 나는 핸드폰을 귀에 댄 채로 선 자리에서 뱅글뱅글 돌고 양말을 던졌다. 한참 동안 개의 위로를 받은 후에야, 내가 아주 슬펐다는 것을 알았다. 사실 며칠간 가장 괜찮아 보이는 사람은 나였다. 거의 울지도 않았고, 오히려 나도 모르게 불쑥불쑥 농담이 튀어나왔다. 영영 잃어버린 친구가 있었지만, 오히려 살아남은 친구들 사이에서 길을 잃었다. 우리도 모르는 사이 쌓인 케케묵은 오해 속을 헤엄치고 있었다. 마치 처음 보는 사람들 사이에 있는 것처럼 낯설었다. 내가 장례식에서 별로 울지 않았다고 말하자 "양다솔이라면 그럴 법하지"라고 말한 건 개였다. 내가 여전히 농담을 놓지 않았다는 데 안심하는 유일한 사람도 개였다. 개는 한참 나의 슬픔을 경청하고 전화를 끊었다. 양말을 던지는 미신보다도 개의 전화 한 통이 나를 더 지켜줄 것 같았다.

나의 한심한 이야기도 어느새 지루해진 듯했다. 내가 뭔가 얘기하기 시작하면 개는 노트북을 열고 뭔가를 쓰거나, 핸드폰에 열중했다. 서두를 꺼내자마자 "그러면 나는 미뤄뒀던 그릇장 정돈을 해야겠다" 하고 손을 걷어붙이고, 이야기 하나가 끝날 동안 노래 한 곡의 반주를 뚝딱 만들기도 했다. "너 나 말고 다른 사람들이 말할 때도 이렇게 딴짓하냐?"라고 물으면 "어우야, 그럼 안 되지" 하고 말했다. 걔가 그러거나 말거나 지치지 않고 말하는 나도 웃기기는 마찬가지였다. 언젠가는 한참 말하고 있는데 걔가 소파로 자리를 옮겨 길게 눕더니 그대로 곯아떨어진 일도 있었다. 나는 말을 하다 말고 허탈해져서, 자는 걔를 넋 놓고 바라봤다. 한숨 자고 일어난 걔는 훨씬 개운한 얼굴이었다. "정말 잘 잤다"고 말했다. 내가 한 가지 이야기를 하는 동안 글 하나를 마감하고, 노래 한 곡을 편곡하고, 만화 한 편을 그려내고, 잠을 한숨 자고 나서 훨씬 상쾌한 얼굴로 상냥하고 새침하게 말했다. "다솔아, 자조 좀 그만해."

그러나 다른 순간도 있었다. 언뜻 평소와 똑같은 것 같지만, 완벽히 다르다는 걸 걔는 바로 알았다. 그러면 걔는 하던 일을 멈추고 나를 보았다. 한 손으로는 조용히 녹음기를 켰다. 종종 내가 말한 문장을 메모장에 옮겨 적거나, 말하는 모습을 사진으로 담기도 했다. 그건 내가 중요한 말을 하고 있다는 뜻이었다. 그걸 하나도 놓치고 싶지 않다는 것이었다. 그러면 나는 걔가 내 이야기를 듣고 있다는 게 그렇게 안심이 될 수 없었다. 걔가 기억하는 이야기는 잘 사라지지 않을 것 같았다. 내가 그 순간을 너무나 기다렸다는 걸 알 수 있었다. 몸과 마음이 기지개를 켜듯이 이야기를 뻗어

냈다. 여전히 설명할 것이 많이 남아 있었다. 언제부터였는지는 알 수 없었다. 내가 고개를 들었을 때, 개가 거기에 있었다.

파더스 어드벤처

어느 날 아빠가 찾아왔다. 아주 오랜만이었다. 아빠는 산골에 있는 작은 암자에서 일했다. 언젠가 엄마와 함께 그곳에 아주 내려가 살 거랬다. 처음에 그는 주말이 되면 기러기처럼 집으로 날아왔다. 그런데 그 산골이 깊고 깊은 나머지, 그곳의 밤이 너무 어둡고 어두운 나머지, 그곳의 물이 너무 맑고 맑은 나머지 그가 집에 오는 일은 점점 드물어졌다. 어느 겨울엔 철새가 되어버린 그를 만나기 위해 엄마와 내가 그곳으로 찾아가기도 했다. 이른 새벽 집을 나서 지하철을 타고 시내의 터미널에 가서 고속버스를 탔다. 몇 시간 뒤 작은 시골 터미널에 도착해서 또 한 번 작은 버스로 갈아타고 꼬불길을 한참 넘어갔다. 한적한 산마을 입구에 당도해서 버스에서 내린 뒤 산길을 한참 올라갔다. 그러면 저 멀리 아득한 곳에 암자가 보였다. 작은 법당 하나와 오래된 가옥 몇 채, 작은 흙집 몇 동이 전부였다. 그 작은 집들은 서로를 위해 조금은 거리를 두고 앉은 친구들처럼, 아무 데나 핀 들꽃처럼 산을 따라 듬성듬성 피어 있었다. 나는 사람들의 숙소로 쓰이는 작은 요사채 앞 허름한 개집을 보았다. 꼬리가 잘린 까무잡잡한 고양이와 맑은 눈을 한 개가 서로 기대어 자고 있었다.

들어서자마자 무언가가 달라졌음을 느낄 수 있었다. 그곳의 공기에서는 어떤 맛이 났다. 공기에 맛이란 것이 있는 줄 몰랐던 사람도 느낄 수 있었다. 민트처럼 화하고, 뭉근하고 차가운 맛. 그곳은 음지여서 겨울이면 냉골이라 불렸다. 여름에도 웬만해서는 덥지 않다고 했다. 눈이 오면 몇 주가 지나도 녹지 않았다. 공중에 피어오르는 입김이 유난히 하얗고 또렷했다. 숙소로 받은 자그만 흙집에 나무로 불을 때고 누우면 얼굴은 얼 것 같은데 등은 데일 것 같았다.

그곳은 시인들이 몇 달씩 쉬러 오는 곳이랬다. 나는 아빠가 매일 도끼로 패고 쌓아놓았을 장작더미 옆을 뒷짐 지

고 걸었다. 두꺼운 껍데기 옷을 입은 나무를 괜히 걷어차기
도 했다. 아빠는 매일 새벽에 일어나면 가장 먼저 암자 근처
에 흐르는 계곡에 물을 길러 갔다. 얼음처럼 차가운 계곡물
로 어푸어푸 세수를 하고 가방에 든 페트병에 그득그득 물
을 채워서 돌아왔다. 그곳은 물에도 맛이 있었다. 보통의 물
보다 왠지 조금은 더 느리게 움직이는 것 같고 어딘가 나무
뿌리의 맛이 서린 듯했다. 아빠는 마주칠 때마다 그 물을 마
시길 권했다. 최대한 공기를 깊이 들이마시기를 권했다. 그
는 그런 사람이었다. 아빠가 지내는 손바닥만 한 방은 밤이
아주 깊어도 불이 꺼지지 않았다.

　이튿날이 밝자마자 아빠는 등산을 가자고 했다. 흔쾌
히 응했다. 정말이지 달리 할 일을 찾을 수 없었다. 암자가
이미 산 중턱에 있었으므로 뒷길로 계속 오르면 등산이 되
는 셈이었다. 이 산은 이름이 뭐냐고 묻자 아빠는 뒤에 있는
산이라 '뒷산'이라고 답했다. 그 산에는 길이 없었다. 이름
이 없듯이, 일반적인 사람을 위한 등산로 같은 것도 없었다.
등산 애호가나 탐험가, 심마니 정도는 되어야 찾아올 법한
야산이었다. 길이란 그들이 밟아놓은 눌린 낙엽들을 찾아
오르는 것이었다. 그 동네에는 그런 종류의 산이 앞에도, 옆
에도, 저 너머에도 있었으므로 아빠는 그 산들을 각각 앞산,
옆산, 저 너머 산이라 불렀다. 어디에나 산이 그곳을 둘러싸

고 있었으므로 아빠가 어디에 서 있느냐에 따라 산의 이름
은 매번 바뀌었다.

아빠는 내가 세 살이었을 때부터 나를 데리고 다니며
산을 올랐다. 걸음마를 떼기 전에는 아빠 목에 올라탄 채 산
을 올랐고, 유치원 때는 아빠 손을 잡고 구구단을 외면서 한
걸음씩 올랐다. 마침 우리 집은 언제나 산동네에 있었다. 우
리 가족이 워낙 산을 좋아해서 그렇다고 생각했는데 나중
에야 보통 가난한 동네는 산을 끼고 있다는 사실을 알았다.
아빠와 키가 거의 비슷할 정도로 훌쩍 자란 뒤에도 우리는
곧잘 산에 다녔다. 움직이는 걸 별로 좋아하지 않는 엄마도
늘 따라나섰다. 산이 너무 익숙해서 나 홀로 성큼성큼 오르
다가 정상에 도착해서야 엄마아빠를 만나는 경우도 많았다.
한참을 오르다가 뒤를 돌아보면 아빠와 엄마가 올라오는
모습이 보였다. 나는 그들이 천천히 내 쪽으로 올라오는 모
습을 먼 곳에서 지켜보는 것이 좋았다. 새가 지저귀는 소리,
나뭇잎이 바람에 살랑거리는 소리를 들으며 혼자 있으면서
도 함께 있다고 느꼈다.

아빠가 암자로 내려간 이후 함께 산을 오르는 것은 퍽
오랜만이었다. 우리는 오랜 시간 산을 올라온 노련한 등산
메이트답게 몇 시간을 쉼 없이 올랐다. 아빠는 길을 찾아서
앞으로 나아갔고 나는 아빠를 바로 따라붙었다. 걸을 때마

다 파삭파삭 소리가 리드미컬하게 울려 퍼졌다. 가을이 엄포를 놓듯 낙엽으로 온 산을 뒤덮었다. 모든 잎을 떨어뜨린 나무는 앙상한 가지로 초겨울 볕을 갈라내고 있었다. 정상에 다다랐을 때 아빠는 비석에 손을 얹고 포즈를 취하더니 대뜸 사진을 찍어달라고 했다. 좀처럼 그런 요청을 하지 않는 아빠였기에 조금 놀랐지만 나는 이내 핸드폰을 꺼내 들었다. 아빠는 비석에 양손을 얹더니 고개를 쳐들고 포효하는 맹수처럼 얼굴을 찡그렸다. 그리고 하늘을 향해 입을 쩍 벌렸다. 아빠의 입에서 허연 김이 불처럼 뿜어져 나왔다. 나는 웃음이 터지고 말았다. 아무리 생각해도 이상한 아빠라는 생각이 들었다. 그는 어김없이 계곡에서 길어온 물을 나에게 건넸다. 그 물은 천천히 내 목을 타고 넘어갔다.

그곳의 밤은 마치 커튼을 치듯 빠르고 명확하게 찾아왔다. 그 전에 돌아가려면 서둘러 내려가야 했다. 다시 아빠가 앞장섰고, 나는 아빠의 발을 따라 밟았다. 얼마나 시간이 지났는지 모를 무렵 고개를 들어보았다. 아까에 비해 바닥이 지나치게 푹신했다. 주변을 둘러보니 누구도 밟은 흔적이 없는 낙엽이 가득했다. 길을 잃은 것이었다. 처음부터 그곳엔 우리밖에 없었지만, 다시 봐도 정말이지 우리밖에 없었다. 표지판도 길도 없이 끝없는 낙엽과 헐벗은 나무들뿐이었다. 산에는 사람이 아니어도 무수한 생명이 존재할 터였다. 거기까지 생각이 미치자 몸이 조금 경직되는 것을 느꼈다. 아빠는 그 사실을 전혀 모르는 듯 태연한 얼굴로 낙엽을 슬렁슬렁 헤치고 있었다.

아빠, 우리 길을 잃은 것 같아. 내가 말하자 아빠는 초등학생 남자애처럼 낄낄거렸다. 그래 다솔아, 우린 길을 잃었어. 하지만 잘 도착할 수 있을 거야. 아빠는 언젠가는 물이 흘렀을 말라버린 계곡 위를 낙엽을 타고 미끄러졌다. 빛이 노란색에서 하얀색이 되더니 어느새 청아한 파란색에 가까워지고 있었다. 겨울의 냉기가 차오르고 있었다. 바로이 길로 가면 문제없을 거야. 그는 말했다. 나는 아빠를 믿고 싶었지만, 왠지 우리가 왔던 곳으로는 돌아갈 수 없을 것같은 느낌이 들었다. 걸음을 재촉해야 할 것만 같았다. 자꾸만 같은 곳으로 되돌아오는 것 같았다. 수북이 쌓인 낙엽 사이로 숨은 나뭇가지들이 자꾸만 내 발목을 걸고 넘어뜨렸다. 아빠 어떡해, 우리 어떡해, 하면 아빠는 그저 중학생처럼 짓궂게 웃었다. 돌을 넘고 낙엽 위를 멋지게 미끄러지는 아빠는 정말이지 즐거워 보였다. 길이 아닌 곳에서 유난히 눈이 반짝이는, 야망 넘치는 탐험가 같았다. 이런 사람이 왜나를 낳았을까, 나는 그런 생각을 했다.

옛날부터 우리 가족은 항상 거실에 둘러앉아 차를 마시곤 했다. 내가 중학생쯤 되었을 때 가족 셋이 비용을 분담

해 거실에 작은 다도 상을 들였다. 그리고 몇 년 동안 TV를 비롯한 전자기기들이 서서히 거실에서 자취를 감추게 되었다. 각자의 일과를 마친 후 거실 찻상 앞에 모이는 일이 우리의 것이 되었다. 지방에 사는 큰아빠가 엄청나게 두꺼운 통나무에 유약을 발라 바퀴를 단 것을 우리에게 선물했고, 우리는 그것을 찻상으로 삼았다. 실눈을 뜨고 보면 꼭 무궁화를 닮은 모양이라 무궁화라고 불렀다. 다도 상에는 찻주전자와 세 개의 찻잔이 있었다. 옛날 양은 주전자를 닮은 투박스러운 찻주전자는 영철이라고 불렀다. 영철이로부터 그 차를 받아내는 유리 주전자는 곡선이 예쁘고 풍만하여 복실이로 이름 붙였다. 세 개의 찻잔은 모양이 똑같았는데, 색깔만이 상대적으로 조금 더 희거나 조금 더 붉거나 아주 붉은 정도의 차이가 있었다. 엄마는 가장 이성적인—달리 말해 인정머리 없는—아빠가 가장 흰 잔을 가져야 하고, 가장 따뜻하고 열정적인 당신이 가장 붉은 잔을 가져야 한다고 말했다. 나는 줄곧 바라보던 조금 붉은 잔을 내 앞으로 가져왔다. 그렇게 우리는 각각의 잔의 주인이 되었다. 우리는 차를 마시면서 "오늘따라 물을 머금은 영철이가 더욱 멋지네" 혹은 "복실이의 둥근 곡선은 언제 보아도 풍만하네" 같은 말을 하곤 했다. 조곤조곤 이야기하는 날도 있었고 서로 얼굴을 빨갛게 붉히며 씩씩거리고 화를 내는 날도 있었다.

그 거실에 아빠가 아주 오랜만에 찾아왔다. 우리의 질문이 "왜 안 오냐"에서 "왜 오냐"로 바뀔 즈음이었다. 셋은 여느 때처럼 무궁화 앞에 앉아 있었다. 그가 무슨 말을 할지 엄마는 알고 있었다. 아빠가 오기 전에 엄마에게 카톡을 했기 때문이다. 사실 아빠는 카톡으로 충분했다고 생각했는지도 모른다. 활짝 열린 베란다 창을 통해 시원한 바람이 불어왔다. 나는 전기포트에 물을 올렸다. 아빠는 말이 없었다. 엄마가 "그래, 한번 말해봐"라고 하고 나서도 말이 없었다. 그는 고개를 숙이지도 않았고 들지도 않았다. 법당에 모셔진 부처님이 땅을 보지도 하늘을 보지도 않듯이, 그렇게 눈동자만 흔들렸다.

알 수 없었다. 도무지 알 수가 없는 일이 벌어지고 있다고 생각했다. 나는 거기 앉아서 언제나 그랬듯 영철이에게 물을 붓고 그것을 복실이에게 넘겨주었다. 상대적으로 조금 더 희거나, 조금 더 붉거나, 아주 붉은 잔에 차를 고루 따랐다. 그러나 도무지 알 수가 없었다. 엄청난 일들은 종종 그렇게 일어난다. 어제 나는 여느 때처럼 길을 걷고 있었다. 그리고 엄마에게서 전화가 왔다. 다솔아, 아빠가 출가를 하겠단다. 뭐라고? 놀라서 되묻는 나에게 엄마가 말했다. 방금 카톡 왔어. 나는 놀랐지만, 어느 부분에서 놀라야 할지 헷갈렸다. 출가를 한다는 사실? 아니면 그걸 카톡으로 말했다는 사실?

어머니의 먼 친척은 수원성의 수문장을 했다고 전해질 만큼 기골이 장대했다. 외할머니를 비롯한 엄마의 형제들은 키가 170센티미터 아래인 경우가 없었다. 아이들이 한눈에 '호랑이 선생님'이라고 부를 만큼 엄마는 척 봐도 기상이라는 게 있었다. 길에서 어떤 남자가 어깨를 툭 치고 지나가면 엄마는 그를 불러 세우고 사과하기를 요구할 줄 알았다. 언제 어디에 있어도 주눅 들지 않고 항상 카랑카랑한 목소리로 원하는 걸 말하는 여자였다. 그런 엄마가 나에게 떨리는 목소리로 말했다. 아빠에게 무슨 말을 해야 할지 모르겠다고. 누군가가 쥐어짜는 것처럼 가슴께가 고통스러웠다. 곧 터질 것처럼 강하게 뛰었다. 나는 범인을 잡은 형사처럼, 엄마에게 나한테 맡기라고 했다.

즉시 아빠에게 전화를 걸었다. "지금 아빠가 엄마한테 카톡으로 그런 말을 했다는 게 사실이야? 요즘 초등학생들도 그렇게 안 해. 사람 갖고 장난치지 말고 당장 올라와서 똑바로 말해." 가슴이 마구 요동치고 있었다. 살면서 내가 나의 가장에게 한 가장 모진 말이었다. 마치 엄마의 용맹함을 잠시 빼앗아 온 것 같았다. 그렇게 마주한 나의 아버지는 아무 말이 없었다. 그는 떨고 있었다. 처음 보는 모습이었다. 한번 시작된 부모의 침묵은 길게길게 이어졌다. 셋 다

꿀 먹은 벙어리처럼 마주 앉아 아무 말이 없었다. 시간이 갈수록 공기가 점점 무거워지는 것이 느껴졌다. 어딘가로 가라앉고 있는 것처럼 느껴졌다. 나는 문득 언젠가 다큐멘터리에서 보았던 심해가 떠올랐다. 칠흑같이 어두운 바닷속에서 죽은 듯 엎드려 있던 물고기들이 떠올랐다. 바닥에 딱 붙어서 뻐끔뻐끔 숨만 쉬고 있는 물고기들. 나는 별안간 모래가 되어 이곳에서 사라지고 싶다는 생각이 들었다. 그때 엄마 물고기가 오랜 정적을 깼다. 다솔아 너도 뭐라고 좀 해봐, 이게 말이나 되는 소리야? 왜 이게 말도 안 되는 일이라고 내 입으로 말해야 하는 건데!

이내 입을 열기 시작한 아빠는 실수로 여자친구를 임신시킨 고등학생 같은 얼굴을 했다. 자신에게도 이 상황이 얼마나 힘든지 말했다. 그리고 아주 오래전부터 마음이 있었다고 했다. 그러니까 내가 태어나기도 훨씬 전에, 아빠가 내 나이였을 때부터 막연하게나마 생각이 있었다고 했다. 이 남자는 어쩌다 나를 낳았을까, 나는 그런 생각을 했다. 엄마는 말했다. 그럼 당신은 하나뿐인 딸이 결혼식 할 때 혼자 보내겠다는 말이야! 나는 엄마가 농담을 하는 줄 알았다. 이 상황에 내 결혼이라니. 역시 아빠는 아무런 대답을 하지 않았고 나는 말했다. 스몰 웨딩 하지 뭐. 따가운 엄마의 시선이 돌연 나를 향했다. 그걸 말이라고 해! 나는 말했다. 결혼 같은 거 안 할지도 모르는데 뭐. 아빠의 얼굴에는 미안하지만 그 문제는 너무 스몰하잖아, 라는 표정이 쓰여 있었다. 나는 그 표정을 알고 있었다. 사실 내가 방금 그 말을 하지 않았다면 아빠가 했을 것이다. 우리는 그 정도로 닮았다.

엄마는 아랑곳 않고 아비도 없이 홀로 입장하는 신부의 비극에 대해 몇 번이고 다시 말했다. 대학 등록금 얘기도 했다. 나는 엄마의 입에서 가지 말아요, 당신이 없으면 난 못 살아요, 라는 말이 나오기를 기다렸다. 왜냐하면 그녀와 20년을 한집에서 살아온 저 허여멀건한 남자는 그녀가 딸의 결혼 입장에 대해 되풀이하는 이유를 전혀 알지 못할 것이기 때문이다. 사실 결혼이나 대학 같은 것은 아무 상관이 없었다. 엄마는 첩의 딸로 태어나서 처음부터 아버지가 없었다. 마음 편히 공부할 수 없을 정도로 가난했음에도 어엿한 가정을 꾸려냈다. 아주 어린 나이부터 공장에서 일했고 철없는 언니와 남동생 그리고 어머니까지 벌어먹이며 살아왔다. 나의 어머니는 때로 당연한 사랑이라는 것이 자신에게는 처음부터 주어지지 않았음을 너무나 잘 알고 있었다. 여자의 말들은 계속해서 남자를 비껴갔다. 마치 당신이라는 존재는 이 사람을 붙잡을 자격이 조금도 없는 것처럼.

결국 여자는 가지 말라는 말 대신 벌떡 일어나 베란다 문을 벌컥 열어젖히고 몸을 내던지려 했다. 딸의 결혼식 날

같이 입장해줄 아버지가 없는 것이 죽을 만큼 싫었던 것일
까. 나는 여태껏 그런 엄마를 본 적이 없었다. 반찬 통이나
책을 바닥에 내던지거나 의자를 바닥으로 내동댕이쳐서 종
이처럼 짜부라트린 적은 있었지만, 결코 자기 자신만은 던
진 적이 없었다. 남자가 일어나서 여자를 말리는 동안 나는
미동도 할 수 없었다. 나는 진심으로 이 상황이 얼마나 웃긴
지 생각하고 있었다. 묘하게 익숙한 장면이었다. 이쯤 되면
어디선가 그럴싸한 배경음악이 나와야 했다. 보통 그런 장
면에는 당사자들 말고는 아무도 없고, 이곳에는 내가 있다
는 점이 다르다면 달랐다. 그렇기 때문에 나는 역할이 없는
사람과도 같았다.

　　그녀는 말했다. 당신이 가면 나는 먹지도, 자지도, 싸지
도 않을 거야. 그리고 이튿날 아침 아빠는 엄마를 잘 부탁한
다는 한마디를 남기고 떠났다. 약속한 대로 그녀는 방에서
나오지 않았다. 나는 방문에 귀를 바싹 대고 인기척을 찾아
보기도 하고 간간이 노크를 해보기도 하고 나지막이 그녀
를 불러보기도 했다. 어쩌면 좋을지 도저히 알 수 없는 일이
었다. 보통 이런 장면의 다음은 생략되고는 했으니까. 그녀
가 먹지도 자지도 싸지도 않는다고 하여 그가 돌아오지는
않을 것을 그녀도 나도 알고 있었으니까. 그리고 얼마 가지
않아 그녀의 낡고 정직한 허리가 고통을 호소하기 시작할

것이었다. 그래서 나는 난생처음으로 엄마의 친구들에게 전화를 걸었다. 놀랍게도 그녀들은 양손에 족발을 한가득 들고 한달음에 달려와 엄마를 거실로 꺼내주었다. 족발은 엄마가 제일 좋아하는 음식이었다. 엄마는 역정을 내면서도 족발은 따뜻할 때 먹는 게 제일 맛있다며 그릇을 비웠다.

며칠 뒤 엄마는 돌부리도 없는 길에서 발을 헛디뎌 넘어졌다. 병원에서는 수술을 해야 한다고 했다. 병실에 누운 그녀는 머리가 너무 감고 싶으니 미용실에 데려가달라고 했다. 나는 그녀를 휠체어에 태우고 나가 미용실을 찾았다. 흔한 동네 미용실에는 경사로도 없고 출입문도 좁았기 때문에 사람들의 도움 없이는 들어갈 수조차 없었다. 엄마는 아이고 죄송합니다, 하고 여러 번 말했다. 평소였으면 일도 아니었을 것들을 몇 번의 난리를 통해 겨우 치렀다. 머리를 감고 뽀송뽀송해진 엄마가 다시 휠체어에 타서 내 손에 밀려 다니는데 그 모습이 마치 아기 같았다.

다음 날 아빠가 머리를 하얗게 밀고 홍시색의 개량한복 차림으로 나타났다. 그가 출가를 하기 위해서는 오늘 이혼을 해야 했기 때문이다. 엄마는 병원복을 입고 휠체어에 탄 채 병원 정문 앞에 나와 있었다. 엄마의 머리는 하루 새 다시 볼품없이 눌려 있었다. 아빠의 얼굴은 산 정상에 올랐을 때처럼 홍조를 띠고 있었다. 그는 민머리가 눈치 없을 정도로 잘 어울렸다. 나는 그 모습을 멍하니 바라보았다.

허연 피부와 소를 닮은 큰 눈망울, 훤칠한 키 덕에 영락없이 젊은 행자님으로 보였다. 옛날에 아빠와 내가 둘이서 과일가게에 갔을 때 부부로 오해받았던 적도 있을 정도였다. 그러나 우리 셋이 함께 있으면 누구도 그런 오해를 하지 않았다. 엄마와 아빠는 누가 봐도 잘 어울리는 부부였으니까. 그런 그들의 이혼 절차는 너무나 쉬웠다. 가정법원에는 각자의 사연으로 얼룩진 얼굴들이 끝도 없이 늘어서 있었다. 그곳에 대머리의 남자와 산발로 휠체어를 탄 여자가 등장했고 사람들은 놀라서 웅성거리기 시작했다. 그러더니 그들 사이로 마치 모세가 가로지른 바다처럼 길이 열렸다. 그렇게 그들은 순탄히 남남이 되었다. 친척들까지 모두 모인 마지막 식사는 여느 명절처럼 떠들썩했다.

얼마 후 할머니에게 전화가 왔다. 수화기 너머로 할머니의 쩌렁쩌렁한 목소리가 울렸다. 그 먼 곳에서 여기까지 들리려면 그 정도는 소리쳐야 한다고 생각하신 모양이다. 글쎄 네 아빠 돌아올 거다. 내가 적당히 하고 돌아오라고 했으니까 말이야. 걱정하지 마라. 내가 가지 말라고 했으니까. 눈물을 흘리며 부탁했으니까 말이야. 조금만 기다려봐. 안 그러면 내가 금방 죽을 거라고 했으니까 말이야. 정 안 오면 너랑 엄마가 절에 가서 같이 살면 되지. 밥해주고 청소하고 식모살이하면 왜 못 사냐.

우리 집에는 종종 집에 돌아오지 않는 아빠가 있었다. 그러다 가끔 왔고, 더러는 영영 오지 않기도 했다. 나는 새벽마다 계곡에 물을 길러 가던 아빠의 모습을 떠올렸다. 도시의 공기는 얼마나 숨 막히게 더러우며 그곳의 공기가 얼마나 깨끗하고 달콤한지 말하던 아빠를. 콘크리트 박스에 살고 지하철을 타며 번호표를 뽑는 사람들을 한심하다는 듯이 바라보던 아빠를. 그리고 어느 순간 그 눈빛으로 나와 엄마를 바라보고 있던 아빠를.

그는 암자에 내려가기 전까지 꼬박 10년 동안 보험회사 세일즈맨으로 살았다. 아빠는 그 직업을 싫어했다. 동료들과도 전혀 어울리지 않았다. 그에게 동료들은 그저 살아남기 위해서 필사적이고 굴욕적으로 살아가는 사람들이었다. 그가 누군가에게 자신을 설명할 때면 보험 세일즈맨이라는 말 앞에 '한낱'이라는 단어를 몰래 붙인 것도 같았다. 우리 집에서 그는 훌륭한 연설가였고, 내 인생의 훌륭한 책략가였고, 언제나 기막힌 코미디언이었으므로 나는 그가 그저 보험 세일즈맨이라는 사실을 자꾸만 잊어버렸다. 하지만 그것은 아빠도 마찬가지였을 것이다. 아직은 더 대단한 일이 자신의 인생에 남아 있을 거라는, 그런 마음이 눈빛 어딘가에 숨어 있었으니까. 하지만 엄마는 그런 그를 볼 때마다 마음 한 켠이 서늘해졌다. 그가 자신의 인생을 얼마나 초라하게 느끼는지 전해져왔기 때문이다. 자신과 함께하는 인생을 말이다.

할머니는 열여섯에 할아버지에게 시집을 갔고, 처음 살림을 차렸던 집에서 평생을 살았다. 자식들을 묵묵히 돌보던 할아버지가 돌아가신 후에는 눈부시게 예쁜 화단과 할머니만 남았다. 온갖 꽃과 나무가 만개한 화단은 할머니의 자랑스러운 작품이었다. 할머니는 말 없는 것들을 돌보는 재주가 있었다. 어쨌든 그녀는 유쾌한 여자였다. 자식을 일곱이나 낳아 키워내며 여위고 거칠어진 손에는 새빨간 매니큐어가 곱게 칠해져 있었다. 옷장도 꽃무늬로 가득했고, 기회가 될 때마다 자신의 화단과 옷차림과 본인의 꽃다움에 관해 이야기했다. 그녀는 그런 여자였다.

시내 병원에 가면 사람들이 나보고 멋쟁이라고 좋아해. 어쩌면 이렇게 잘 하고 다니냐고. 나보고 이 동네 제일 멋쟁이래. 젊은 사람들도 나를 정말 좋아해. 아빠는 출가를 하기 전 시간이 날 때마다 할머니를 찾았다. 할머니가 사는 집을 구석구석 손보았다. 툇마루에 찬 기운이 올라오지 않도록 장판을 깔고, 신바람이 들지 않게 창문 틈을 메우고, 키가 작은 할머니를 위해 보일러 화로의 위치를 조정하고, 몇 번의 겨울도 거뜬히 날 만큼의 나무를 해놓았다. 그 모든 일을 마치고 나서 그는 할머니가 낳고 기른 자식들과 그 자식들의 가족사진을 모아 벽을 장식했다. 그중엔 내 아기 적 사진도 있었다. 사과나무 앞에서 아기 다솜이를 안고 있는 엄마와 아빠의 사진이었다. 할아버지와 할머니의 젊을 적 사진도 있었다. 교과서에서나 보았던 시골 대가족의 모습이었다.

수업시간에 한 교수가 말했다. 박정희 대통령이 총살당하던 날 그 소식을 듣고 가장 먼저 들었던 생각은 아이러니하게도 '이제 누가 우리나라의 대통령을 할 수 있을까'였다고. 그가 태어났을 때부터 대통령은 오롯이 박정희 하나였기 때문이다. 장기 독재가 국민으로 하여금 그를 대체 불가능한 존재로 여기게끔 한 것이었다. 생각해보면 나의 아빠도 내가 태어났을 때부터 나의 아빠였다. 엄마는 가끔 말했다. 내가 막 태어났을 적에는 사람들이 전부 남자아이로 착각했다고. 나는 엄마가 보기에도 참 못생긴 아기였다. 4킬로그램이나 되는 우량아로 태어나서 얼굴이 살에 파묻혀 잘 보이지도 않았다. 엄마를 비롯한 친척들이 한참 나의 미래를 염려하고 있는데 아빠는 귀먹은 사람처럼 날 예쁜이라고 불렀다. 나를 품에 안고 다니며 세상에서 제일 예쁜 공주님이라고 소개했다. 그러면 사람들은 재미있는 농담이라고 웃었다. 그래서 아빠가 고양이들에게 인사를 하고, 방에서 꿈쩍도 하지 않는 엄마를 두고 떠나던 순간, 시끌벅적한 친척들 틈에서 시답잖은 농담을 하며 마지막 인사를 하던 순간 들었던 생각은 '뭔 일 있겠어'쯤이었다.

　별로 많은 것을 잃었다고 생각하지 않았다. 당장 떠오르는 것은 아빠가 주던 얼마 안 되는 용돈과 단축번호 2번 정도였다. 오히려 항상 애매하게 가난한 우리 집에 매겨졌던 후한 소득분위가 한부모가정이라는 이름을 달고 묵직한 지원금으로 돌아오지 않을까 생각했다. 그러나 그것은 아빠가 우리에게서 어느 날 간단히 사라져버린 일만큼 간단하지가 않았다. 한부모가정으로 인정되기 위해서는 부모가 하나여야 할 뿐만 아니라, 한 달 소득이 140만 원을 넘어선 안 되었다. 내가 열심히 편의점 아르바이트만 해도 벌 수 있는 돈이었다. 아픈 엄마와 대학생인 딸이 살기에는 턱없이 부족한 돈이었다. 정부의 지원을 받는 대부분의 사업이 부모가 이혼한 자녀들에게도 양쪽 부모의 친필 사인이 담긴 소득 조회 동의서를 요구했다. 나는 아빠에게 사인을 받기 위해 서류를 들고 산속 깊은 암자를 향해 버스를 타고 산길을 터벅터벅 오르는 상상을 하곤 했다.

　다리가 아픈 엄마의 이동수단이었고, 집의 유일한 재산이었던 차를 팔아서 한 학기 등록금을 해결했다. 부동산 문제에 서투른 엄마가 계약했던 전셋집이 돌연 경매에 부쳐지면서 앉은자리에서 전 재산을 날릴 위기에 놓였다. 나는 돈을 벌기 위해 휴학을 결정했다. 아르바이트가 끝나면 다음 아르바이트를 하러 갔다. 아빠가 들어놓았던 가족들의 보험을 차례차례 헐었다. 시간을 쪼개서 가난한 학생을 위한 장학재단에 지원서를 냈다. 거기에 쓰인 내 이야기들은 영락없는 「인간극장」의 얼굴을 하고 있었다.

셋째 고모가 우리더러 얼굴 한번 보재. 여느 때처럼 아르바이트에 갈 준비를 하는데 엄마가 말했다. 평생 명절 때 외에는 얼굴을 본 적이 없는 사이였다. 별 대답 없이 계속 준비를 하는데 엄마가 말했다. 어쩌면 네 등록금을 좀 도와줄지도 모른대. 그 말에 귀가 솔깃했다. 엄마는 몇 시까지 어느 역으로 오라는 말과 함께 특별히 허름하게 입고 오기를 당부했다. 나는 셋째 고모가 얼마나 돈이 있는 사람인지는 잘 몰랐지만, 필요하다면 무슨 쇼라도 할 자신이 있었다. 학비를 벌기 위해서 매일같이 일했고, 지하철 막차를 잡아타기 위해 전력질주를 하고, 자투리 시간에 끼니를 챙겨 먹던 나날이었다.

그렇게 나는 어느 오후 낯선 동네의 한 카페에서 허름한 옷차림으로 눈물을 쏟고 있었다. 고모의 "그래 어떻게 잘 지내니"라는 말 한마디에 큐 사인이 난 듯 눈물을 흘리기 시작한 것이다. 순간 울고 있는 내 모습이 드라마의 한 장면처럼 3인칭 시점에서 보이는 것 같았다. 어떻게 하면 불쌍한 사람처럼 울 수 있는지, 나는 어쩐지 알고 있는 듯했다. 그런 내 모습이 자꾸만 한없이 먼 곳에서 보였다. 내가 얼마나 잘 울지 않는 인물인지에 대해서는 책 한 권을 쓸 수도 있지만, 결과적으로는 울어버렸으므로 말하지 않는 것이 좋겠다. 아마 그 순간에 가장 놀란 사람은 나 자신이고 가장 태연한 사람은 고모였을 것이다. 그녀는 절대 울지 않는 다솔이가 운다가 아니라, 웃는 다솔이 혹은 우는 다솔이쯤으로 생각했을 테니까.

엄마는 나보다는 잘 우는 사람이었다. 고모는 안쓰럽다는 듯 혀를 차며 말했다. 다솔 어미도 생각 달리해. 사람이 제일 큰 보시랬어. 한 가문에 스님 하나가 나면 삼대가 복되댔어. 이제 가족들 운수 튼 거야. 나와는 달리 엄마는 큐 사인이 났는데도 울지 않았다. 네, 라고 말한 뒤 입을 다물었을 뿐이다.

추석에 우리는 시골에 내려가지 않았다. 엄마는 수술 후 거동이 불편해졌고, 그런 그녀를 태우고 다닐 차도 운전사도 없었기 때문이다. 엄마는 드디어 시집살이 없는 명절을 보내게 되어서 좋다고 했다. 하도 손에 물을 묻히고 오래서 있어서 손과 발이 통통 붓는 일도 없겠다고. 오후엔 할머니로부터 전화가 왔다. 엄마는 시종일관 네, 어머니, 네, 어머니, 라고 답했다. 그러다가 종종 네, 조금 더 나중에 그럴게요, 라고 했다. 몇 분 후 전화기는 나에게 넘어왔다. 할머니는 명절이니 아빠를 보러 가자고 했다. 우리 아들 너의 남편 너의 아비 보러 산에 가자는 것이었다. 할머니와 여섯 아들딸은 아빠가 있는 절에 종종 찾아가는 모양이었다. 나는 괜찮다고 답했지만 애초에 그녀는 의견을 물은 것이 아니었다. 할머니는 당최 말을 시작하면 끝낼 줄을 몰랐다.

그녀가 이런 강요 비슷한 제안을 한 것은 이번이 처음이 아니었다. 전에도 그녀의 제안을 조용히 거절하려고 전화통을 붙들고 애를 쓰던 엄마를 여러 번 보았다. 그녀는 통화가 끝나면 방문을 잠그고 한동안 나오지 않았다. 왜 단칼에 거절하지 않는지 물으면 엄마는 형제도 없고 아비도 없는 내가 의지할 수 있는 유일한 피붙이를 잃고 싶지 않기 때문이라고 했다. 너무나 끔찍한 일이었다. 나는 과거의 여자들을 떠올렸다. 남편이 유배를 가면 함께 몸종으로 팔려가고, 남편이 죽으면 산 채로 무덤에 묻히고, 또는 평생을 순종을 강요당하며 인간 취급도 받지 못한 채 외로이 죽어가던 과부들을. 노후를 약속하고 귀촌을 준비하던, 따뜻한 엄마이자 훌륭한 아내인 그녀가 어느 날 카톡 하나로 과부가 되고, 자신을 떠나간 남편을 보기 위해 보란듯이 불편한 다리를 끌고 산을 오르는 장면을. 나는 할머니에게 말했다.

할머니, 잘 들으세요. 죄송하지만 안 가요. 그러니까 제 아빠도 아니고 남편도 아닌 그 사람 보겠다고 다리 아픈 사람한테 거기 가자고 다시는 말하지 마세요.

그 이후의 대화는 다소 정신이 없다. 할머니는 말문이 막혀 어떤 말도 하지 않았고 옆에서 통화를 듣고 있던 막내 고모가 휴대폰을 낚아채서는 나에게 온갖 쌍욕을 퍼붓기 시작했다. 나는 죄송하다고 여러 번 말했다. 사과라면 얼마든지 할 수 있었다. 그때 내 정신은 어느 때보다 맑고 차가웠다.

얼마 전 군대를 제대하고 복학한 전 남자친구를 만났다. 나는 교정을 걷고 있는 그에게 불쑥 다가가 같이 점심을 먹지 않겠냐고 했다. 여전히 조금은 순수했던 그의 얼굴에는 복잡하고 흥분된 표정이 드러났다. 왜 인사조차 어색한 그와 점심을 먹고 싶다고 생각했는지 나조차도 알 수 없었다. 우리는 식당에서 순두부찌개를 시키고 마주 앉았다. 나는 말했다. 있잖아, 많은 게 변했어, 많은 게. 우리 아빠 알지? 그는 돌연 머리를 밀고 출가를 했어. 응, 정말이야. 말도 안 되지? 그렇게 사이좋던 둘이 이혼 도장을 찍었다니까. 울 엄마? 완전히 새 됐지. 베란다에서 뛰어내려 죽으려고 했어. 죽진 않았는데 그 뒤로 여기저기 많이 다쳐서 병원 신세를 많이 져. 나 너 만날 때까지만 해도 아르바이트 같은 거 별로 안 해봤었잖아. 지금은 안 해본 아르바이트가 없어. 나 이제 요리도 무지 잘해. 혼자 산 지 오래되었거든. 그때 내 고양이들 완전 작았잖아, 지금 정말 예쁘게 컸어. 우리 같이 데려왔던 둘째 고양이도. 걔 이름 네가 지었잖아. 지금 생각해도 진짜 못 지은 이름인데, 애가 얼마나 예쁜지 몰라. 나 사실 걔네들 때문에 사는 것 같다니까. 그는 단순히 안부를 말하는 것처럼 시작해서 난데없는 이야기를 쉴 새 없이 쏟아내는 전 여자친구를 황당한 얼굴로 보고 있었다. 나는 그와 만났던 시절의 나를 종종 떠올리고는 했다. 가족들과 함께 살고, 새로운 새끼 고양이들과, 매일 어떻게 치장할지만 고민하던 나날들을. 식탁 위의 순두부찌개가 식어가고 있었다.

어느 날 꿈을 꾸었다. 꿈속의 나는 호랑이처럼 산과 산을 훌쩍훌쩍 뛰어넘어 대전으로 갔다. 왜 대전으로 가는지는 알 수 없었다. 나는 곧 어떤 집에 도착했고 친가 가족들이 긴 식탁에 한가득 진수성찬을 차리고 앉아 있었다. 시골집이겠구나 직감했으나, 할머니가 살던 집은 아니었다. 그곳엔 아빠도 있고 얼마간 떨어진 자리엔 다리가 불편한 엄마도 앉아 있었다. 나는 어느새 적색 정장을 멋지게 빼입고 방문턱에 서 있었다. 누구도 나를 기다리지 않았으며 내 등장이 몇몇에게는 불쾌할 수도 있다는 게 곧바로 느껴졌다.

나는 보란 듯이 호방하게 웃어젖히며 방으로 들어섰다.

잘 지내시나 보군요?

나는 눈을 희번덕 치켜뜨며 아빠를 향해 말했다. 모두가 따뜻한 음식을 식히며 아무 말이 없었다. 아빠는 식탁을 보며 눈도 한번 껌뻑이지 않고 죽은 사람처럼 있었다. 아빠가 떠나겠다고 말하던 날 거실에서 보았던 그 얼굴이었다. 나는 우리 가족의 사진을 꺼내 사람들에게 보여주었다.

우리 참 행복해 보이지요? 하하하하.

광기가 서린 너스레였다. 거기 있는 모두가 알 수 없는 두려움과 당혹스러움에 어떤 말도 못 하고 있다는 것을 알 수 있었다. 나의 웃음소리만 방에 위협적으로 울려 퍼졌다.

참 멋진 가정을 망쳤어요. 어때요?

나는 식탁 주변을 돌아다니며 사람들에게 번갈아 동의를 구했고 다시 아빠를 쳐다보았다. 아마 아빠는 떨고 있었을 것이다. 왜냐면 그 순간 내 안에는 맹수가 숨어 있었고 아빠는 나를 낳았기 때문에 그걸 알고 있는 듯했다.

그런데 눈치 없는 누군가가 입을 열었다. "망치긴 누가 망쳐. 스님이 된 게 백번 낫……" 나는 말이 끝나기도 전에 소리가 나는 쪽으로 달려들었다. 모두가 일어나 나를 붙잡고 말렸다. 그 뒤는 잘 기억나지 않지만 나는 아마 그 말을 한 이를 쥐어박겼던 것 같다. 적잖이 두려운 일이었다. 나는 한 번도 누군가를 해칠 수 있는 존재였던 적이 없기 때문이다. 그 순간 꿈에서 깼는데, 아직 새벽이었다. 모든 것이 어두웠다. 나는 다시 잠들지 못하고 어떻게 했으면 더 좋았을까를 생각했다. 어떻게 죽어야 다른 사람들이 더 겁을 먹었을까를 생각했다. 오랜 고민 끝에 내린 결론은 다른 누구도 아닌 아빠를 죽였어야 한다는 것이었다. 아빠는 마지막까지도 죽은 사람처럼 미동도 하지 않았지만 말이다.

길가에서 스님들이 보이면 나도 모르게 고개를 돌리게 되었다. 그 얼굴을 보게 될까 봐. 양친은 잘 계시냐는 질문에는 대답을 능숙하게 얼버무릴 줄 알게 되었다. 아빠가 없는 사람들에게 이상한 정을 갖게 되었다. 엄마는 여전히 아빠가 있는 가족사진을 안방 한쪽에 걸어두었다. 엄마에게 전화를 걸면 "돌아보지 말고 떠나가라, 나를 찾지 말고 살아가라. 너를 사랑했기에 후회 없기에, 좋았던 기억만 가져가라"라는 컬러링이 울렸다. 매일 TV에서 불륜과 범죄, 병과 죽음, 실종과 비극에 대한 이야기를 넋 빠진 사람처럼 찾아보았다. 어느 순간부터 엄마와 내가 서로를 안으면 아빠의 모양이 남는다는 것을 깨달았다. 딱 아빠가 있었던 그 자리만큼 이를 뺀 듯 시린 바람이 불고 있다는 것을 알았다. 어쩌면 그는 지금 인생 최고의 순간을 살고 있을 수도 있겠지. 하지만 그럴 리는 없을 것이다. 그가 벌게진 광대뼈를 한껏 들어 올려 웃고, 장난기 가득한 얼굴로 어딘가를 헤치고 다닐 것은 분명하다. 아빠는 그런 사람이니까.

이른 새벽에 잠에서 깼다. 얼마 전부터 혼자 살게 된 집에서였다. 한번 잠들면 도중에 잘 깨지 않는 나에게는 이상한 일이었다. 특별히 악몽을 꾼 것도 아니었다. 방 안에는 여전히 새벽의 짙은 어둠이 깔려 있었다. 세상은 쥐 죽은 듯이 고요했다. 눈을 끔뻑거리며 천장을 바라보고 있는데 별안간 시야가 흐려지더니 뺨 위로 눈물이 흐르기 시작했다. 잠시 후 나는 괴상한 소리를 내가며 통곡을 하고 있었다. 눈물이 세 줄기 네 줄기씩 흘러내려 베갯잇을 흥건히 적셨다. 숨이 차올라서 거칠게 기침을 했다. 집 안 곳곳에 있던 고양이들이 내 소리를 듣고 깨어나서 곁으로 모여들었다. 주황색과 고동색의 섬이, 나의 왼쪽과 오른쪽에 떠올랐다. 그와의 이별은 너무 우습게 이루어져서, 나는 내내 헛웃음만 지었다. 우리는 분명 그를 잃어버렸는데, 나는 원망할 수도 마음껏 통곡할 수도 없었다. 우리의 이별에는 어떤 장례도 없었다. 한참을 울고 나서 나는 까무룩 잠이 들었다. 깨어났을 때는 모든 순간이 마치 꿈만 같았다. 몸을 일으켜 가구의 위치를 바꾸고 차를 내려 마셨다.

엄마와 한 달 살기 (1)

- 수영장에 가는 방법

어느 날 뜻밖의 손님이 생겼다. 바로 엄마였다. 엄마가 혼자 귀촌한 지 1년이 가까워지고 있었다. 그녀는 처음으로 마당이 있는 삶을 가지게 되었다. 봄이 옴과 동시에 달마다 자연이 건네는 새로운 과제들을 갓난아이처럼 경험해가고 있었다. 새로운 터전을 닦기 위해 집을 단장하고 흙을 다지고 돌을 쌓고 푸성귀와 나무와 꽃을 심었다. 일주일에 몇 번씩이고 달뜬 목소리로 화상통화를 걸어 설매화이며 유월에 베리를 맺는 준베리이며, 산딸나무이며 별목련이며 하는 것을 새로운 가족 구성원처럼 소개했다. 앞으로 제철 과일과 채소는 걱정 붙들어 매라는 식의 호언장담이 이어졌다. 내가 그곳에 갔을 때 실제로 마당은 새로운 삶을 시작할 준비를 마친 것으로 보였다. 그런데 정작 마당의 주인인 엄마가 다리를 절뚝절뚝 절고 있었다.

오랜 시간 엄마와 함께였던 살들이 무릎이며 발목에까지 영향을 미쳐 걷는 것도 힘들게 된 것이다. 사오 년에 한 번씩 고개를 드는 문제였다. 언젠가 다리에 철심을 박는 수술을 한 적도 있었다. 몇 년 전에는 마음을 굳게 먹고 대대적으로 살을 빼기도 했다. 문제는 작년까지 서울에서 밤새무리를 하며 일하면서 뺐던 살을 모두 도로 다시 얻은 것이다. 그렇게 잠잠해지는 듯하더니 또 한번 증세가 도졌다. 엄마는 이모와 둘이서 동대문에서 작은 봉제 공장을 했다. 아침 9시부터 공장에 나가 새벽까지 쉬지 않고 해야 그날의 작업을 끝낼 수 있었다. 그걸 해내거나, 해내지 못하고 일거리를 잃는 양자택일의 상황이었다. 날이 갈수록 봉제 업계는 대규모 공장이 아니면 살아남을 수 없게 변화했고, 오랫동안 그 일을 해온 사람들의 입지는 시시각각 좁아졌다.

언젠가 밤 12시가 가까워진 시각 나는 집에서 유튜브를 보다가 엄마에게 전화를 걸었다. 엄마, TV로 제야의 종 보고 있어? 그러자 엄마는 영문을 모르는 듯 되물었다. 제야의 종이 왜? 엄마의 목소리 뒤로 시끄러운 미싱 소리가 쉼 없이 들려왔다. 엄마, 15분 뒤면 새해잖아. 엄마는 그날 이 섣달그믐이라는 사실조차 모르고 있었다. 일이 그렇게 많으면 날 부르지, 하고 말하자 엄마는 너는 쉬어야지, 했다. 나의 야근과 피곤을 걱정하는 엄마가, 내가 아는 한평생을 쉼 없이 일해온 엄마가 60이 넘은 나이에도 저렇게 일을 해야만 한다는 사실을 믿을 수가 없었다. 성실하고 경력과 기술이 풍부한 어머니가 평생 바친 노동이 그녀에게 되돌려주는 대가에 대해 의문을 품을 수밖에 없었다.

이튿날 우리는 새해를 맞이한 기념으로 뮤지컬을 보기 위해 시내에서 만났다. 살면서 처음 보는 뮤지컬이었다. 표가 비싸서 보러 간 적이 없었다. 비싼 값을 치렀는데도 배우들의 얼굴이 잘 보이지 않았다. 그런 자리에는 뮤지컬 글라스라는 것을 챙겨가야 한다는 걸 알 리가 없었다. 나는 시종일관 미간을 찌푸렸고 엄마는 뮤지컬을 보는 내내 밀린 잠을 잤다.

엄마는 매일 새벽에야 택시를 타고 귀가했고, 집에 오면 허기가 져서 무언가를 먹을 수밖에 없었다고 했다. 나는 무언가를 먹을 수밖에 없다는 말은 변명이며 결코 논리적으로 성립될 수 없다고 생각하지만, 엄마의 경우는 다르다는 것을 인정할 수밖에 없었다. 시골에 가면 주변에 식당도 없고 유혹도 없을 테니, 매일 하는 일이라고는 걷는 것뿐일 테니 자연스럽게 살이 빠지리라는 믿음은 크나큰 오산이었다. 엄마가 수십 년 동안 천천히 모아온 살들은 그녀의 의지와는 달리 쉽게 자리를 뜰 생각이 없는 것 같았다. 그리고 그녀의 생기와 사랑스러움, 풍만함의 근거이기도 했던 그것이 이제는 그녀의 건강을 앗아가려 하고 있었다.

혼자 사는 데다 운전을 무서워하는 엄마는 움직일 의지를 내기도, 자유롭게 병원에 오가기도 힘들었다. 무엇보다 그녀는 혼자서 무언가를 하는 것에 매우 서툴렀다. 그런 와중에도 엄마는 하루가 다르게 자라나는 마당의 새싹들을 보며 쭈그려 앉아 새로운 것을 심기에 바빴다. 다리를 절뚝이며 묘목 앞으로 다가가 잎의 상태를 유심히 보며 과습을 걱정했다.

그런 엄마에게 덜컥 서울로 올라오시라고 했다. 딱 한 달만 매일같이 함께 운동을 하고 목욕을 하고 병원을 가자고 했다. 내가 일을 하지 않고 있어서 할 수 있는 제안이었다. 결코 쉽게 할 수 있는 말은 아니었다. 우선 엄마의 사랑스러운 마당에 매일 정성스럽게 물을 줄 사람을 찾아야 했다. 그 일은 무려 한 시간이나 걸리는 노동이었다. 느긋이 한 달을 지방에서 살아볼 사람을 인스타그램에 수소문했다. 선뜻 좋은 친구가 그 집에 머물겠다고 나서주었다. 우리 집은 완벽히 나 혼자만을 위한 공간으로 설계되어 누군가를 오래 모시기에는 적합하지 못했는데, 마침 마음 넓은 옆집 이웃이 여행 기간에 비어 있는 집을 흔쾌히 내어주었다. 엄마는 마당에서 키운 야채와 블루베리를 한가득 들고 어느 날 상경했다. 엄마와 지내는 것은 스무 살 이후로 처음이었다. 엄마와 함께 도착한 것은 여름이었다.

첫 번째 목표는 수영장에 가는 거였다. 다리가 아픈 이후 좋다는 병원은 다 찾아갔지만 모두 다른 이야기를 늘어놓았다. 유일한 공통점은 살을 원인으로 꼽은 것과 수영장을 다니라고 권한다는 점이었다. 나는 아침 일찍 전날 만들어놓은 두유 요거트와 유기농 그래놀라, 엄마가 직접 재배한 베리를 곁들인 그래놀라 볼을 작은 베드 테이블에 담아 엄마의 침대에 가져다드리는 것으로 하루를 시작했다. 그리고 말했다. 오늘의 유일한 목표는 수영장엘 가는 거야. 그렇게 매일 아침 부지런히 엄마에게 그래놀라 볼을 바치고 유일한 목표는 수영장엘 가는 것이라고 말했는데, 그것이 정확히 3일 만에야 실현되었다. 하루의 목표가 오롯이 수영장에 가는 것뿐인데 그게 불가능하리라고는 생각도 못 했다.

첫날 알게 된 사실은, 엄마가 몸 외에는 무엇도 가져오지 않았다는 것이었다. 수영복을 챙겨 오시라고 미리 신신당부를 했음에도 아무런 소용이 없었던 것이다. 충격과 동시에 울며 겨자 먹기로 당근마켓을 켰다. 보통 같으면 그냥 마트 같은 곳에 가서 값싼 수영복을 하나 마련하면 될 테지만 엄마의 경우는 달랐다. 엄마의 사이즈란 건 웬만해서는 없었다. 수영복에만 해당하는 얘기는 아니었다. 그냥 세상은 엄마의 물건을 잘 취급하지 않았다. 나는 검지를 마구 위로 쳐올려가며 근 1년간의 수영복 게시물을 모두 뒤져 플러스 사이즈 수영복을 찾아냈다. 여의도 어딘가에서 1년 전에 빅 사이즈 수영복 게시물을 올렸던—당근마켓의 세계에서 1년 전 게시물이란 거의 없는 것이나 다름없다—사람에게 지푸라기 잡는 심정으로 메시지를 보냈다.

놀랍게도 그는 답장을 보내왔고 우리는 그 즉시 택시를 잡아타고 여의도로 향했다. 예상 밖으로 한 건장한 남성분이 커다란 상자를 들고 나타났다. 네덜란드에서 수영복 가게를 하다가 코로나 때문에 급히 귀국을 해서 재고를 저렴하게 처분한다는 것이었다. 엄마한테 넉넉히 맞고도 남을 훌륭한 브랜드의 수영복이 상자 가득 들어 있었다. 살면서 이렇게 선택권이 많아본 적은 처음이었다. 엄마는 원단을 만져보자마자 질이 좋고 바느질이 잘된 수영복이라는 것을 바로 알았다. 한참을 고민하여 기본적인 검정 수영복과 꽃무늬 수영복, 파란 수영복까지 세 벌을 골랐다. 평생 입을 수영복은 다 장만한 셈이었다. 태그까지 달린 완전 새 수영복 세 벌의 값으로 단돈 3만 원을 치렀다. 신이 난 엄마는 집에 오자마자 수영복을 모두 착용해보았는데, 무늬가 풍선 처럼 부풀어 올라 둥글고 통통한 펭귄 같아서 웃음이 났다. 엄마는 거울을 보며 보기 흉하다고 말했다. 내 눈엔 매우 귀여웠다.

둘째 날 알게 된 사실은, 수영장에 가는 일이 쉽지 않다는 것이다. 엄마가 그래놀라 볼을 막 다 비웠을 즈음 나는 창밖을 보며 말했다. 날씨가 기가 막히니 오늘은 자전거를 타자. 엄마는 좋다고 했다. 나는 자전거를 두 대나 갖고 있었으므로, 둘 중에 낮고 타기 쉬운 자전거를 엄마에게 건넸다. 엄마는 안장이 약간 높은 것 같다고 말하더니 조금 아슬아슬하게 페달을 밟기 시작했다. 하늘이 쨍하게 맑고 구름이 높게 뜬 뜨거운 초여름이었다. 엄마가 갈지자로 앞서가는 것을 얼마간 바라보다가 나도 뒤따라 자전거에 올라탔다.

골목길을 지나 큰 사거리에서 초록 불 신호에 맞춰 달려가던 엄마의 속도가 어쩐지 줄어드는 것 같았다. 그리고 어느 순간 완전히 멈추어 서는 것 같더니 이어서 옆으로 서서히 눕는 것이었다. 다음 장면에서 그녀는 자전거에 탄 자세 그대로 땅바닥에 누워 있었다. 장애물 같은 건 아무것도 없었다. 아무런 소리도 나지 않았다. 엄마! 놀라서 달려가 그녀를 부축해 일으켰다. 엄마가 말했다. 너무 오랜만에 타

서 그런가 봐. 잠깐만 연습 좀 할게. 엄마는 옷을 털고 일어
나 옆에 있던 놀이터로 자전거를 끌고 갔다. 그러고는 앞으
로 조금 나아가는 듯싶더니, 다시 곧바로 옆으로 눕는 것이
었다. 너무나 천천히 넘어지는 바람에 슬로모션 같았다. 이
번에도 역시 어떤 장애물도 없었다. 그녀는 놀이터 한가운
데에서 내리쬐는 빛을 한 몸에 받으며 모로 누워 있었다.

엄마는 고통의 신음을 뱉었다. 일어나보니 팔꿈치가
피 칠갑이었다. 오, 신이시여. 아연실색하여 나도 모르게 그
런 말이 튀어나왔다. 누가 엄마에게 자전거를 탈 수 있다고
했던가. 그녀는 어깨뼈가 놀란 것 같다며 당장 정형외과에
가자고 했다. 그 말에 또 한번 기겁했다. 나에게 자전거를
타다가 넘어지는 일 따위는 우선 없지만, 그런 일이 일어난
다고 해도 그 후의 절차는 두 가지다. 넘어진다, 털고 일어
나 다시 간다. 엄마의 경우는 달랐다. 우리는 자전거 두 대
를 길 한가운데에 세워두고 또 한번 택시를 잡아탔다.

놀랍게도 주말 오전의 동네 정형외과는 성행이었다.
다행히 상처는 가벼운 찰과상이었으며 뼈는 아무런 문제가
없었고, 엄마는 순서를 기다리고 피가 철철 흐르는 팔꿈치
를 소독하고 밴드를 붙이는 데에 세 시간을 소모했다. 그때
까지만 해도 이 상처가 그 후 몇 주 동안 우리의 수영장과
목욕탕 여정에 불고 불어나 괴물처럼 증식할 거라고는 생

각지 못했다. 또한 우리를 매일 약국에 출석하게 하고 우리나라에 존재하는 습윤밴드와 방수밴드 브랜드를 모조리 체험하게 될 줄도 몰랐다. 엄마와 절뚝거리며 집으로 돌아왔다. 어느새 점심이 되었고 밥을 차려야 했다. 엄마가 밥을 드시는 동안 나는 자전거를 찾아왔다. 나중에 알게 된 사실이지만 그날 엄마는 수영복을 챙기는 것도 깜빡했었다고 한다. 그러니 엄마가 자전거를 잘 탔어도 그날 수영장에 가는 것 따위는 애초에 가능하지 않았다.

　어딘가 단단히 잘못되었다는 느낌을 피할 수가 없었다. 모든 계획과 예측이 보란 듯이 어긋나고 있었다. 생각을 거듭했다. 빈틈은 어디일까, 어떤 점을 간과했던 걸까. 그 순간 생각나는 사람이 한 명 있었다. 내 친구 '서'였다. 그녀의 주변에는 늘 아이와 노인이 있었다. 그녀는 그 상황을 아주 즐거워하는 사람이었다. 10년 넘게 서를 알았지만, 그녀가 화를 내는 모습은 한 번도 본 적이 없었다. 상냥함으로 칠갑을 한 여자였다. 그녀에게 전화를 걸어 물었다. 너는 그들과 지낼 때 하루의 계획을 어떻게 세우니? 그러자 서는 말했다. 계획? 다솔아, 그런 거 세우면 안 돼. 아무것도 세우면 안 돼. 모든 걸 버려. 리듬에 너를 맡겨.

　서의 DJ 같은 대사를 듣고 새삼 생각해보니 내 주변에는 나와 비슷한 사람들밖에 없었다. 그들은 내가 아 하면 아하고 어 하면 어 하는 사람들이었다. 언어도 비슷하고 일과도 비슷하며 체력과 능력도 비슷한 사람들이었다. 수영장은 물론이고 그 후에 목욕탕을 가고 식당을 가고 노래방을 가도 지치지 않는 사람들이었다. 물론 그중에도 조금 답답한 사람들이 있지만 그러면 짜증을 내면 그만이었다.

그렇다면 나는 아무런 준비도 되어 있지 않았다. 엄마와의 한 달을 위해 동네의 수영장과 목욕탕을 알아보고, 엄마의 집을 맡아줄 사람을 구하고, 엄마가 먹을 식단을 짜고, 엄마가 다닐 병원과 재활 운동 코치를 알아보았다. 다리가 아픈 엄마와 점에서 점으로 이동할 수단, 함께하기 위한 시간을 마련할 방법, 이 모든 일의 금전적인 비용을 고민하는 것으로 준비가 끝났다고 생각했다. 엄마가 어떻게 하면 이곳에서 편하게 지낼 수 있을지, 어떤 방식으로 눈을 맞추며 소통할지, 어떤 것을 실제로 할 수 있고 할 수 없을지에 대해 완벽히 무지했다. 재미있고, 편리하고, 빠른 것만 알 뿐 안전하고, 쉽고, 편한 것이 무엇인지 알지 못했다.

셋째 날, 우리는 드디어 수영장에 갈 수 있었다. 집 앞 5분 거리에 서는 마을버스를 타고서다. 엄마는 수영복을 챙겨 나온 대신 핸드폰과 마스크를 잊고 나왔다. 해볼 만한 트레이드였다. 편의점에서 새 마스크를 사드렸다. 핸드폰 목걸이 케이스를 주문했다. 다음 날부터는 가방에 비상용 마스크를 챙겨 다니는 것을 잊지 않았다. 하루하루 엄마가 잊은 물건들이 내 가방에 새롭게 추가되었다. 수영장과 목욕탕에 다니기 위해 60만 원을 지불하고 한 달짜리 골드 멤버십 두 장을 샀다. 그리고 당근마켓에서 1500원짜리 수경을 두 개 사서 손목에 달랑달랑 나누어 꼈다. 엄마는 가장 덜 흉해 보인다는 이유로 검정 수영복을 골라 입었다. 그러고서 엄마는 수영장 안을 걸어 다니기 시작했다. 물 안에서 아장아장 걸어 다니는 그녀는 한없이 가벼워 보였다. 나는 다가가서 엄마의 등에 착 달라붙었다. 그녀에게 마지막으로 업혀본 것이 언제였는지 기억도 나지 않았다. 엄마는 웃으면서 나를 제대로 고쳐 업고 앞으로 나아갔다. 할머니들이 우리를 이상하게 쳐다보았다. 엄마의 등이 익숙하게 따뜻했다. 엄마는 노래를 흥얼거리고 있었다.

엄마와 한 달 살기 (2)

- 엄마의 진심

일단 통통한 눈사람을 떠올려보자. 눈사람 하면 떠오르는 가장 전형적인 모습으로 말이다. 그런데 선량하고 착해 보이는 그 눈사람의 얼굴을 조금 험악하게 만들어보자. 이를 테면 호랑이 눈사람같이. 눈사람계의 대장같이. 그럼 대충 우리 엄마가 된다. 덩치도 크고, 목소리도 크고, 인상도 분명하다. 어디서나 당당하고 자신의 의견이 확실하며 눈에 띈다. 근데 어쩔 땐 그냥 호호 아줌마 같다. 정의의 사도, 충성스러운 장군, 의리 있는 대장. 그런 수식어가 모두 어울린다. 엄마는 언제나 진실을 수호한다. 나는 엄마에게 진실만을 배우며 자랐다.

그런 엄마의 어록은 화려하다. 사람들은 혼자만 알기 아까운 것을 기록하지 않는가. 그래서 나는 엄마가 나에게 주는 진실들을 기록해야 했다. 친구들에게 몇 번이고 반복해서 떠벌려야 했다. 혼자서는 도저히 감당할 수 없었기 때문이다. 귀중한 독자의 시간을 별거 아닌 이야기로 낭비할 생각은 없으니 그중 베스트만 추려보았다.

언젠가 엄마랑 얘기를 하다 평소처럼 짓궂게 웃은 적이 있다. 엄마는 내 얼굴을 보고 웃으며 말했다. "다솔아, 다솔아, 너 그렇게 웃지 마. 꼭 괴물 같아."

나들이를 위해 꽃단장을 했을 때는 이렇게 말했다. "뱃살이 좀." 반대로 심하게 살이 빠졌을 때는 이렇게 말했다. "생기로움이 다 빠져버려서 보기 흉하다, 얘." 사춘기 시절 얼굴에 여드름이 나기 시작했을 때는 "어머, 어떡하니. 그나마 볼 거라곤 피부밖에 없었는데 그것도 망했네"라고 말했고, 처음으로 머리를 빨갛게 염색했을 때는 "네가 무슨 창녀니?"라고 말했다. 한창 화려하게 꾸미고 다닐 땐 "쪽팔리니까 어디 가서 내 딸이라고 말하고 다니지 마"라고 말했고, 처음으로 장래 희망을 말했을 땐 "알겠으니까 네가 알아서 해"라고 말했으며 심하게 다툰 날에는 "그런 성격으론

평생 남편한테 맞고 살걸"이라고 말했고 어느 날은 나를 위아래로 훑더니 흡족해하며 말했다. "너는 벗은 건 보기가 좀 그런데 입으면 괜찮더라."

그런 말을 들으면 당시에는 정신이 멍해져 할 말이 없다. 끔찍한 기분은 그때를 기준으로 아주 오랫동안 천천히 찾아온다. 힘을 내서 어떻게 그런 말을 할 수 있냐고 따지면 엄마는 두 손을 어깨 위로 들어 올리며 "생각을 말한 것뿐"이라고 했다. 표현의 자유를 존중해달라며, 그저 한 사람의 의견으로 들어달라고 했다.

엄마는 어릴 때부터 내가 춤만 추면 어떻게 그렇게 끔찍하게 못 출 수가 있냐며 박장대소를 했다. 웬만해선 사람들 앞에서 춤추지 말라고 당부했다. 친구의 결혼식 사회를 보게 되었다고 하면 엄마는 웃으면서 "너 그럼 또 가서 춤 같은 거 출 거니? 너 춤추면 사람들이 안 웃디?" 하고 혼자 웃었다. 그게 엄마식 농담이라는 걸 나중에야 알았다.

친구는 농담을 했을 때 상대가 웃지 않으면 농담이 아니라고 말했다. 그 말에 백번 공감한다. 내가 웃지 않거나 상처받았다고 말하면 엄마는 자신의 의도를 알아주지 않는다고 오히려 억울해했다.

엄마의 의도란 이렇다. 흉측한 미소와 뱃살 같은 것은 모두들 봐서 알고 있지만 그저 애정이 없어 말을 안 해줄 뿐이다. 피부가 참 좋았었는데 안타깝고, 빨간 머리는 싼 티나고 야해 보이며, 소비주의적이고 화려한 것은 좋지 않고, 그 꿈은 너에게 너무 크고, 네 말투에는 상대를 배려하는 마음이 없으며, 체형에 맞게 옷을 잘 입는다는 의도 말이다.

엄마는 내가 삶에 대한 헛된 기대나 환상을 가지며 상처받기보다는, 아프더라도 현실을 받아들이며 살기를 원한다. 그녀 본인부터가 누군가에게 충분히 칭찬을 받으며 자라지 못했다. 격려나 북돋움보다는 지적이나 다그침을 받으며 살았다. 그녀는 한 번도 나에게 있는 그대로 아름답다거나 예쁘다고 말해준 적이 없다. 그녀가 그런 말을 들어본 적이 없기 때문이다. 아주 오래전부터 시작된 돌림노래 같은 것이다. 칭찬을 받지 못한 아이가 커서 칭찬을 해주지 않고, 또 칭찬을 받지 못한 아이가 칭찬을 해주지 않는 식이다.

그렇게 칭찬은 유전적으로 우리의 삶에서 영영 멀어진다. 그녀가 얼마나 많은 꿈과 희망을 포기해왔는지, 현실이 얼마나 그녀에게 매몰찼는지는 가늠할 수조차 없다. 그런 대화를 나누다 보면 아득해진다. 그녀의 말 속에 숨은 삶이 슬프고 외로워서다. 끝없이 멀어진 의도와 말 사이의 거리 때문에 우리는 만나면 네 시간에 한 번씩 싸우는 경이로운 패턴을 갖게 되었다. 말의 의도가 얼마나 중요하지 않은지, 말이란 얼마나 어려운 도구인지 매번 실감하게 된다. 그녀

에게서 멀어진 후에야 세상에 칭찬 같은 게 있었음을 알았
다. 내 삶의 모든 칭찬은 친구들에게 아웃소싱되었다. 친구
들이 나로 하여금 그 칭찬을 믿게 하기 위해서 얼마나 오랜
시간이 걸렸는지는 말할 필요도 없다.

　그런 엄마와 한 달을 보내며 알게 된 진실이 있다. 중
년 아주머니들의 가장 큰 행복은 단연 '자식과 함께하는 시
간'이라는 것이다. 매일같이 수영장에 가면 아주머니들이
말을 걸지 않는 날이 하루도 없었다. 대사는 정해진 것처럼
똑같았다. "딸이랑 같이 오신 거예요?" 그렇다고 하면 부러
움이 섞인 말들이 이어졌다. 우리 딸은 외국 가고 없는데.
우리 딸은 시집가고 없는데. 우리 딸은 일하느라 없는데. 딸
과 함께 온 사람은 한 달 내내 엄마밖에 없었다. 단지 그것
만으로 엄마는 수영장에 있는 모든 중년 여성들로부터 1등
행복상을 받은 것 같았다. 탈의실에서 자전거를 타다 생긴
상처를 소독하고 습윤밴드를 붙인 뒤, 그 사이에 물이 들어
가지 않도록 아쿠아밴드를 덧붙이며 만반의 준비를 하는
동안 주위의 아주머니와 할머니들로부터 부러움을 한몸에
받았다. "이렇게 정성스럽게 살펴주는 건 그래, 딸밖에 없
지. 정말 좋겠습니다." 그러면 우리 엄마는 놀라운 말을 했
다. 이를테면 이런 말이다. "그러게요. 제 삶에서 가장 행복
한 시기를 보내고 있나 봐요."

　수영에 서투른 나는 수영장에서의 시간이 지루했다. 수영 비슷한 것을 시도하다가도 금방 지쳐서 엄마 등에 매달렸다. 나를 업고 걸으면 물의 저항이 더 세지니 운동이 더 잘된다는 명분도 됐다. 아줌마들은 다 큰 애를 왜 업고 다니냐며 질투 섞인 잔소리를 했다. "딸이라서요" 하고 대답하는 엄마의 얼굴엔 웃음이 만연했다. 아닌 게 아니라 우리의 하루는 부러움을 살 만했다. 가야 할 직장도, 학교도 없었다. 챙겨야 할 남편이나 자식도 없었다. 알람도 없었다. 아침이면 느긋하게 일어나 밥을 챙겨 먹고 설렁설렁 버스를 타고 수영장과 목욕탕에 와서 시간을 보내다 산책을 하고 잠이 들면 그만이었다. 돈 걱정도 없이 쫓기는 것도 없이 그저 커다란 스포츠센터의 골드 회원권과 작은 가방 하나만 들고 한강 길을 덜렁덜렁 오갔다.

　우리는 물속에서 이야기를 나누었다. 내 삶에 이런 날이 오다니. 우리가 골드 회원이라니. 돈 많은 사람의 삶이 이런 걸까. 그런데 이 시간이 비로소 몸이 다 망가져야만 오다니. 그것도 겨우 한 달만 오다니. 그래도 오다니.

　수영장을 한두 시간 걷고 나면 우리는 젖은 몸을 적당히 털고 옆에 있는 목욕탕으로 갔다. 나는 어릴 때부터 씻는 것을 좋아하지는 않았지만, 세상에서 가장 좋아하는 장소는 목욕탕이다. 매일 가라고 해도 갈 수 있다. 매년 생일마다 엄마랑 목욕탕에 갔다. 물론 생일이 아닐 때도 갔다. 아주 어릴 때부터 주말이면 세 가족이 등산을 갔다가 외식을 하고 목욕탕에 가는 것으로 하루를 보내는 전통이 있었다. 목욕탕은 아무런 방해 없이 피로와 수다를 풀어낼 수 있는 최고의 장소다. 격렬한 운동을 할 수 없는 엄마 같은 사람이 몸의 혈액순환을 돕고 면역력을 증진하며 대사를 원활하게 하는 데에 더없이 도움이 되기도 한다.

목욕탕에 입장하면 우선 가장 뜨거운 탕으로 향한다. 보통은 너무 뜨거워서 사람들이 얼씬도 하지 않는 인기 없는 탕이다. 엄마와 나는 그곳에 무릎까지 담그고 나란히 앉는다. 발만 담가도 온몸이 찌릿찌릿하고 따가운 것이 정신이 번쩍 든다. 시간을 확인한다. 우리는 더도 덜도 말고 정확히 20분 동안 그러고 있을 예정이기 때문이다.

냉온욕의 시작을 알리는, 가장 지난한 시간이다. 나는 이것을 '예열'이라고 부른다. 매일같이 차를 마시는 사람으로서 나는 종종 물에 대해 생각한다. 물도 살아 있는 것이라, 처음부터 센 불로 팔팔 끓인 물과 약한 불로 천천히 달군 물은 기운이 다르다. 전자는 어딘가 급하고 화가 나 있고, 후자는 은근하고 부드러우며 상냥하다. 진지하게 차를 다루는 사람들은 그래서 물을 함부로 끓이지 않는다. 끓는 물에 찬물을 섞어서 온도를 조절하는 일 따위도 하지 않는다. 두 물의 기운이 상충하기 때문이다.

처음부터 온몸을 담그는 것도 물론 방법이다. 아주 빠르게 참을 수 없이 짜릿하고 화끈해질 것이다. 그에 비해 20분의 족욕은 시답잖아 보이지만 끈질기다. 처음엔 별일 없을 것 같아도 곧 있으면 몸 전체에서 땀이 비 오듯 내린다. 깊은 곳에서부터 뜨거움이 구석구석 뭉근하게 피어오른다. 보통 10분 이상을 참기가 어려운데 엄마와 나는 이 분야에 이미 베테랑이다. 시간을 다 채울 즈음에는 당장 차가운 탕에 몸을 담그고 싶은 마음이 절실해진다.

그즈음 나는 이상한 습관이 생겼다. 혼자 목욕탕을 와 버릇해서 생긴 습관이다. 옛날에는 혼자 목욕탕에 오는 것을 싫어했다. 뜨거울 때 뜨겁다, 차가울 때 차갑다고 말할 사람 없는 목욕탕을 상상할 수 없었다. 함께 수다를 떨고 노래를 부르며 끝말잇기를 할 사람이 없는 목욕탕이란 쓸쓸함을 피할 수 없는 장소로 변모했다. 텅 빈 손으로, 텅 빈 몸으로 혼자 허공을 쳐다보며 탕에 앉아 있으면 보이지 않던 삶의 근본적인 문제들이 내 몸 위로 스멀스멀 타고 오르는 듯했다. 어떤 생각에 돌이킬 수 없을 만큼 푹 빠져 어느새 눈물 같은 게 볼에 흐르고는 했다.

그러나 나만큼 극성맞게 목욕탕을 좋아하는 가까운 친구를 찾기란 쉽지가 않았다. 인생이란 게 그랬다. 그럴 때는 혼자 잘하는 방법을 배우는 게 가장 쉽다는 것을 인정할 수밖에. 그래서 내가 찾아낸 방법은 목욕탕에 책을 들고 오는 것이었다. 그때 가장 좋아하는 책을 들고 탕에 들어온다. 머리에 수건을 싸매고 손가락을 닦아가며 한 장 한 장 넘겼다. 그러면 땀이 뻘뻘 흐르고 책은 술술 넘어가고 시간은 훨훨 날아갔다. 그 시간을 정말 좋아했다. 그때만큼은 오롯이 책과 나만 있는 것 같았다. 책을 읽을 만한 장소가 아니어서 더 절실해졌다. 사람들은 탕 안에서 책을 읽는 이상한 여자애를 어쩌지도 못하고 빤히 쳐다봤다.

그래서 나는 탕에 앉자마자 가져온 책을 꺼내 들었던 것이다. 그러고는 읽기 시작했다. 엄마는 그런 나를 물끄러미 쳐다보았다. 그런데 다음 날 알 수 없는 일이 일어났다. 글쎄 엄마도 말없이 책을 꺼내는 것이었다. 우리는 아무도 몸을 담그지 않는 가장 뜨거운 탕에 나란히 발을 담그고 앉아 책을 읽는 모녀가 되었다. 그건 내가 생각해도 좀 볼거리였다. 우리는 모종의 관광 상품처럼 앉아 있었고, 사람들은 우리에게서 눈을 떼지 못하고 지나갔다. 나는 그 사실이 너무 웃겨서 땀을 흘리며 책을 읽다가도 고개를 들고 푸하하 웃었다. 앞에는 땀을 흘리며 책을 읽는 엄마가 있었다. 사실 엄마가 책을 읽는 모습을 본 적은 그때가 처음이었다. 나는 자꾸만 그녀를 힐끔거렸다. 기억하고 싶은 순간이었다.

집에 돌아오면 저녁이 되었다. 각자의 공간에서 느긋한 밤을 보내기도 하고 만나서 놀기도 했다. 달이 훤히 뜬 밤에는 봉숭아물을 들이고, 팥빙수를 만들어 먹었다. 루미큐브도 했다. TV도 없는 집에서 심심하실까 봐 가르쳐드렸는데 이후로 거의 매일 하자고 하셔서 나중엔 친구들을 루미큐브 인질로 불러야 했다. 어떤 날은 「대부」를 보기도 했다. 엄마가 나를 낳기도 전에 한번 본 적이 있는 영화랬다. 수십 년이 된 영화인데도 전혀 촌스럽지 않았다. 엄마는 장면마다 어렴풋이 떠오르는 기억과 그때의 감정을 이야기해주었다. 나는 내가 세상에 없던 시절의 엄마에 대해서 생각했다.

그러다가도 엄마는 나를 앉혀놓고 말했다. "나는 삶에서 가장 불행한 시간을 보내고 있어. 가장 가까운 사람으로부터 이해받지 못하고 있거든." 종일 수영장, 목욕탕, 한의원을 모시고 다녀와 진이 빠지고 배를 곯던 나는 할 말을 잃었다. 어느 날 엄마에게 왜 굳이 청소를 하지 않고 사느냐고 물었던 것이 화근이었다. 엄마는 며칠 안에 집 안을 너저분하게 만드는 재주가 있었다. 뱀처럼 옷들이 벗은 곳에 그대로 널려 있었다. 물건이 어디에 있는지 한참 찾아야 했고, 늘 필요한 것을 두고 나왔다. 쾌적한 공간이 사람을 기분 좋게 하는 것은 공식과도 같은데 왜 굳이 집 안을 난장판으로 해놓는지 궁금해서 한 질문이었다. 나름대로 이해해보고 싶어서 했던 질문인데 엄마는 자신의 삶의 방식을 무시한다고 느꼈던 것이다.

처음 격일간 연재를 시작한다고 했을 때 엄마는 말했다. "다솔아, 너 잘할 거야. 글 쓰는 건 바둑과 같아서 코앞이 아니라 한 수 두 수 세 수 내다봐야 하잖아. 넌 그걸 전혀 못 해서 어떡하니. 어떡하면 좋니, 다솔아." 그러고는 뒤돌아서 가버렸다. 나는 언덕배기에 올라가서 소리를 지르고 싶었다. 어디든 털썩 주저앉아 울고 싶었다. 엄마를 붙잡고 싸우고 싶었다. 그러면 하루쯤 휴일을 신청했다. 엄마 혼자서 수영장과 목욕탕과 한의원을 다녀오는 것이다. 혼자 있을 시간이 필요했다. 대신 엄마가 수영장까지 가는 한강 길을 함께 걸었다. 걸으면서도 언쟁은 계속 이어졌다. 그때 길가에 늘어선 2인용 자전거를 발견했다. 홀린 듯이 가판대로 가서 그것을 빌렸다. 그러고는 말했다. "엄마, 타."

평소에는 가지 않는 곳까지 멀리멀리 달렸다. 다른 얘기를 하기 시작했다. 강바람과 초록 들판, 뛰어노는 아이들. 사람들이 행복해 보인다는 이야기를 하며. 바람에 흔들리는 버드나무와 누군가가 날리는 연, 농구 하는 사람들과 여럿이서 모여 달려가는 사람들을 바라보며 달렸다. 엄마는 처음에는 겁을 먹었다가 천천히 주변을 둘러보았다. 아, 참 좋

다. 아, 참 좋다. 엄마의 목소리가 뒤에서 바람에 섞여 들려왔다. 땀을 뻘뻘 흘릴 정도로 열심히 페달을 밟아야 앞으로 나아갈 수 있었다.

엄만 참 이상해. 나는 생각했다.

수영장과 가까운 곳까지 엄마를 모셔다드렸다. 엄마는 자전거에서 내려서 함박웃음을 지었다. 지나가던 사람에게 부탁해서 사진을 찍자고 했다. 우리는 2인용 자전거 앞에서 웃으며 사진을 찍었다. 나는 자전거를 반납하기 위해 왔던 길을 되돌아갔다. 대여소 아저씨가 "같이 있던 엄마는 어디다 버리고 왔슈?" 하고 묻기에 "적당한 곳에……"라고 답했다. 아저씨가 가판대가 떠나가라 웃었다.

엄마가 집에 돌아가는 날, 여행용 가방과 온갖 봇짐을 든 채 빌라 앞에서 택시를 기다렸다. 엄마는 왔을 때보다 걸음걸이가 많이 나아졌다. 눈에 띄게 수척해졌고, 살도 많이 빠졌다. 이대로라면 수술 같은 건 조금 나중에 생각해도 되겠어. 엄마는 그렇게 말했지만, 둥글고 커다란 몸은 여전하다. 한 달은 사람의 몸을 바꾸기엔 너무나 짧은 시간이니까. 그렇지만 빌라 앞에 서서 엄마는 말했다. "나 정말 행복했어. 이제 네가 하는 일만 잘된다면, 난 정말 날아갈 것 같아." 나는 다시 놀란다. 그리고 생각한다. 아무리 기뻐도 엄마, 엄마가 날아갈 수는 없을 거야.

겨울이 없는 집

차가운 겨울바람이 불어오기도 전에 부산을 떠는 사람이 있었다. 양손 가득 두꺼운 김장 비닐과 테이프를 들고 서 있는 나의 아빠였다. 그가 내 방문 앞에 서면 나는 약속한 듯이 조용히 일어나 거실로 나갔다. 그러면 그는 말없이 비닐을 자르기 시작했다. 내 방 창문의 길이를 재고, 딱 맞는 크기로 비닐을 재단하고, 네 귀퉁이를 예쁘게 접어 넣어 꼼꼼하게 테이프질을 했다. 그의 야무진 손톱으로 발린 테이프는 공기 방울도 하나 없었다. 그러고 나면 방 안에 찬바람은 덜 들었고 빛은 더 오래 머물렀다. 창문은 예쁘게 포장된 선물 같았고 나의 겨울 준비는 끝나 있었다. 그가 내 방에 들어오는 몇 안 되는 일들 중 하나였다.

얼마 전에 일을 마치고 오는 길에 동네 철물점에 들렀다. 창문에 붙이는 뽁뽁이가 3미터에 5천 원, 5미터에 7천원, 10미터에 얼마더라⋯⋯. 나는 아까 점심 값으로 받았으나 먹지 않고 아껴두었던 돈을 만지작거렸다. 좀 더 재밌는 데에 쓰고 싶었는데, 하는 마음을 삼키고 5미터짜리 뽁뽁이를 샀다. 그러고는 공장단지 쪽으로 향했다. 1층엔 공장이나 철물점이 있고, 2층부터는 사람들이 사는 건물이 많은 동네였다. 그런 건물의 꼭대기 층에서 혼자 맞는 두 번째 겨울이었다. 혼자 살기엔 널찍했지만 집 곳곳의 구멍들도 널찍했다. 작년 겨울엔 보일러 검침원이 와서 말했다. 이 보일러가 사람이면 죽은 지 16년은 되었을 겁니다. 10분이면 할 일을 한 시간은 해야 하는 거죠. 그 사실은 10만 원이 넘게 청구된 가스비를 설명해주었다. 그는 주인에게 교체를 요구하는 게 어떻겠느냐고 제안했지만, 동시에 아마도 안 해줄 거라고도 덧붙였다. 나는 다만 아⋯⋯ 라고 했고 동시에 입에서는 입김이 피어올랐다.

목도리, 양말, 패딩을 걸치지 않으면 집에 있을 수 없었다. 자다가 종종 오한이 들어서 깼다. 컴퓨터를 하다 보면 손가락이 얼었다. 엄청난 비용을 들여야만 조금 움직이는 좀비 보일러와 체온을 올리기 위해서 끊임없이 움직이는 내가 있었다. 우리 집 창문이 거실에 셋, 방에 하나, 그래서 몇 개더라……. 나는 의자를 가져다가 창문들을 줄자로 재고, 뽁뽁이를 재단했다. 그러고서 드래그퀸의 만담쇼를 틀고 바닥에 주저앉았다. 작정을 했을 때는 동지가 필요한 법이므로. 나는 먼지가 앉은 창문을 깨끗이 닦았다. 분무기로 물을 뿌린 뒤 잘라놓은 뽁뽁이를 붙였다. 5미터는 턱없이 부족했고 창문들은 겨울밤처럼 길었다. 얼마 뒤 창문 틈을 막을 문풍지와 뽁뽁이를 더 샀다. 바람은 여전히 집으로 들어왔다. 결국 비닐로 창문들을 한 번 더 감싸고, 방풍 비닐을 주문해서 더 붙였다. 얼마 후 나는 앓아누웠다.

한번 엄마가 집에 들른 적이 있다. 그녀는 하루를 묵고 가겠다 해놓고 입은 옷도 벗지 않고 물도 묻히지 않은 채 자려고 했다. 우리 집에서 샤워를 했다간 몸살이 들 거랬다. 그 뒤로 유난히 날씨가 추운 날이면 엄마에게서 전화가 왔다. 어떻게, 많이 춥니. 어쩌면 좋니. 오늘 홈쇼핑에 하나만 있으면 집 전체가 후끈거린다는 난방기구가 나왔는데 그거 사서 보낼까. 아니면 보일러를 그냥 때봐.

꼭 그럴 필요까지는 없었다. 어쨌든 나의 실존에 대해 나만큼 관심이 있는 존재가 어디엔가 있다는 것, 주저앉아 뽁뽁이를 붙이는 긴 시간을 자랑처럼 늘어놓고 칭찬받을 데가 있는 것으로 괜찮았다. 일찍 자리를 털고 일어서는 겨울날의 빛은 그래서 달고, 무거운 엉덩이를 씰룩거리며 찾아온 어둠은 작은 모의들을 응원한다.

사람들에게 "창문에 뽁뽁이는 발랐냐"라고 안부를 묻게 되었다. 그러면 "그런 생각 못 했어요"나 "뽁뽁이? 글쎄"라든가 "아빠가 안 하고 뭐 하고 있는지 몰라"라는 답이 돌아온다. 겨울은 각자에게 어떤 무게로 등장할까. 내 친구는 빈곤을 자각하게 하는 겨울이 오는 것이 싫다고 했다. 분식집 한켠에 미리 말아놓은 김밥 탑처럼 검은 롱패딩의 인파가 거리를 오갔다.

그래, 이 겨울에 춥다면, 추울 뿐 아니라 아주 비굴할 수도 있었다. 솜이나 거위나 오리털 뭉치를 감싼 폴리에스터 덩어리가 고귀한 한 사람에게 고귀한 기분을 줄 수도 있었다. 아빠가 사라지고부터, 태어나서 처음으로 겨울을 맞이하는 사람 같았다. 백화점의 잡화 코너에서 일을 하던 겨울이었다. 함께 수다를 떨면서 추위를 녹이다가도 일이 끝나면 패딩을 입고 일터를 나서던 동갑내기들이 있었다. 니트와 내복을 매우 껴입은 나는 뒤뚱거리며 다가가 그들의 캐시미어 니트와 구스 패딩을 어루만졌다. 아빠가 사줬어. 겨우내 나는 그 문장 하나에 시리게 추웠다.

나는 아빠가 되어본 적이 없다. 아빠는 나에게 겨울의 입을 거리에 대해서 말한 적이 없다. 아빠는 내가 어떤 옷을 가졌는지도 몰랐다. 내 방에 들어오는 일 자체가 별로 없었으니까. 아침마다 단잠에 빠진 나를 번쩍 안아 들고 화장실에 데려가서 세수를 시키던 나의 아빠, 아침상 앞에 앉혀놓아도 흐물거리며 바닥으로 늘어지는 나를 거꾸로 들어 뱅글뱅글 돌리며 즐거워하던 나의 아빠는, 찬바람이 불기 전 어느 시기에 내 방 앞에 서 있었을 뿐이다. 거실로 나와서 내가 "아빠 또 시작했다"라고 말하면 엄마는 "잘한다고만 해주면 알아서 다 해줘서 얼마나 좋아"라고 말하며 웃었다. 바람을 여과한 따스하고 여린 빛이 우리 셋을 포근하게 감쌌다. 부지런하게 찾아와 오래 머무는 밤이 이어지는 동안에도, 그곳에 겨울은 없었다.

엄청나게 차갑고
믿을 수 없이 뜨거운

그런 날이면 그녀를 기다렸다. 집 안에 살아 있는 것이, 온기를 가진 것이 오직 나뿐이라는 것을 유난히 실감하는 겨울날. 마지막으로 말이란 걸 해본 적이 언제인지 까마득하고, 겨울잠에 든 동물처럼 몸을 일으키지 못하는 날. 그런 날이면 잔뜩 떡이 진 머리카락과 늘어지게 자다 일어난 얼굴, 아무렇게나 둘러맨 목도리와 무지막지한 패딩을 입고 슬리퍼를 끌며 그녀를 기다렸다. 누군가 봤다면 아니, 그 꼴을 하고 어딜 가냐고 만류할 꼬락서니였다.

우리 집은 종점이어서 대체로 텅 빈 버스가 와서 한참
을 머물렀다. 그중 어떤 버스에서 느지막이 내리는 사람이
있다면 바로 그녀다. 우리는 서부영화의 카우보이처럼 멀찍
이 서서 서로를 바라본다. 그리고 생각한다. 저 친구 아주
춥고 외롭고 더럽구먼. 눈곱 낀 눈, 푸석푸석한 얼굴, 모자
며 양말이며 장갑이며 목도리며 방한장화로 꽁꽁 싸맨 그
녀는 둥근 이글루 같다. 주변은 캄캄하고, 살을 엘 듯한 바
람이 불었다. 둘은 말없이 눈인사를 나누고 잰걸음으로 지
하철역으로 향한다.

시내가 불 꺼진 방처럼 조용했다. 모두들 어딘가 따뜻
한 구멍을 찾아 쏙 들어가버린 모양이었다. 우리는 커다란
복합상가로 들어선다. 가장 꼭대기 층으로 향한다. 기다렸
다는 듯 옷들을 훌훌 벗어 던진다. 쌓인 옷 무더기를 뒤로하
고 비장한 걸음으로 입장한다. 확신에 찬 발걸음으로 그곳
에서 가장 뜨거운 곳으로 향한다. 입을 연다. "아, 살 것 같
다." "졸라 뜨겁다." 마치 비어 있던 몸에 새로운 온기가 채
워진 듯 각자의 얼굴에 표정이라는 것이 담긴다. 그게 우리
가 입 밖으로 낸 첫 마디다. "우리 완전 노인네." 그렇게
말하곤 낄낄거린다. 아직 20대였다. 그러고는 물었다. "잘
지냈어?"

그녀를 떠올리면 항상 얼굴 주변에 몽글몽글한 수증기

가 아른거린다. 우리는 혼자 사는 집에서 각자의 삶을 살다
가 입에 침이 거미줄처럼 쩐득해질 즈음 목욕탕에서 만났
다. 그러고는 이야기를 시작했다. 기뻤던 일, 속상했던 일,
그저 그랬던 일. 말할 곳이 없어 떠돌던 이야기가 수증기와
함께 일렁였다. 대충 말하는 일은 없었다. 그곳에서 할 수
있는 일이라곤 대화밖에 없었다. 휴대폰도 없고, 달리 할 일
도 없었다. 심지어 걸친 것도 없어 쪽팔릴 것도 없었다. 요
약은 사절이었다. 장광설이 시작됐다. 평소에 외면당했던
사족과 군더더기가 모두 자리를 차지하고 앉았다. 마치 이
야기 속의 그 순간 그때로 돌아간 것처럼, 모든 감각과 감정
으로 탕 안을 가득 채웠다. 그러면 마치 그 이야기에 몸을
푹 담근 듯 생생했다. 시간과 공간, 듣는 이와 말하는 이가
모두 올바른 위치에 있을 때 나타나는 이야기의 오로라를
본 기분이 들었다. 그 이야기는 서로의 기억이 되었다. 온몸
이 점점 뜨거워졌다. 얼굴로 물인지 땀인지가 줄줄 흘러내
렸다. "그래서 어떻게 됐는데?" "그랬구나. 그래서 그랬구
나" 하고 말할 즈음에는 누군가 벌떡 일어났다. "더 이상 못
참겠어!"

　　그러면 우리는 몸을 일으켜 냉탕으로 향했다. 그냥 냉
탕도 아니고 너무 차가워서 아무도 들어가지 않는 금지된
얼음의 계곡, '급 냉탕'으로 향했다. 그 앞에 서면 약속처럼

잠시 정적이 흘렀다. 들어가기도 전에 냉기가 훅 끼쳤다. 한 명이 결심한 듯 가슴에 물을 척척 끼얹었고 발을 쑥 집어넣으면, 그 모습이 꼭 용사 같았다. 나머지 한 명도 온갖 인상을 쓰고 소리를 지르며 뒤따랐다. 탕 안에 들어가서 둘은 약속한 듯이 두 손을 마주 잡았다. 몸을 잔뜩 웅크린 채 그 안을 빙글빙글 돌기 시작했다. "졸라 차갑다." "아, 미치겠다." 열탕에서 한껏 달군 몸을 그대로 냉랭한 물에 담그면 몹시 괴롭고 아주 짜릿했다. 몸 전체가 따끔거려서 마치 폭죽이 터지는 것 같았다. 온몸의 세포들이 다 같이 기립박수를 치는 것 같았다. 그 명징한 차가움에는 누군가 내리친 찰진 싸대기처럼 얼얼한 것이 있었다. 번쩍, 하고 정신이 드는 동시에 아주 깔끔하고 단순해지는 구석이 있었다. 딱딱하게 굳어 있던 몸도 어느새 용수철처럼 통통 뛰었다. 그곳에 들어가면 하던 이야기는 물론이고 삶에 대한 고민도 깜빡해버렸다. 어떤 것도 당장 그 차가움보다 생생할 수 없었다. 우리는 차가움을 견디기 위해 노래를 부르고, 369를 외우고, 강강술래를 돌아야 했다. 좋아하는 영화를 나열하기도 했다. 그 모양새가 영락없는 초딩이라며 낄낄거렸다. 벌써 20대였다. 온도가 좀 익숙해지면 정수리까지 물속에 담갔다. 그러면 온몸을 조여오던 뜨거움이 언제 그랬냐는 듯 가시고 소름이 돋을 정도로 시원해졌다.

우리의 몸은 어느 순간부터 맑은 선홍색으로 상기되어 반짝반짝 윤이 났다. 온탕, 냉탕, 온탕, 냉탕은 여러 번 반복되었고, 이야기도 뜨거웠다가 차가워졌다. 그러다 반짝반짝 윤이 났다. 어느 순간부터는 온탕과 냉탕을 오가고 있다는 사실을 잊어버리기도 했다. 얼마나 차가운지, 얼마나 뜨거운지, 얼마나 추웠는지, 더러웠는지, 외로웠는지를 더러 까먹어버렸다. 아주 뜨겁고 아주 차가운 것 사이에서, 어떤 것이 제자리로 돌아가고는 했다. 그저 그것만으로, 아주 큰 힘을 얻었다. 실오라기 하나도 걸치지 않고 이야기를 풀어내던 힘으로, 냉탕과 온탕을 오가던 힘으로 볼에 홍조를 띄우고서 칼바람이 부는 겨울의 거리로 다시 나설 수 있었다. 다시 홀로인 집으로 돌아갈 수 있었다. 어느 때보다 뽀독뽀독하고, 말랑말랑하고, 따듯한 몸과 마음으로.

달팽이 이야기

옛날옛날 어느 옛날, 봄의 제주도에서 있었던 일이다. 어느 날 저녁 한 두루치기 식당에서 사람들과 식사를 하고 있었다. 모두가 초면이었다. 바쁘게 오가는 젓가락 사이로 이색함을 무마하고자 흔히들 범하는 베이식 퀘스천이 오가고 있었다. 나이, 출신, 이름, 외모, 학력 같은 것. 나로서는 언제나 가장 피하고 싶은 순간이다. 그때 그녀가 천천히 입을 열었다. 아니요, 저는⋯⋯. 그녀의 목소리는 허공에 퍼졌지만, 재빨리 내 머릿속에서 문자화되어버렸다. 단어와 단어

사이에 쉼표와 말줄임표가 너무 많아서였다. 이름이 뭐냐는 질문에 그녀는 백 년 만에 껍질에서 목을 빼내는 거북이처럼 말을 더듬으며 세 음절을 길게 빼냈다. 학력을 물었을 때는 화장기 없는 얼굴을 붉히더니 이렇게 말했다.

"여기 계신 많은 분이 대단한 것들을 배우셨지마는, 저는…… 저는 그러지 않기로 했던 것입니다." 그것은 엄연히 말하면 반칙이었다. 질문과 답이 탁구공처럼 핑퐁핑퐁거리던 식탁 위에서 그녀는 전혀 다른 속도와 언어로 게임에서 가장 원하지 않는 서브를 던진 것이었다.

거기에선 바라지도 않았던 진솔함과 이상한 비장미마저 느껴졌다. 어디서 오셨어요? 라고 묻는다면 그녀는 천천히 자신의 어머니와 아버지의 역사를 읊기 시작할 것 같았다.

나는 그녀가 단번에 마음에 들었다. 간단하게 대답하지 못하는 사람. 뭐든간에 간단하지가 않은 사람. 기쁘다는 말 대신에 붉은 얼굴로 입을 꾹 다문다든가, 슬프다는 말 대신에 "그래서 밤을 꼬박 새웠나 봐요"라고 말하는 사람. 그런 성질은 서서히 드러나는 것이 아니었다. 정확히는 숨길 수 없는 것이었다. 나는 그런 사람이라면 종일이라도 싱글 벙글한 얼굴로 대답을 기다릴 수 있었다. 나는 느릿느릿, 아장아장, 더듬더듬을 사랑했으니까. 그런 것이라면 아주 작은 것에도 칭찬을 아끼고 싶지 않아졌으니까. 나는 곧잘 유창한 말솜씨로 어떤 칭찬도 떨어뜨리지 않고 고봉으로 쌓아주고는 했다. 당신의 느림과 당신의 서투름에 대해, 당신만이 발견할 수 있는 것과 당신이 까맣게 모르는 것들에 대해. 그것이 자아내는 아름다움에 대해서 쉬지 않고 말해주었다.

그녀는 자기 전과 일어난 후에 명상을 했다. 그리고 시간과 공간이 허락될 때마다 요가를 했다. 세 시간 정도의 강의를 듣는 날이면 그녀는 어느새 사라졌다가 들판 위에서 요가를 하는 모습으로 발견되었다. 초록 옷을 입은 그녀는 들판에 섞여 잘 보이지 않았다. 나는 강의가 끝나면 그녀를 찾아가 돌아갈 시간임을 알렸다. 그러면 그녀는 주섬주섬 옷가지들을 챙겨 나를 따라나섰다. 그녀는 누군가의 사소한 부분에 감탄할 줄 알았다. 누군가의 귀여움, 누군가의 친절함, 누군가의 유머, 누군가의 명석함 같은 것. 나에게는 어느 하나 특별해 보이지 않는 것이었다. 나는 그것을 칭찬하는 그녀의 뒷모습을 빤히 바라보곤 했다.

그녀는 느렸다. 잠깐 짐을 두고 내려올게, 라고 말한 뒤 10분을 훌쩍 넘겨서야 나타났다. 지나가다 누굴 만나서 얘기를 나눴어. 양말 한 짝을 잃어버렸어. 내가 늦었어? 그런 식이었다. 사람들과 함께 그녀를 기다리는 일이 허다했다. 사람들이 오지 않는 그녀를 걱정하면 나는 말했다. 아무 일도 없을 거예요. 그냥 무언가를 발견했겠죠. 그래서 나는 나와 사람들을 위해 그녀를 달팽이라고 부르기로 했다. 너무 느려서 세상 모든 게 다 보이는 사람.

달팽이는 종종 화려하게 치장한 내 얼굴을 보며 얼굴이 붉어졌다. 조그만 목소리로 자신의 얼굴이 너무나 밋밋해 보인다고 말했다. 그러면 나는 그 밋밋함의 아름다움과 꾸밀 수 있지만 꾸미지 않은 여백이 얼마나 많은 사람에게 필요한지를 말해주었다. 그러면 달팽이는 한층 더 붉어진 얼굴로 고개를 끄덕였다.

어느 날, 며칠째 달팽이의 느린 식사를 기다려주는 데 지쳤던 내가 먼저 숙소로 돌아간 저녁이었다. 그녀는 그날 아주 힘들고 외로운 노동을 마쳤던 것 같다. 모두가 식사를 마치고 일어선 식당에서 마지막까지 홀로 밥을 먹었던 모양이다. 잘 먹어줘서 고맙다며, 식당 아주머니가 그녀의 손에 5천 원을 쥐여주었다. 달팽이는 그 알 수 없는 행동에 큰 위로를 받아 눈에 그렁그렁 감동이 맺혔던 모양이다. 그뿐만이 아니다. 달팽이의 오빠로부터 아버지가 조금 더 수척해지셨다는 전화를 받았던 것이다. 숙소를 향해 걷던 달팽이는 문득 길가에서 커다란 성당을 발견했다. 알 수 없는 이 끌림에 그곳으로 들어갔다. 그러고는 예배를 하는 사람들 옆에서 엉엉 울기 시작했다. 그러다가 나에게 전화를 한 것이다. 그녀를 알게 된 지 일주일 정도 되었을 때였다. 전화를 받고 나도 모르게 웃음을 터뜨리고 말았다. 청춘영화 스토리라고 하기엔 결이 달랐다. 조금 고민해봤는데, 아무래도 슬로 무비 쪽에 가깝지 않을까 싶다.

어떤 연쇄작용이 나를 울게 한 적은 거의 없다. 나는 길가에 있는 성당을 눈여겨본 적도 없고, 발견했다고 해서 멈춰선 적도 없으며, 들어가서 울어본 적은 더더욱 없다. 그녀가 나에게 전화를 했을 때는 그다지 놀랍지 않았다. 그녀를 데리러 성당에 들어섰을 때 자동으로 열린 엘리베이터 때문에 놀라기는 했다. 수화기 너머에서 그녀는 오지 않아도 돼, 오지 않아도 돼, 라며 울먹였지만, 그 말들은 목 꺾인 갈대처럼 맥이 없었다. 그녀의 눈은 통통 부어 있었다. 나는 교회 의자에 앉아 있던 달팽이를 포옥 안아주었다. 내가 조금 더 글을 잘 쓴다면 너의 이야기를 동화로 만들 텐데. 옛날에 느릿느릿한 달팽이가 있었어요. 달팽이는 길을 걷다 우연히 성당을 발견했어요. 달팽이는 무언가에 이끌리듯 성당에 들어갔어요. 그러고는 엉엉 울었어요. 눈물이 마르지도 않은 채 그녀는 웃음을 터뜨렸다. 엉덩이에 털이 날 일이었다. 나는 생각했다. 조금 더 바보 같아도 되겠구나. 조금 더 느려도 되겠구나. 조금 더 약해도 되겠구나.

어느 날 달팽이와 시내를 걷고 있었다. 그녀의 말이 느

린 이유가 자기 생각에 폭 빠져 있기 때문이라는 것을 어느
덧 눈치챈 때였다. 그녀는 그 느릿느릿한 말투로 가끔 내 질
문에 완전히 뚱딴지같은 대답을 늘어놓았다. 내 질문이 무
엇이건 본인이 하고 싶은 이야기를 긴 텀을 두며 하는 것이
었다. 가끔은 내가 열심히 이야기하는 와중에도 말을 뚝 끊
고 하고 싶은 말을 늘어놨다. 조금 당황스러운 일이었다. 나
의 언변은 기승전결이 확실하고 대부분 흥미진진했기 때문
에, 진짜 듣고 있었다면 끊을 수 없었기 때문이다. 그렇다고
버럭 화를 낼 수도 없었다. 그녀는 나를 무시하기보다는 그
저 상관하지 않는 것이었기 때문이다. 그건 분명 다르지만
닮은 것이어서 자존심이 조금 상했다. 달팽이는 마치 호숫
가에서 물수제비를 뜨는 아이처럼 나의 열변 위에서 돌을
튀기고 있었다.

　"실은 오늘 일에서 일찍 돌아왔어." 내가 계속해서 엇
갈리는 대화에 지쳐가고 있을 때 달팽이가 말했다. "그랬
군." 내가 답했다. 달팽이는 그날 한 공원 사유지의 검표원
으로 일했다. 야외 입구에 가만히 서 있다가 사람이 오면 표
를 확인하는 일이었다. 오늘은 평일인 데다 바람이 잦아서
사람이 얼마 없었던 모양이다. 조금 지루했던 그녀는 가끔
휴대폰으로 연락을 확인했다. 몸이 뻐근해서 손님이 없을
때마다 조금씩 스트레칭을 하기도 했다. 하지만 그녀의 스

트레칭은 본격적인 요가에 가까웠을 확률이 높다. 사장이 두 번 정도 그 앞을 지나갔고, 그녀는 몇 번 꾸중을 들었다. 그러다 그녀가 잠시 자리를 비운 사이 그곳에 다른 사람이 서 있었다. 당황해서 상황을 묻는 그녀에게 사람들은 이제 아무것도 하지 않아도 된다고만 답했다. 당황스러움과 함께 창피함과 수치스러움을 느낀 그녀는 그녀를 책임지는 대표에게 연신 죄송하다고 말했다. 대표는 마음속에 반성문을 쓰라고만 말하고 별말이 없었다고 했다. 그리고 그녀를 데리러 오는 차가 왔고, 숙소로 돌아오게 되었다.

나는 그녀가 어떤 기분이었을지 공감할 수 있었다. 내가 한 카페에서 일할 때였다. 일주일쯤 되었을 때, 사장이 나를 불러 함께 일하는 사람들이 불편해하니 더는 나오지 말았으면 한다고 했다. 나는 영문도 모른 채 출근할 채비를 마친 채로 다시 집에 돌아왔다. 그들의 웃는 얼굴을 하나하나 되짚어보면서 빠져나올 수 없는 깊은 우물 속을 허우적거렸다. 그 뒤에 일하게 된 곳에서도 약속이라도 한 듯 비슷한 이유로 해고 통보를 받았다. 마치 사회 부적응자 판정을 받은 것 같았다. 누구나 할 수 있는, 누구로도 대체될 수 있는 아르바이트에서도 퇴출당하는 사람. 지급되는 급여만큼 일할 수 있는 능력이 있음에도 부적격으로 판단되는 사람. 평생 아르바이트생이 되고 싶다고 생각한 적은 없었지만,

아르바이트도 못 하는 사람이 될 거라고는 상상도 하지 못했다. 친한 친구들에게도 그 이야기를 쉽게 털어놓지 못했다. 무엇이 되었든 나를 지지해주려는 사람들에게 그렇게나 큰 숙제를 내줄 수는 없었다. 그 일들을 소화해내는 데에 몇 계절이 필요했다. 한 번도 원한 적 없는 것에서의 거절도 그렇게나 아팠다.

그래서 그녀가 그 이야기를 했을 때 내 표정은 우물에 다녀온 소녀가 되어 있었다. 네가 무슨 말 하는지 알아, 네 마음이 어땠을지 알아. 진심으로 그 사실을 전해주고 싶었다. 속 빈 위로가 아니라 정말 알고 있다는 걸. 그들이 어떤 표정으로 그녀에게 아무것도 하지 않아도 된다고 했을지 나는 알 것 같았으니까. 그래서 나는 말했다. 네가 요가를 가르쳤다면, 명상을 했다면 너는 완벽했을 거야. 어쩌다 너와 맞지 않는 일을 하게 되었을 뿐이야. 그러자 그녀는 버거운 위로를 받은 듯 당혹스러운 얼굴을 했다. 잘 곳이 없으니 하루만 재워달라고 했는데 스위트룸에 묵게 된 사람처럼. 그러고는 비밀을 속삭이듯이 나에게 말했다. 사실을 말하자면, 나는 지랄하고 있다고 생각했어. 나는 물었다. 네가? 그녀는 대답했다. 아니, 그 사람들이. 그날 그녀의 사장은 우리 숙소까지 찾아왔다. 우리 쪽 대표와 사태에 관해 이야기를 나눈 모양이었다. 우리를 책임지고 있는 사람들이 머리를 많이 조아렸을 것이다.

한동안 달팽이의 이름이 사람들의 입에서 떠다녔다. 너 개 친구니? 라고 묻는 말에 나는 나도 모르게 대답을 얼버무렸다. 내 등에도 집이 있다면 나는 숨고 싶었다. 달팽이는 검정치마의 노래에 고개를 까딱거릴 줄 알았지만, 고기반찬이라는 단어를 정신 나간 사람처럼 외쳐대는 노래에도 호응을 보내는 사람이었다. 나와 같은 존재가 또 있다는 것은 잠시간의 위로가 되었다가, 부담이 되어가고 있었다. 그녀의 사건·사고들을 마치 별것도 아닌 듯 말하는 나에게 그녀는 매일 숙제를 내듯 과거의 실수들을 털어놓기 시작했다. 일련의 작은 사건들이 모두 자신이 여기 있을 자격이 없다고 말하는 것 같다며 집으로 돌아가겠다고 말했다. 그러고는 그런 말을 했다는 사실조차 잊어버렸다. 나는 잘 익은 감을 한입 베어 물었다가 떫은맛을 느낀 것처럼 당황스러웠다. 지랄이라고 말할 때 그녀의 눈에 비쳤던 분노가 선명히 뇌리에 남았다. 나는 아무 말도 하지 않았다. 어마어마한 자존심과 눈이 마주칠 땐 조용히 지나쳐야만 했으므로.

이튿날 달팽이와 나는 하우스에서 감귤나무의 꽃을 따는 일을 했다. 아직 줄기가 적당히 굵어지지 못한 감귤나무의 꽃을 따주면 겨울에 열릴 감귤 열매가 더 튼실해졌다. 수백 그루의 감귤나무가 작은 꽃봉오리들을 가득 안고 있었다. 빈약한 나무일수록 꽃은 더 많이 피었다. 사장님은 말했다. "사람이나 나무나 똑같은 거여. 절박할 때일수록 많이 낳는다니께." 엄지손가락부터 새끼손가락까지 다양한 크기의 꽃을 피워낸 나무들 사이로 사람들의 손이 바삐 움직이고 있었다. "같이 일하니까 안 외롭고 너무 좋다." 달팽이는 말했다. 그녀의 손이 지나간 자리에는 수많은 봉오리가 그대로 남아 있었다. 나는 그녀가 지나간 자리에 남은 일을 마무리하느라 갈수록 손이 바빠졌다. 쉬는 시간이 되자 그녀는 둑에 기대서 목을 뒤로 젖혔다. 그 모습은 마치 시골의 낭만을 가득 품은 한량처럼 그럴싸했다. 사람들은 그녀에게 쉬엄쉬엄하라고 했다. 그 말을 들을 때 나는 이를 악물었다. 왠지 그래야만 했다. 나는 가끔 억척스러운 내가 좋았다. 나는 계속해서 꽃을 땄다. 단 하나의 봉오리도 남지 않을 때까지. 나무에 뿌려진 농약 때문에 손등이 벌게지고 있었다.

계속 살아가야 하므로 우리는 어떤 모습을 오래 붙잡아서는 안 되었다. 사라지는 것은 좀처럼 지체하는 법이 없기 때문에. 사라지는 것을 가장 정확하게 표현하는 소리는 뿅 정도이기 때문에. 하지만 순간이 쌓인다는 사실만큼이나 마음이 놓이는 것은 없었다. 오랫동안 소화할 수 없었던 순간도, 너무 기뻐서 감춰둔 순간도, 나도 몰랐던 내 모습을 아름답다고 해주었던 말들도, 나를 무너뜨렸던 표정들도. 너와 나의 순간이 매번 쌓이고 있기 때문에 나는 좋은 날도 슬픈 날도 눈을 크게 뜨고 보냈다. 끔찍한 모습들도 조용히 꺼내놓을 수 있었다. 촘촘하고 성글게 짜인 순간들 앞에서 아주 못난 마음도 쉴 수 있었다. 하지만 우리는 친구가 미쳤다는 사실을 언제 어떻게 인지할 수 있을까. 아주 많은 순간을 함께할수록, 어쩐지 점점 더 알 수 없을 것만 같다. 그래서 잠시 아득해졌다. 끈끈한 진액으로 온몸을 휘감고 아주 느리고 조용하게 움직이는 달팽이가.

나의 코미디언

그는 사람을 깨우는 가장 손쉬운 방법을 알고 있었다. 아침
마다 그는 잔뜩 신이 나서 까치발을 들고 내 방으로 왔다.
침대에서 세상모르고 잠이 든 내 얼굴을 잠시 물끄러미 바
라보았다. 천사같이 곤히 잠들었구나. 그는 소리 없이 개구
지게 웃으며 손바닥을 펼친다. 커다란 손으로 얼굴을 가볍
게 덮는다. 그러고는 절대 서두르지 않고, 천천히, 위아래로
움직이기 시작한다. 마른세수를 하듯이. 그게 전부였다. 결
과는 즉시 나타난다. 평온했던 얼굴이 온갖 인상을 쓰며

"왜 이래!" 하고 외친다. 곧이어 "아악!" 하는 비명이 잇따른다. 그게 그 행위의 핵심인데, 상대가 발버둥 치며 악을 쓸수록, 특히 입을 벌릴수록 스스로의 체액이 손바닥에 묻어 얼굴에 고르게 분포되는 것이다. 이때 손바닥이 얼굴에서 자석처럼 절대 떨어지지 않는 것이 중요하다. 그는 그걸 정말 잘했다. 한마디로 자신의 아침 입 냄새가 담긴 침 세수를 하는 것인데, 정말이지 더러워서 일어날 수밖에 없다. 누군가를 깨울 때 이 방법을 웬만해서는 추천하지 않는다. 몰라도 되는 상대의 본성을 마주할 수 있다.

이 방법이 지루해지면 그는 종종 다른 것도 했다. 이를테면 자고 있는 나를 그대로 들어서 화장실에 데려가 얼굴에 찬물을 끼얹었다. 혹은 그대로 식탁에 앉혀서 입을 벌리게 한 뒤 반찬을 넣고 턱을 움직여 씹게 했다. 혹은 거실까지 데리고 나와서 양 발목을 잡고 공중에 빙빙 돌렸다. 정신이 들자마자 몸이 공중에 떠서 돌고 있는 느낌을 아시는 분이 있을까. 상당히 위험하고…… 아니 위험하고를 떠나서 대체 누가 그렇게 하나. 하여튼 그 시절 나는 아침잠이 많을 때기도 했지만 아침마다 그가 나를 어떻게 깨우는지 보기 위해 눈을 감고 있는 일이 많았다. 정말 안 되겠다 싶을 때까지 결코 눈을 뜨지 않았다. 눈을 뜨면 지는 거였으니까. 하지만 삐죽삐죽 새어 나오는 웃음을 참을 수는 없었다.

사실 다 듣고 있었다. 새벽에 엄마가 부엌에 나왔을 때부터. 그녀의 곰 같은 발이 내는 둔탁한 발소리. 당근 따위를 써는 도마질 소리와 압력밥솥의 추가 칙칙 돌아가는 소리, 주전자에서 물이 보글보글 끓는 소리를 들으며 눈을 감고 있는 게 좋았다. 조금 더 날렵하게 슉슉거리는 발소리는 아빠의 것이었다. 엄마는 눈대중과 손맛으로 맛깔난 음식을 뚝딱 만들어냈다. 하지만 밥처럼 정확한 공식이 있는 요리는 아빠가 훨씬 강했다. 그는 매번 1초도 지체하지 않고 완벽한 밥을 해냈다. 특히 그가 만드는 누룽지는 일품이었다.

매일 아침 차를 끓이는 것도 그의 담당이었다. 우리 집에서는 밥을 짓는 것만큼이나 중요한 소임이었다. 차를 끓이는 데에도 어느 정도 정확한 공식이 있었고 그는 이 역시 실패하는 법이 없었다. 커다란 스테인리스 주전자 한가득 보이차를 펄펄 끓여 머그잔에 가득 담았다. 이어서 1리터가 넘는 커다란 보온병 세 개를 가득 채웠다. 우리 집에는 똑같이 생긴 보온병이 세 개나 있었고 각각 빨간색, 노란색, 초록색 스티커가 붙어 있었다. 그것은 각자의 가방에 들어가 일터와 학교로 향했다. 집에 돌아오기 전까지도 김이 솔솔 올라올 정도로 따듯했다. 그즈음엔 밥 짓는 촉촉한 증기와 보이차 향이 내 방까지 진동했다. 그럼 조금 일어나고 싶어졌지만, 나는 그가 그 일을 다 마치고 나를 데리러 오기까지 기다렸다. 한바탕 소란 끝에 밥상에 앉으면 보이차는 마시기 딱 알맞게 식어 있었다.

그렇게 준비를 마친 세 가족이 식탁에 모여 앉아 홀짝거리며 차를 마셨다. 새벽부터 끓는 물에 조용히 입수했을 차는, 약한 불에 오랜 시간 달여져 마치 우주처럼 그 심연을 알 수 없이 깊고 진했다. 아침밥을 먹기 전에 차를 한잔 들이켜면 뜨거운 불덩이가 몸속을 깨끗하게 씻고 지나가는 느낌이 들었다. 뜨끈한 노천 온천에 몸을 담근 것처럼 개운했다. 그리고 다 같이 아침밥을 먹었다. 그와 동시에 아빠의 인생철학 강의가 시작되었다. 인생이라는 건 말이야. 삶의 태도라는 것은 말이야. 돈은 말이야. 고양이는 말이야. 직업은 말이야. 밥은 말이야. 친구는 말이야. 무거운 걸 드는 건 말이야. 공부는 말이야. 자전거는 말이야. 인터넷은 말이야. 아침은 말이야. 학교는 말이야……. 그는 제스처가 크고 풍부한 사람이었다. 밥풀이 묻은 그의 젓가락이 식탁 위를 화려하게 날아다녔다. 그의 입은 반찬과 밥을 분쇄하면서도 정확한 발음과 시원한 성량을 뿜냈다. 반찬과 국이 리드미컬하게 그의 입으로 들어가는 동시에 온갖 표현과 비유가 쉼 없이 나왔다. 나는 맞은편에 앉아 숟가락을 든 채로 어안이 벙벙해서 그를 쳐다보았다. 엄마는 말했다. "당신은 꼭 애가 숟가락만 들면 시작이야!"

엄마가 그렇게 말해도 그의 연설은 20분이고 30분이고 계속되었다. 나로서는 시간이 지났다는 사실을 차갑게 식은 국으로만 짐작할 수 있을 뿐이었다. 그는 계속 먹었지만 나는 먹지 못하고 듣는 경우가 많았다. 혹은 먹어도 미각이 아예 무감해졌다. 완전히 휘어잡혔다. 그의 말이 다 맞는다고 생각했다. 엄청난 통찰에 감탄하여 고개를 끄덕일 새도 없었다. 지금 생각해보면 정말 하찮은 주제도 마지막까지 완벽히 몰입하여 경청했다. 밥이 아니라 그의 말들이 내 몸을 발끝부터 천천히 채워가는 것 같았다. 가끔은 의문과 감탄에 차 질문을 하거나 이의를 제기하기도 했다. 그러면 그는 거기까지 모두 예상했다는 듯 나의 무지함을 깨끗이 압도하는 답변을 늘어놓고는 했다. 어떤 얘기든지 간에 그가 밥그릇을 다 비움과 동시에 귀신같이 끝이 나 있었다. 그는 누룽지로 입을 게워내면서 그날 이야기의 핵심 포인트를 짚은 뒤 홀로 자리에서 일어나 넥타이를 매고 집을 나서버렸다.

나는 그의 말이 다 맞는 것도 아니고, 어떤 것은 아주 틀리기도 하다는 것을 체득하며 자랐다. 그럴 때면 하늘이 무너져 내리고 땅이 갈라지는 기분이 들었다. 그의 말이 옳지 않다는 것을 납득하기 위해 마지막 순간까지 눈을 부릅떴다. 나에게 주어진 사실은 다를 수도 있다는 걸 받아들이기까지 오랜 시간이 걸렸다. 그의 말 몇 마디가 왜 그렇게까지 절대적이었는지 되려 궁금해질 정도였다. 그가 틀릴 수도 있다고 생각해본 적이 없었다. 왜냐하면, 그는 재미있었다. 언제나 그랬다. 너무 명백히 재미있었기 때문에 옳았다. 맞고 틀리고라는 개념은 마비되었다. 그는 그보다 훨씬 상위의 개념을 장악했다. 그의 얘기가 모두 거짓이었대도 달라지지 않았을 것이다. 재미라는 것은 그런 힘을 갖고 있었다.

그런 그는 정작 자신의 삶을 지루해했다. 적어도 엄마는 그렇게 말했다. "네 아빠는 자신의 현실을 인정하지 않아. 언제나 저 멀리에 더 멋진 무언가가 있다고 생각하지." 그는 자기 일을 싫어했다. 아주 오랫동안 세일즈맨으로 일했지만 한 번도 그것을 돈 버는 일 이상으로 생각하지 않았다. 동료들과도 절대 어울리지 않았다. 아주 잠깐 필요에 의해서 그 일을 하는 사람처럼 굴었다. 더 의미 있고 멋진 일을 하지 못하는 것을 못마땅하게 여겼다. 성공하고 출세하지 못한 것을 창피하게 여겼다. 그런 그에게는 친구가 없었다. 자신의 위치에 제대로 서 있지 않은 사람에게 친구가 없는 것은 어쩌면 당연할지도 모르지만, 내가 아는 가장 훌륭한 달변가인 그가 속에 들끓는 수많은 이야기를 털어놓을 말벗 하나가 없었다는 사실은 몹시 외롭게 느껴진다.

그런 그는 내 친구들 사이에서 웃기고 유쾌한 아빠로 통했다. 아빠는 내 친구만 나타나면 익살스런 표정과 목소리로 "넌 누구냐?"라고 물었다. 뒷짐을 지고 긴 다리를 양옆으로 우스꽝스럽게 뻗어가며. 그 모습이 꼭 찰리 채플린 혹은 심형래 같았다. 그건 아빠가 만들어낸 캐치프레이즈 같은 거였다. "아저씨, 저 수진이잖아요"라고 친구가 백여덟 번째로 답하면 아빠는 기다렸다는 듯 "그래서 넌 누구냐?"라고 물으며 능청스럽게 딴청을 피웠다. 그럼 친구들은 까르르 까르르 웃었다. 과묵하고 뻣뻣하고 진지한 아빠들—그러니까 보편적인 아빠 아래에서 자란 친구들은 우리 아빠가 입만 열었다 하면 숨이 넘어가게 웃었다. 그는 웃기기 쉬운 상대에게 으레 그러하듯 웃음소리가 끝나기 전에 유유히 사라졌다.

눈가에 그런 주름을 가진 사람은 장난기가 많다. 그는 무표정일 때도 고양이 수염 같은 주름이 눈 옆에 패여 있었다. 턱을 끌어올리고 입을 길게 늘어뜨리며 웃었다. 수많은 주름이 둥글게 패고 얼굴의 굴곡이 과하게 들어가고 또 튀어나와서 꼭 피에로 같았다. 매우 희극적이고 또 비극적이었다. 그 모습을 나도 빼닮아서 씨익 웃으면 종종 무섭다는 얘기를 듣는다. 툭 튀어나온 커다란 눈은 소의 그것을 닮았고, 코는 높고 둥글었다. 말할 때는 입밖에 안 보일 정도로 입이 커다랬다. 피부는 푸석푸석하고 수염은 푸릇하며 곳곳에 잔주름이 있었지만, 그의 얼굴은 언제나 팽팽하고 생기로웠다. 특히 나를 보며 그 큰 눈을 반짝일 때는 마치 어린 애 같았다. 불현듯 심술궂게 웃으며 다가와서 이상한 미션을 던지기를 즐겼다. 마치 지금 자신의 삶에서 나를 괴롭히는 것이, 나와 장난을 치는 것이 유일한 낙이라는 듯이. 아이야, 용돈을 받고 싶으면 예산 계획서를 가져오란 말이야. 야야, 오늘부터 1분에 사칙연산 몇 개 푸는지 한 시간씩 연습하잔 말이야. 야 인마, 이 노래를 외워오란 말이야. 다쏠아, 오늘부터 우리는 불교를 믿는 고야~ 그러면 나는 책 한 권 분량의 용돈 예산 계획서를 써서 빔 프로젝터로 발표했다. 스톱워치를 들고 내 옆에서 다리를 떠는 그 옆에서 미친 듯이 사칙연산을 풀어 높은 수학 성적을 거두었다. 7080을 휩쓴 수많은 올드팝의 가사와 해석을 외워서 줄줄 읊어댔다. 그와 나란히 방석을 펴두고 매일 108배를 했다. 그는 피에로 같은 얼굴로 연신 낄낄거렸다.

조용한 날이 없었다. 아빠는 늘 할 말이 있었다. 엄마도 나도 듣고만 있을 수는 없었다. 이야기는 아침에서 시작해 저녁으로 새롭게 이어졌다. 일과를 마치면 모두 찻상 앞에 모였다. 저녁의 차를 우리는 것은 나의 소임이었다. 찻상 앞에는 별별 화제가 다 올랐다. 그가 삶에 가진 불만과 자조와 슬픔 같은 것은 물론 제외되었다. 휴대폰 사용은 엄격히 금지되어 있었다. 제일 재밌는 사람이 말의 분량을 가장 많이 가져가는 약육강식의 필드이기도 했다.

삶이 그의 말처럼 되지 않을 때 혹은 그의 말처럼 재미 있지 않을 때 나는 그에게 전화를 걸었다. 당시의 휴대폰에는 단축번호 기능이 있어서 그저 2번을 꾸욱 누르면 됐다. 익살맞은 목소리가 반겼다. 놀라울 정도로 나와 닮은 목소리다. "여보~쎄요." 그건 아빠의 또 다른 캐치프레이즈 같은 것이었는데, 하여튼 여보세요가 여보 당신이시냐는 말과 동의어라는 점을 묘하게 상기시키는 어투였다. 그러면 나는 땅을 걸으며 하늘을 보며 그에게 이런저런 이야기를 늘어놓았다. 그에게는 별스러운 말까지도 다 털어놓을 수가 있었다. 그는 나를 제외하고 나와 가장 닮은 사람이었기 때문이다. 그는 기다렸다는 듯 나에게 필요한 말들을 늘어놓았다. 길에서 전화통을 붙들고, 밥상에서 젓가락을 지휘봉처럼 휘두르며, 찻상 앞에서 침을 튀겨가며. 그는 내 인생 최고의 책략가로, 나에게 감 놔라 배 놔라 하기를 즐겼다. 항상 내 인생이 엄청난 것을 이룰 것처럼 말했다. "너는 나보다 훨씬 더 나은 사람이 될 거야."

내가 어쩌다가 웃긴 사람이 됐나 생각해보니 거기에 아빠가 있었다. 나는 평생 그를 보고 자랐다. 매일같이 펼쳐지는 그의 쇼를. 그는 어느 날 스님이 되겠다고 엄마와 나를 떠나갔다. 쇼는 그렇게 막이 내렸다. 그렇게 된 지 벌써 얼마나 지났는지 모르겠다. 그 뒤로 한 번도 그를 본 적이 없다. 매일

같이 내 친구들에게 너는 누구냐고 물었던 그는 어쩌면 자신이 누구인지를 묻고 싶었는지도 모르겠다. 나는 그가 떠났다는 것이 얼마나 슬픈지 잘 알지 못했다. 나는 그저 서서히 놀라고 있다. 거울을 볼 때마다 그의 얼굴이 보이는 것에. 그가 좋아하던 특이한 반찬들이 내 입맛에 꼭 맞는 것에. 조용한 밥상이 너무도 어색한 것에. 난닝구를 안 입으면 아랫배에 바람이 들어서 배앓이를 하는 것과 난닝구랑 트렁크를 입으면 그 아래로 학처럼 쭉 뻗은 다리가 그와 소름 돋게 닮은 것에.

어떤 슬픔은 별의 속도와 비슷하기도 할까 생각한다. 우리가 보는 별은 사실 이미 소멸한 지 오래고, 지금 보고 있는 것은 사실 몇십 년 전에 뿜어낸 빛인 것과 같이. 나는 내 삶에서 가장 웃긴 사람이 당신이었다는 것을 얼마 전에야 깨닫고 그 자리에 주저앉아 격격 울고 말았다. 그 자리는 당신이 떠나고부터 쭉 공석이라는 것을. 그래서 더러 나에게 아주 웃긴 이야기가 생겨버렸다는 것을 알게 되었다. 나는 여전히 아빠가 있던 시절을 꿈에서 본다. 아빠는 떠날 때 이런 말을 했다. 다솔이는 걱정 없어. 왜 그렇게 말했을까? 그는 맞는 말만 하는 사람이니까 그게 맞을 수도 있다. 하지만 그가 나를 걱정해주지 않는다면 너무하지 않은가. 그것은 그의 고유한 소임인데 말이다. 나는 이렇게 말해줄걸 그랬다. 웃기고 앉아 있네.

어느 날 우리는 새벽 5시에 둘러앉았다. 나는 아주 맑은 목소리로 "오, 이럴 수가"라고 탄성을 지르며 잠에서 깼다. 바람 소리가 굉음처럼 울리고 있었다. 창문 틈으로 불어온 바람에 블라인드가 유리와 미친 듯이 부딪치고 있었다. 전날 예보된 대로 세상엔 폭풍이 몰아치고 있었다. 우리는 약속한 것처럼 한 명씩 거실로 모여들었다. 찻상에 둘러앉아 차를 마시며 밖을 멍하니 바라보았다. 해는 뜨지도 지지도 않은 것 같았다. 무시무시한 어떤 것이 우리 집을 사이에 두고 춤을 추는 듯했다. 이따금 어디선가 우장창창 깨지는 소리와 부서지고 떨어지는 소리가 났다. 우리는 세상을 흔들어대는 거대한 무언가를 지켜보았다.

"밀키스 캔에 그려진 우산 들고 날아가는 캐릭터처럼 날 수도 있겠다."

주차장엔 커다란 나무들이 통째로 날아와 차 위에 아무렇게나 널브러졌다. 아직 이른 아침인데도 아파트는 베란다 창이 깨져나가는 사태가 속출한다며 대비하라는 방송을 크게, 여러 번도 했다. 고개를 들어보니 아빠는 어느새 소년이 되어 있었다. 아빠는 베란다 창을 활짝 열어젖혔다.

엄청난 바람이 거실에 채워졌다. 방석도, 수건도 모두 날아가버렸다. 나는 그 엄청난 바람에 소리를 지르지 않을 수가 없었다. 제트 코스터를 타는 것처럼.

3

삶이 유랑하는 순간

최초의 만찬

간만에 친구들과 밥을 먹으려는데 깜짝 놀랐다. 갈 수 있는 식당이 없었다. 불과 얼마 전까지 찜닭 두 마리를 배달시켜 바닥까지 사이좋게 싹싹 긁어 먹었던 우리였다. 이른바 민족의 번영을 누리는 자들이었다. 그곳이 어디든, 몇 시든, 원하는 것이 무엇이든 배가 터질 때까지 먹을 수 있었다. 그런데 불과 몇 달 사이 종족이라도 바뀐 듯했다. 두 명은 육류를 먹지 않는 페스코, 한 명은 완전 채소만 먹는 비건, 나머지 셋은 완전 채소 중에서도 불로 조리하지 않은 날것만 먹는 로비건이 되어 나타났다. 모종의 약속이라도 한 듯 아무도 고기를 먹지 않았다. 번영한 민족의 밤거리는 여전히 잠들 줄 몰랐으나 우리가 갈 수 있는 곳은 전멸해 있었다. 서울 시내 한복판이었는데도 말이다. 대관절 알 수가 없는 형국이었다.

"단식을 하다가 속에 부담이 안 되는 걸 먹으려다 보니 잠깐……" "애인이 페스코여서 잠깐……" 반가운 마음 반 얼떨떨한 마음 반으로 각자 자초지종을 늘어놓고 있었다. 그랬구나, 그럴 수 있지……. 그런데 어쩌다가 우리 모두가 동시에 이렇게……. 그런 이야기를 나누고 있는데 느닷없이 한 친구가 벌떡 일어나서는 책을 한 권씩 나눠주는 것이었다. "내가 요즘 제일 좋아하는 책이야." 아무리 좋아하는 책이라도 그렇지, 다섯 권이나 사서 돌리다니 미친걸까, 생각하며 보는데 제목은 이랬다. 『아무튼, 비건』. 마치 그날 만남의 제목 같았다. 우리는 가까스로 찾은 식당에서 각자에게 주어진 한 그릇을 충실히 비웠다. 마치 알 수 없는 바람 같은 게 훅 지나간 것 같았다. 카톡으로도 전화로도 보낼 수 없는 신호가 우리 사이에 흐른 것 같았다. 앞에 놓인 그릇에 뭔가 조금 다른 것이 담긴 듯도 했다. 우연 같고 운명같이 무언가 바뀌어 있었다.

책을 건네는 친구의 눈은 사뭇 결연했다. 이전과 거의

같으면서도 무언가 근본적인 것이 달라 보였다. 어딘가 흐릿했던 눈가 한구석이 매우 또렷해진 것 같았다. 새로운 힘이 흐르고 있었다. 올 것이 왔군. 나는 생각했다. 언제나 여기 있을 것만 같던 친구가 저기로 훌쩍 가 있는 것 같았다. 머리가 복잡해졌다. 우리가 앞으로 함께할 수 있는 것은 무엇일까. 그리고 함께할 수 없는 것은 무엇일까. 분명한 사실이 있다면, 이들과 함께 밥을 먹는 시간이 내 인생에서 사라지는 것은 절체절명의 위기였다. 이들과 함께 흐를 수 없다면, 그것만으로 첫 번째 이유는 충분했다. 나는 한숨을 푹 쉬며 말했다. "어쩔 수 없지, 뭐." 친구는 의아해하며 물었다. "다솔아, 뭘?" 나는 말했다. "할게. 하겠다고." 나는 보이지 않는 그녀의 손 위에 손을 겹치듯 말했다. 어릴 적 놀이터에서 엄지를 치켜들며 "여기여기 붙어라" 하던 친구의 손가락을 감싸 쥐듯이.

다음 날 눈을 떴는데 숙취에서 깬 것처럼 어질했다. 친구들을 오랜만에 만나 신이 나서 그랬을 거다. 너무 많이 웃어서 나도 모르게 그런 엄청난 다짐이 새어 나왔던 걸 거다. 기억은 흐릿하지만 변화는 분명했다. 외동딸이자 아버지네 7남매의 독손녀였던 나는 여자였음에도 밥상에서 무조건적으로 고기반찬을 할당받으며 살았다. 어릴 때부터 먹성이 좋아 초등학교 때 별명은 밥통이었다. 내가 급식을 푸고 나면 남아 있는 음식이 없었기 때문이다. 아빠를 닮아 팔이 길어 식탁 위에 손이 닿지 않는 사각지대가 없었다. 커다란 입으로 상에 오른 음식을 시원시원하게 휩쓸었다. 그런 내가 비건이라는 이유로 '오늘 뭐 먹지?'라는 질문에 조금이라도 선택의 제약을 받거나 상상의 폭이 줄어든다면, 그것은 결코 유쾌할 수 없었다.

비상사태였다. 음식과 맛이 다채롭고 풍성하기로 소문난 이 나라가 불현듯 황무지로 느껴졌다. 땅에 사는 친구들과 바다에 사는 친구들을 포함하지 않는 한국의 식사 문화는 척박하기 그지없었다. 태초부터 시작하는 기분이 들었다. 그분들이 만약 절교한 친구라도 됐다면, 나는 어떻게든 화해할 방법을 찾으려 했을 것이다. 왜냐하면 어딜 가나 그분들을 만나지 않을 수가 없기 때문이다. 한식집, 양식집, 일식집, 중식집, 동남아음식집, 빵집, 디저트집, 편의점까지……. 가루로, 육수로, 반죽으로, 고명으로, 주연으로, 조연으로, 지휘자로, 엑스트라로……. 그냥 태양을 피하는 편이 쉬울 것 같았다. 심지어 건강을 강조하는 샐러드집에서조차 안 보면 서운하다는 듯 그분들이 몇 점씩 올려져 계셨다. "비건 메뉴는 없나요?" 하고 물었다가는 마치 30년 전에 "LGBTQ를 아세요?"라는 질문을 받은 것처럼 혼란스러운 얼굴을 마주하기 일쑤였다.

집 안에서도 그분들 없이 잘 살기란 쉽지 않았다. 그분들 없는 맛있는 요리라는 것을 상상해본 일이 처음이었다. 마치 언어를 처음부터 다시 배우는 기분이었다. 소매를 걷어붙여야 했다. 비건 그게 얼마나 대단한지 모르지만 나는 잘 살고 싶었다. 아주 잘 살아야만 했다.

절박한 심정으로 세계의 비건들을 찾았다. 평생 들은 적도 본 적도 없는 콩과 곡식과 야채들을 집으로 들이기 시작했다. 현관에는 택배가 쌓여갔다. 국내에서 구하기 어려운 비건 식재료 몇 십만 원어치의 해외 직구를 감행했다. 샐러드를 주식으로 삼고 온갖 야채들을 지지고 볶고 삶고 쪘다. 내가 할 수 있는 세계의 거의 모든 샐러드드레싱을 모방해보았다. 전 세계에서 날아온 병과 캔은 마녀의 묘약처럼 우리 집 찬장을 채우고, 부엌은 새로운 삶의 방식을 실험하는 연구실이 되었다.

지구는 둥그니까 자꾸 걸어나가면 온 세상에 있는 콩을 내가 다 만나볼 수 있을까 싶을 정도로 세상에는 콩이 미친 듯이 많았다. 강낭콩, 검정콩, 흰콩, 밤콩, 작두콩, 렌즈콩, 병아리콩, 라마빈…… 콩이란 단순히 콩자반이나 밥에 넣는 재료가 아니었다. 그 외 다른 콩의 모습은 생각해본 적이 없었다. 콩은 주스가 되고, 죽이 되고, 커리가 되고, 페이스트가 되고, 우유도 되고, 빵도 되고, 파스타도 되고, 고기까지 되고 하여튼 콩이 마음만 먹으면 사람도 될 수 있을 것 같았다.

그중에 가장 흥미로웠던 것은 콩을 발효해 만든 '템페'다. 인도네시아의 전통 발효 음식인데, 콩의 껍질을 벗겨 균과 함께 발효한 것으로 언뜻 보기에는 치즈 같기도 하고 메주 같기도 하다. 단, 특유의 냄새나 끈적임이 없다. 이 친구의 가장 큰 장점은 '식감'이다. 특별한 맛이 나지 않고, 채식 음식에서 찾아보기 힘든 쫄깃한 식감을 갖고 있어서 어떻게 조리하느냐에 따라 다채로운 맛을 낼 수 있다. 단백질과 비타민이 풍부함은 물론이다. 나는 템페를 깍뚝 썰어 튀김 옷을 묻힌 뒤 높은 온도의 기름에서 바삭하게 튀겨냈다. 그러고는 알싸한 다진 마늘과 잘 익은 고추장, 달큰한 조청과 매실액을 넣어 만든 강정 소스를 버무려 센 불에 살짝 볶았다. 그 위에 볶은 참깨까지 솔솔 뿌려주면, 맛깔나는 빨간 소스에서 윤기가 좌르르 흐르는 템페강정이 완성된다. 새콤하고 달콤하고 쫄깃하면서도 바삭한 것이 줄 서서 사 먹던 닭강정 부럽지 않다.

템페강정과 훌륭한 궁합을 자랑하는 것이 있다면 바로 후무스 페스토 샌드위치다. 신선한 바질 잎을 갈아 만든 바질 페스토를 갓 구운 치아바타의 한쪽에 듬뿍 바른다. 병아리콩을 삶아 으깨서 만든 후무스를 다른 한쪽에 발라준다. 가지와 새송이버섯, 애호박을 노릇하게 구워 그 위에 올려준다. 거기에 잘 익은 토마토와 아보카도, 싱싱한 상추와 적양파까지 곁들여주면 가지각색의 식재료들이 눈을 즐겁게 하는 푸짐한 샌드위치가 완성된다. 입을 크게 벌려 한입 베어 물면 상큼한 바질 향과 고소한 후무스의 풍미가 입안 가득 퍼진다. 가지, 새송이, 애호박의 쫀득한 식감과 토마토와 야채의 신선함이 그야말로 완벽한 조화를 이룬다. 터질 것 같은 입안 사이로 실실 웃음이 새어나오는 맛이다. 거기다 중간중간 달달한 템페강정을 하나씩 집어 먹으면 뿌듯하지 않을 수가 없다. 배부르게 먹은 뒤에도 속이 더부룩하지 않고, 나른하거나 몸이 무거운 일도 없다.

날마다 다음 날 도시락을 위한 시도가 이어졌다. 아주 사랑하는 애인이 있다면 그에게 줄 도시락을 싸듯이 열중했다. 매일 아침 일찍 대로변의 주상복합 앞에서 출근 버스를 잡아타고, 그저 점심시간만을 기다리며 오전을 버텨낼 미래의 나에게 위로가 되고 설렘이 될 식사를 준비했다. 시간 가는 줄 모르고 요리를 하다 보면 자정이 넘어 있었다.

냉동 볶음밥과 편의점 도시락을 들고 맞은편에서 점심을 먹던 회사 동료들이 내가 싸 온 유부 요리를 맛보고서 앵콜을 불렀다. 주변에 먹을거리가 없다며 식사를 거르는 팀장님과 도시락을 나눠 먹기도 했다. 그렇게 회사 사람들과 회식을 할 때도, 친구들과 여행을 갈 때도, 명절에 친척들을 보러 갈 때도 나의 도시락은 끈질기게 계속됐다. 나의 단백질과 철분 섭취를 걱정하던 직장 동료들이 도시락의 레시피를 물어왔다. 비건은 까칠하다고만 생각했던 친구들이 나 같은 애는 처음 봤다며 해피 비건이라는 별명을 붙여줬다. 아닌 게 아니라 정말 맛있고 행복했다. 진수성찬으로 차려진 명절 음식엔 눈길도 주지 않고 샐러드를 만끽하는 나를 보며 친척들은 입을 딱 벌렸다.

이 모든 것에 가장 놀란 사람은 나였다. 스스로에게 감동하고 있었다. 진정한 나의 의지대로 살아갈 힘을 가지고 있다는 것을 확인하고 있었다. 밤마다 쓰러질 듯이 피곤해도 활기가 솟았다. 언뜻 보기엔 달라진 게 없었다. 대부분의 시간을 회사에 묶여 보냈고, 돈에 쫓겨 살았으며, 매일 밤 아무도 없는 집으로 돌아오는 하루가 반복됐다. 세상은 시끄럽고, 누구도 나를 방해하거나 붙잡지 않았으며, 혼자 있는 집은 고요하기만 했다. 인류 역사상 가장 고독한 시기에 태어났다고 생각했다. 혼자가 최고인 시기에 태어났다고 생각했다. 원한다면 누구의 도움 없이도 살아갈 수 있는 전례 없는 시기라고 생각했다. 그것을 가능하게 하는 수많은 조건과 기술과 권리가 적립된 세상이었다.

이따금 백 년 전쯤 태어났다면 어땠을까 상상하곤 했다. 가난한 농가의 여섯째 딸로 태어나, 먹을 때마다 전쟁하고, 걸음마를 떼자마자 일을 배우고, 밤이면 온 식구가 한 방에서 다닥다닥 붙어 잠자리에 들고. 집 앞 논에서 난 곡식과 뒷산에서 캔 나물을 먹고. 옆집 숟가락은 몇 갠지, 어느 댁 누가 누구 돈을 떼어먹었는지, 길고 긴 밤이 지루해서 서로 엉덩이를 붙여 앉고 이야기로 지새우던. 저마다 태어난 곳에서 죽을 때까지 살고, 태어날 때부터 알았던 사람을 죽을 때까지 만나던 그 시기의 고되고 지긋지긋한 따뜻함을, 겪어본 적도 없으면서 그리워하곤 했다.

외롭다, 외롭다는 말을 달고 살았다. 전화통을 붙들고 누군가에게 하소연하지 않고는 하루를 버티지 못했다. 매일같이 홀로 밥상에 앉으며, 이 커다란 세상에 정말 나 혼자밖에 없다는 것을 실감하고는 했다. 그런데 어느 날 불쑥 어떤 생각이 끼어들었다. 지금 내가 먹고 있는 것은 누군가의 생명이구나. 나의 작은 밥상에 오르기 위해 지구 어딘가에서 태어나고 살다가 죽은 이구나. 그 순간 선명해졌다. 나는 외롭다고 말할 자격이 없다는 것을. 혼자라는 생각이 얼마나 무지했는가를. 사실 혼자라는 말은 결코 성립될 수가 없었다. 나를 위해 누군가 죽어야 한다면 결코 혼자라고 할 수 없었다.

　아마도 그때일 것이다. 내가 진정으로 결연해졌던 순간이. 흐릿했던 것들이 또렷해진 순간이. 나는 내가 할 수 있는 가장 최소한의 일을 하기로 했다. 어쨌든 하루 세 번, 우리는 먹으니까. '무엇을' 먹는지만 바꿔보기로 했다. 여전히 매일 혼자 밥상에 앉는다. 그런데 놀랍게도 외롭지 않았다. 오히려 무언가 솟아오르는 것 같았다. 오로지 나밖에 모르던 내가, 지구 어딘가에 있을 누군가를 위해 어떤 선택을 한다는 것이, 지구 어딘가에 내가 생각하는 누군가가 있다는 것이. 마치 세상 모든 생명과 겸상을 한 기분이 들었다. 어느 때보다도 충만한 식사였다.

　그 후로 뒤돌아본 적이 없다. 언젠가 사람의 손가락이 열 개인 것은 이유가 있다고 생각했다. 그 이상은 셀 필요가 없기 때문이 아닐까. 가장 중요한 것은 열 손가락을 넘어가지 않는 것 아닐까. 우리는 세상의 무수한 것을 스쳐 가지만 그중에 아주 일부만 몸에 담는다. 내가 알지도 못하는 사이에 그렇게 하고 있다. 피할 수 없는 숙명처럼 많은 선택과 구분이 진행되어왔다. 그런데 또 그것은 어느 날 우습게 바뀔 수도 있었다. 푸념처럼 뱉어버린 선언과 함께, 지금까지의 생과는 전혀 다른 오늘을 살아볼 수도 있었다. 어제와는 전혀 다른 오늘을 열어볼 수 있었다. 여전히, 새로운 삶을 상상해볼 수 있었다. 그리고 여전히, 나는 내 입에 들어가는 것 외에는 관심이 없다. 그래도 매일매일은 결코 같을 수 없다. 우리는 더 멀리 유랑하고 있었다.

윤 수사관을 기다리며

전화벨이 울려 잠에서 깼다. 잠이 뚝뚝 묻어나는 목소리로 전화를 받았다. 정오가 다 된 시각이었다. 수화기 너머는 사람들 소리로 매우 분주했다. 전화를 건 사람은 자신을 서울 중앙지검 조직범죄수사과 윤정현 수사관이라고 소개했다. 사건은 이러했다. 강서구에 거주하는 40대 윤일주 씨가 내 휴면 통장을 이용하여 중고나라로 사기를 친 것이다. 온갖 물건을 판다고 게시글을 올린 뒤 내 이름의 통장으로 무려 3천만 원을 해 먹었단다. 그렇게 내 이름으로 들어온 신고만 스물한 건이랬다.

나는 미지근한 돌침대에 옆으로 누운 채 처음으로 눈을 번쩍 떴다. 3천만 원이라니. 나는 손에 쥐어본 적 없는 돈이었다. 3천만 원도 없이 내가 스물한 번이나 죄인이라니. 그게 정말이라면 큰일이었다. 나는 차분하고 논리정연하고 듬직하게 느껴지는 윤정현 수사관님께 감히 물었다. 그런데 왜 핸드폰으로 전화하셨나요? 짧은 시간 대화를 나누었을 뿐이지만 이 믿음직스럽고 책임감 있는 목소리의 주인공은 분명 좋은 수사관이자 좋은 어머니, 좋은 친구일 듯했다. 윤정현 수사관님은 답했다. 녹취를 위한 것입니다. 나는 말했다. 하지만 '보이스피싱'일 수도 있잖아요. 그러자 수사관님은 곤란해하며 말했다. 안 그래도 요즘 많은 분이 그렇게 생각하셔서 수사에 차질이 많습니다.

그 얘기를 듣고 생각했다. 그것참 곤란하겠구먼. 서울중앙지검은 왜 윤정현 수사관님 같은 분께 녹취가 가능한 전화기 하나를 마련해주지 않고 수사를 곤란하게 만드는 걸까? 하지만 보이스피싱에 대해서라면 4년 전에 회사에서 일하던 중에 걸려온 전화를 받고 보증금으로 대출받은 천만 원을 낯선 사람에게 현금으로 홀랑 건네준 친구의 얘기 덕분에 알 만큼 안다고 자부했다. 눈 뜨고 코를 베이는 게 바로 보이스피싱이란 거였다. 긴장을 놓을 순 없었다. 그때 윤정현 수사관님이 약간 지친다는 듯 말했다. 그렇게 의심스러우시면 직접 출석하셔서 조사받으시면 되는데 그렇게 하시겠어요? 몸에 닿은 돌침대의 온도가 기분 좋게 시원했다. 나는 좀 더 이렇게 있고 싶었다.

제가 뭘 해드리면 될까요? 윤정현 수사관님은 유선상으로 간단한 조사에 임해달라고 부탁했다. 나는 그러기로 했다. 의심스러운 질문을 하면 언제든 끊어버리면 되니까. 수사관은 나에게 현재 직업이 뭐냐고 물었다. 저요? 저 백수인데요. 내가 대답하자 옆에 있던 동거묘가 맞장구라도 치듯 냐옹 하고 울었다. 그러자 잠깐 정적이 흐르더니 수사관님이 옆에는 고양이인가요? 하고 물었다. 다소 뜬금없고 쓸데없는 질문이라고 생각했지만 나는 네, 하고 답했다. 이로써 집에서 고양이와 함께 늘어지게 자다가 서울중앙지검의 전화를 받아 잠에서 깬 백수라는 점이 우리 사이에서 분명해졌다.

그는 나에게 거래하고 있는 은행과 통장 잔고를 각각 알려달라고 했다. 피의자가 도용한 통장이 추가로 발견될 수 있으므로, 내가 실제로 사용하는 통장을 제외한 나머지를 동결할 예정이라는 것이 그의 설명이었다. 계좌번호나 주민등록번호도 아니고, 달랑 은행과 잔고를 안다고 할 수 있는 일은 별로 없으니 나는 흔쾌히 그러기로 했다. 국민은

행요. 네, 얼마 있으십니까. 7만 790원 있네요. 네, 다음요. 신한은행요. 네, 얼마 있으십니까. 4천 원 있네요. 네, 우리 은행은 계좌가 두 개 있네요. 각각 얼마 있으십니까. 10만 5백 원이랑, 빵 원 있네요. 네, 카카오뱅크요. 네, 얼마 있으십니까. 또 빵 원이네요. 네, 우리은행 카카오뱅크 각각 0원……. 혹시 빚이 얼만지도 말해야 하나요? 대출이 좀 있는데……. 음, 네, 말해보세요. 일단 전세금이 1억에 가계 대출이 몇 백 정도……. 네, 말씀하신 금액이 전부신 거죠? 잘 찾아보면 학자금 대출도 좀 남았을지도요. 예, 일단 알겠습니다. 그럼 추가 진행 상황이 있는 대로 오늘 안에 연락을 드릴 테니 전화를 꼭 받아주셔야 합니다.

윤 수사관과의 전화를 끊고 만나기로 약속했던 친구에게 전화를 했다. 야, 미안. 나 무슨 전화로 수사 협조하느라고 조금 늦을 것 같아. 누가 내 통장으로 사기를 쳤다네. 친구가 말했다. 그거 보이스피싱 아니야? 내가 말했다. 아니야. 중요한 건 안 물어보던걸? 번호 같은 건 아무것도 안 물어봤어. 친구가 말했다. 그거 보이스피싱 같은데.

혹시 하는 마음에 서울중앙지검 공식 상담센터로 전화를 걸었다. 설마 요즘은 은행이랑 잔고만 말해도 돈이 사라지는 마법을 쓰나 싶어 잔고도 다시 조회했다. 빚도 자산도 0원도 그대로였다. 한참을 기다린 후 상담센터 직원과 연결

되어 조직범죄수사과 윤정현 수사관님을 바꿔달라고 했다. 상담사는 세상 귀찮다는 말투로 조직범죄수사과 같은 건 없습니다, 라고 말했다. 내가 되묻자 그녀는 스타카토 발성으로 존재하지 않는다고요, 하고 못을 박았다. 윤정현이란 사람도 없어요. 휴대폰으로 전화를 거는 수사관은 없습니다.

믿을 수 없었다. 그 듬직한 목소리가 거짓을 말하는 것이었다니. 인자하면서도 강인한, 그 훌륭한 어머니 같은 목소리가. 나는 오늘 한 통화와 내가 넘겨준 정보에 대해 말하며 어쩌면 좋겠느냐고 상담사에게 물었다. 그녀는 심드렁하게 답했다. 아무 일도 일어나지 않으셨네요. 안심하셔도 될 것 같습니다. 상담사는 윤 수사관과 달리 나에게 전혀 관심이 없어 보였다. 그러나 상담사의 말처럼 윤 수사관이 나에게 다시 전화하는 일은 없었다. 마치 그런 전화가 걸려온 적도 없었던 것처럼.

윤 수사관은 동료에게 이렇게 말했을지도 모른다. 웬 거지가 걸렸어. 나도 모르게 푸하하 웃어버렸다. 곰곰이 생각해보니 전화를 끊기 전 마지막 말에서 윤정현 수사관의 목소리가 어딘가 조금 이상했던 것도 같다. 오늘 다시 전화를 걸겠다는 말에 약간의 다정함이 섞여 있었던 것도 같다. 꼭 전화를 받으셔야 합니다, 라고 말할 때는 조금 비웃었던 것 같기도 하고.

나는 약간 얼이 빠진 채 빈 식탁 앞에 한참을 앉아 있었다. 윤 수사관은 허탕을 치고, 나는 단잠에서 깨고. 우리가 나누었던 대화는 수사도, 사기도, 수다도 아니고. 나의 잔고는 귀엽고, 그녀의 목소리는 다정하고, 그녀의 비웃음은 희미했으며, 내 앞에 덩그러니 남겨진 오후는 평화로운 빛을 뿜고 있었다.

언어에 대한 변

한영과 나는 만나기만 하면 싸운다. 나는 차가운 말로 그녀를 주저앉게 만들고 한영은 비꼬는 말투로 나의 가슴에 비수를 꽂는다. 내가 "그 말은 논리적으로 말이 안 돼. 엄마는 그저 하고 싶은 말을 마구잡이로 하고 있을 뿐이야"라고 말하면 한영은 세상에서 나처럼 싸가지가 없는 사람은 본 적이 없다고 말했다. 우리의 싸움은 누군가가 이기는 것으로 끝나지 않지만, 몸으로 승부를 본다면 승자는 분명했다. 한영의 덩치가 나의 두 배는 되기 때문이다.

나 또한 누군가에게 폭력적인 존재가 될 수 있다는 사실을 크고 나서 알게 되었다. 별로 알고 싶은 사실은 아니었는데, 내 말버릇 탓에 실제로 인생이 불편해졌기 때문이다. 나는 줄곧 그 영향이 한영에게서 왔다고 믿었다. 지혜롭고 배포가 크지만, 속 좁고 권위적인 엄마. 문득 그녀의 이름이 무슨 뜻인지 궁금했던 것도 불과 얼마 전이다. "서울에서 태어나서 한양이라고 지었는데, 이름 등록하는 사람이 오타 낸 거야." 나는 그 말이 농담인 줄 알고 한참 웃었다. 한영이 과거를 이야기할 때면 나는 그렇게 웃는 일이 많았다. 말도 안 되는 일들이 너무 아무렇지 않게 그녀의 인생을 채워왔기 때문이었다. 언뜻 평범한 모습으로 내 앞에 앉은 이 아줌마가 그 모든 풍파를 헤치고 온 존재라는 것에 나로서는 일단 웃을 수밖에 없었다.

살아온 사람은 많지만 쌓아온 사람은 흔하지 않으므로 어느 면에서 나는 그녀를 결코 이길 수 없었다. 용맹한 호기는 내가 그녀에게 받은 다양한 것 중 하나일 뿐이었다. 그녀의 초연함과 비장함 역시 조금씩 닮은 것처럼 말이다. 우리의 싸움에서 말하기를 그만두는 것은 대부분 한영이었는데, 그녀가 어쨌든 따뜻한 사람이기 때문이었다.

나의 차가움은 아빠 승전의 것이었다. 그는 언제나 솔직했다. 솔직함이라는 것은 여느 위인들에게는 훌륭한 명검이지만 일개 사람에게는 크고 위협적인 창검과 같았다. 승전은 차갑고 이성적인 눈으로 상대를 단칼에 벨 수 있었다. 그는 자기 이외의 것을 그다지 많이 사랑하지 않았기 때문이다. 그는 많은 불편을 감당하고 살 만큼 부지런하지 않았고, 혼자이기엔 외로움이 많았다. 그래서 그는 타고난 말솜씨로 칼춤을 추었다. 그가 한번 춤을 추기 시작하면 대상과 장소를 불문하고 모두가 눈을 뗄 수 없는 구경거리가 되었다. 그 실력으로 그는 10년 동안 사람들에게 보험을 팔아가며 가족을 먹여 살렸다.

그들 사이에서 나는 말에는 말만이 존재한다고 믿으며 살았다. 말이란 전달사항, 장기자랑, 혹은 전투와도 같은 것이었다. 잘한 말이란 잘 휘두른 일격의 칼부림 같은 것이었다. 거침없는 기개와 솔직함 그리고 말재간 덕분에 나는 어딜 가도 말하는 것 하나는 주저하지 않았다. 말은 언제나 나보다 앞서갔다. 내가 하는 말이 오늘 나의 기분이었으므로, 나 또한 내 말을 들으며 마음을 더듬어보아야 했다. 말과 말 사이의 간격, 그 사이의 묵음, 침묵의 의미들. 뱉어진 말과 그 말을 대체할 수 있었던 말, 그 말의 진정한 속뜻. 말과 말 사이의 순서, 뉘앙스, 맥락 그리고 역학관계. 한 조각 혹은 맺음, 또는 모든 것을 전복하는 말에 대해 나는 아는 것이 없었다.

지금 와서 생각하자면 그럴 바에야 눌변인 것이 낫다. 세상에 수많은 말이 있다는 것을 알게 된 후에 나는 종종 말을 더듬곤 했다. 한영과 승전과 대화를 할 때면 이따금 목이 메고는 했다. 승전은 내가 백 점을 맞은 날엔 잠깐 미소를 지어줄 뿐이었고 한영은 내가 노래를 열심히 완창한 날엔 나의 콧소리를 문제 삼고는 했다.

우리의 언어에는 주어와 목적어만 있었다. 사랑과 아름다움을 담기에는 너무나 작고 투박한 그릇이었다. 그들이 특별히 못되어서가 아니었다. 언어는 배우는 것이기 때문이다. 그들이 다른 언어를 배운 적이 없기 때문이다. 그들이 나에게 칭찬을 하는 일은 아주 드물었는데, 그런 날이면 나는 울고 말았다. 나를 평생 알아온 사람들이 마치 나를 처음 만난 사람처럼 말했기 때문이다.

베스트 위먼 윈즈

Best woman wins

내 입으로 말하긴 그렇지만 나는 꾸미는 것으로 꽤 유명하다. 대학교 때는 입학식부터 졸업식까지 하루도 빠짐없이 풀 메이크업과 풀 드레스업으로 학교에 갔다. 누군가는 대학 5년 동안 내가 같은 옷을 입은 걸 한 번도 본 적이 없다고 했다. 아무리 큰 규모의 강의를 들어도 교수님이 내 이름을 기억하지 못하는 일은 없었다. 학교에 나를 모르는 사람이 없었다. 걸을 때마다 사람들의 시선이 느껴졌다. 멀리서도 내가 어디에 있는지 한눈에 보였을 것이다. 사람들은 나의 출신 성분이 언에듀케이티드 워킹 클라스라는 사실을 절대 예상하지 못했다. 몇 년 동안 가까운 사이였던 친구들도 내가 할 일 없이 놀고먹는 부잣집 딸일 거라고 생각했다.

우연히 엘리베이터에서 마주친 교수님은 진심으로 궁금한 얼굴로 "연극 무대 끝내고 왔니?" 하고 물었다. 졸업하던 날 친구들은 "양다솔의 다음 S/S와 F/W 룩을 볼 수 없다니 정말 아쉽다"고 말했다. 내가 가장 이해할 수 없던 말은 '과하다'는 말이었다. 과하다는 게 뭔가. 그런 건 없다. 말이 나와서 말인데 '꾸안꾸'라는 말이 대체 무엇인가. 그런 어중간한 새침데기들은 딱 질색이다. 자연스러움을 의도하는 순간 부자연스러워지는 이치를 모른단 말인가? 모든 룩은 애티튜드에서 나온다. 그렇게 꼬인 태도로 어떻게 멋을 낼 수 있단 말인가? 오히려 완벽한 부자연스러움에서 자연스러움이 도출된다는 사실을 모르는 무지한 인사임이 분명하다. 나는 그런 이상한 논리를 펼칠 시간에 나에게 오늘 컨셉은 뭐냐고 물어봐주길 바랐다. 왜냐면 항상, 어김없이, 필연적으로 나에게는 컨셉이 있었기 때문이다.

오늘은 옛날 사람처럼 보이고 싶군, 하면 나는 빵모자와 배꼽을 덮는 바지, 빛바랜 셔츠와 멜빵을 입었다. 완벽한 가을 여자처럼 보이고 싶으면 발목까지 오는 카키색 버버리를 입고 버건디색 립스틱을 발랐다. 보라색 코트와 보라색 중절모를 쓰고 뾰족한 코의 부츠를 신은 뒤 마이클 잭슨 다솔 버전이라고 우기기도 했다. 국경일에는 머리를 댕기로 땋고 한복 차림으로 학교에 갔다. 바쁜 스케줄을 마치고 바로 강의실로 출석만 찍으러 온 여배우, 돈 없는 마임 예술가, 「노다메 칸타빌레」, 얌전한 중국인, 현대미술 비평가, 빨간 우체통, 프랑스 배우 지망생, 감성 영화 여주인공, 인디 여가수 등 기억할 수 없을 만큼 다양한 이야기가 매일 옷으로 쓰였다.

날마다 친구들에게 오늘의 컨셉에 대해 물어봐달라고 졸랐다. 친한 친구들은 정작 내가 어떤 꼬락서니로 나타나는지 관심도 없었다. 이제나저제나 번쩍번쩍 화려하니 그 자체로 적응이 되어버린 것이다. 마치 네온사인 가득한 시내 한복판에 사는 사람처럼 면역이 생겨버린 듯했다. 매일 칭찬하고 궁금해하자면 머리가 아프고 입이 아플 테니 당연하다. 오히려 내가 조금 평범하게 입고 온 날이면 걱정하기 시작했다. 그럼 나는 언뜻 평범해 보이는 유니버시티 캐주얼이라며 웃어 보였다. 나는 내가 어떤 모습으로 나타나도 무관심한 태도로 일관하는 친구들을 사랑했다. 그들은 그게 무엇이든 그저 나라는 것을 알고 있는 것 같았다. 그래서 나는 마음껏 뛰어놀 수 있었다.

얼마 전에 친구 셋이 비슷한 시기에 책을 출간하는 경사가 있어 축하 행사를 준비한 적이 있다. 영광스럽게도 내가 사회자로 활약하기로 했는데, 문제는 셋 다 깍쟁이라 본인들이 주인공임에도 모두 올블랙 차림으로 오겠다고 하는 것이었다. 무대를 장례식장처럼 보이게 할 셈이냐고 다그치자 부끄럽고 민망하다며 그 분야의 전문가인 네가 좀 꾸미고 와달라고 당부하는 것이다. 주인공으로서 당신을 보러 오는 관객들에게 눈요기가 되어주지 않는 것은 실례라고 반박했지만 꾸미는 것도 해본 사람이 한다고, 마지못해 나는 말했다. 좋아, '눈요기'가 되어주지. 하지만 나도 올블랙으로 입겠어. 그리고 행사 당일 모두가 놀랐다. 이렇게 화려한 사람은 살면서 처음 봤다는 얼굴들이었다. 친구는 이렇게 말했다. "난 네가 올블랙으로 온다고 해서 수수하게 입는다는 줄 알았어…… 그런데……."

그날을 위해 나는 전날 밤 감고 말리지 않은 머리카락을 그대로 한 올 한 올 말아서 실핀으로 꽂고 실크 스카프로 감싼 채 잠자리에 들었으며—전문용어로 웨트컬(wet curl)이라고 부른다—다음 날 실크 스카프를 그대로 한 채로 마치 삭발한 머리를 가리려는 힙합퍼처럼 커다란 후드를 뒤집어쓰고 출근한 뒤 후드를 결코 벗지 않은 채 회의에 참석하고 일을 모두 처리한 후 반차를 내고 집에 돌아와 머리를 풀고 빗고 컬을 정돈하고 세팅하고 완벽한 메이크업을 한 뒤 옷만 검은색으로 입고 갔다. 그날 내 컨셉은 정숙한 올드 할리우드였다. 검은색 목폴라티, 검은색 롱스커트, 앵클부츠, 진주목걸이와 귀걸이를 하고 커다란 파도처럼 넘실대는 엄청난 금발 웨이브로 등장했다. 행사를 주최한 선생님은 "아름다움은 옳다"며 다음 날 회사로 엄청난 꽃바구니를 보내왔다. 나는 친구에게 말했다. "너는 날 10년을 보고도 그렇게 모르겠니." 친구는 자신의 경솔한 예측을 정식으로 사과했다.

사실 나는 겉모습에 전혀 관심이 없는 아이였다. 놀이터나 운동장에서 뛰어노는 것에도 전혀 흥미가 없었다. 내 세상은 공주들로 가득했기 때문이다. 공주들이 하지 않는 일을 내가 할 리가. 친구도 없었고 사귈 생각도 없었다. 모름지기 공주란 왕자 혹은 동물 외에는 상종하지 않는 법이다. 공주들이 내 친구인데 무엇이 더 필요하겠는가. 귀족 신분이었냐고 묻는다면 반 정도 맞다. 1990년대에 비디오 가겟집 딸이라는 것은 공주들과 언제든지 함께할 수 있는 사회적 위치를 보장해주었으니까. 인어공주, 백설공주, 백조공주, 신데렐라⋯⋯. 부모님은 인천의 후미진 동네에서 작은 비디오 가게를 했고, 당시 네 살이던 나는 비디오로 둘러

싸인 가게 귀퉁이의 작은 TV 앞에서 온종일 디즈니 영화만 돌려보는 것이 일과였다. 디즈니 테이프를 비디오집 딸이 독점하는 바람에 동네 여자애들은 구경도 할 수 없었으니 일종의 문화 귀족이었다. 엄청난 권력이 아닐 수 없다.

부모님은 외동딸 더하기 디즈니 시리즈는 공주병 직행 버스라는 것을 생각지도 못한 모양이다. 아빠는 한술 더 떠 조기교육이랍시고 나에게 더빙판이 아닌 자막판을 보게 했고 공주의 대사나 노래를 그대로 외우게 했다. 지금도 그것을 거의 기억한다. 태어날 때부터 아름답고 언제나 풀 메이크업에 이상할 정도로 완벽한 드레스가 몸에 들러붙어 있는 공주들을 성실히 답습했다. 후에 현실의 파도가 덮쳐 대부분의 것이 씻겨나가고 나에게는 어딘가 재수 없는 태도만이 남게 되었다. 삶은 생각보다 영 아니게 흘러갔다. 뒤늦게 밖에서 노는 데 열중해보았지만 친구를 사귀는 데에는 적잖이 어려움을 겪었다. 지금 생각해도 등골이 서늘하다. 그런 엄청난 동화를 반복적으로 시청하고 세뇌한 어린 시절이 분명 내 무의식에 어마무시한 공주병을 숨겨놓았을 것 같기 때문이다.

그렇게 10대가 된 나를 사로잡은 것은 스튜디오 지브리다. 「센과 치히로의 행방불명」, 「이웃집 토토로」, 「천공의 성 라퓨타」, 「마녀 배달부 키키」, 「하울의 움직이는 성」! 자연은 경이로우며, 세상엔 내가 모르는 많은 세계와 차원과 존재들이 있다는 깨달음을 주었다. 주옥같은 배경음악은 언제 들어도 가슴이 두근거렸다. 삶이 내 마음과 심하게 다르게 흘러갈 때마다 지브리 영화를 틀었다. 그러면 그동안은 완벽히 다른 삶 안에 있는 기분이 들었다. 공주보다 훨씬 밋밋하고 보잘것없는, 그러니까 나와 훨씬 더 가까운 주인공들이 목욕탕을 잘못 갔다가, 장사를 잘못했다가 운명처럼 누군가를 만나 완전히 다른 인생을 살게 되었다. 그것이 꼭 내 미래를 보여주는 것 같아 보고 또 봐도 질리지 않았다. 안 본 사람이 없을 정도로 유명한 영화인데도 왜 마치 나하고만 일대일 관계를 맺은 것처럼 비밀스러운 느낌이 드는지 당최 알 수가 없었다. '알고 보니 내가 주인공 병'에 된통 걸린 것이다.

그러나 현실 속 나는 「스타워즈」에 가까웠다. 중학교에 들어가자마자 나에게 붙은 별명은 요다였다. 대충 눈이 너무 크고 외계인같이 생겨서랬다. 그런 와중에 내가 초등학교 때 배운 유일한 운동이 검도여서, 검술을 하는 제다이와 어처구니없을 정도로 들어맞았다. 나는 기숙형 대안학교에 입학한 지 한 달 만에 모든 남학생의 장난감이 됐다. 내가 무슨 말만 하면 남자애들이 "안 물어봤다, 요다야! 이야이야오"라는 신나고 끔찍한 노래를 불러댔다. 선생님들은 아이들을 통제하는 방법을 몰랐고, 여자애들은 나를 불쌍해하면서도 남자애들이 오면 고양이를 피해 달아나는 쥐처럼 숨어들었다. 하루하루 전쟁터에 나가는 심정으로 교실 문을 열었다.

기숙사에서 남자애들이 떼로 뭉쳐서 청소기를 거꾸로 쳐들고 "요다 새끼야, 덤벼라"라며 달려들기도 했다. 실제로 내 머리카락을 청소기로 빨아들였던 것 같은데 그 기억은 생존을 위해서인지 자연스럽게 희미해졌다. 싸이월드 같은 데에 사진을 올리면 남자애들이 댓글로 온갖 심한 욕을 달았다. 그것은 가벼우면서도 끈질기고 효과적인 종류의 괴롭힘이었다. 남자애들은 손쉽게 나를 갖고 놀았다. 그들은 즐거워 보였다. 내 인생을 괴롭게 만들 생각이라고는 추호도 없는 순수한 애들 같았다.

이후로 중학교 시절을 기억해보려고 하면 머리가 이상할 정도로 하얘지는데, 특히 그 애들이 구체적으로 어떻게 괴롭혔는지는 일일이 기억할 수가 없다. 마치 살려고 기억을 도려낸 것 같다. 지금 생각해보면 정말이지 뜨거운 관심이었다. 또 정말이지 무섭고 당황스러운 일이 아닐 수 없다. 학교에서 외모에 따른 삶의 격차는 눈에 띄게 확연했다. 나에게는 지옥 같은 공간에서 공주 같은 삶을 사는 친구도 있었다. 처음으로 거울이라는 것을 봤다. 이 모든 일이 내가 못생겨서 일어났다는 사실을 인식해야 했다. 그 기준은 거울 속에 있는 나였다. 엄마는 내가 2년간 따돌림을 당했다는 사실을 처음 알았을 때 "요다가 얼마나 멋진 인물인지 아니?"라고 했고 나는 그 충격으로 지금까지 「스타워즈」에 전혀 관심이 없다.

이후로 신들린 사람처럼 옷을 사기 시작했다. 옷을 사는 데에는 생각보다 돈이 많이 들었다. 엄마는 사람이 겉치레에 신경 쓰는 것은 빈 깡통이 요란한 것이라며 무엇을 사주는 법이 없었다. 밥을 굶어 옷을 사고, 버스를 타는 대신 걸어 다니며 옷을 샀다. 새 옷이나 백화점 옷은 꿈도 꿀 수 없어 재래시장 사이사이에 있는 구제 옷가게를 빗자루처럼 쓸고 다녔다. 구제 옷은 저렴하고, 특이하고, 하나밖에 없다는 점에서 나에게 딱이었다. 억센 아주머니들을 상대로 옷 값을 흥정하고 할머니들을 제치고 예쁜 옷을 선점하는 요령을 터득했다. 쓰레기 같은 옷 무더기에 숨은 보석 같은 옷 한 벌을 찾아내는 집요함을 길렀다. 옷을 잘 만들기로 유명한 명품 브랜드들을 익혔고, 무엇이 잘 만든 옷이고 무엇이 못 만든 옷인지, 어떤 옷이 시간이 지나도 그 가치가 사라지지 않는지 배웠다.

방 안에는 하루가 다르게 옷으로 된 산이 솟아났다. 매일같이 헌 옷이 들어왔고 버려졌다. 엄마는 내가 자본주의

의 앞잡이가 됐으며 내면에는 신경 쓰지 않고 외모에만 치중하는 사람이 되었다며 비난했다. 나는 삶의 설움과 공포를 옷으로 부르짖고 있었다. 너무 괴이하고 화려해서 눈을 뗄 수 없는 마녀 같았다. 같은 옷을 입는 날은 없어야만 했다. 심지어 하루에도 몇 번씩 옷을 갈아입었다. 마음에 드는 옷을 찾지 못하면 아무 데도 나가지 않았다. 학교라고 예외는 아니었다. 매일 결석이나 지각을 일삼고 한번 나타나면 그 꼬락서니가 그야말로 어마무시했던 나의 평판은 날로 괴상해졌다. 사람들은 내가 너무 신기해서 다가오거나 이상하다고 피해 다녔다. 그러니까 나는 쉽게 무시하기는 어려운 차림새를 구현하고 있었다. 그 점에서 무당벌레나 카멜레온을 조금 닮았다.

그러다 뜻하지 않게 대학교에 가게 되었고, 처음으로 세상을 둘러보았다. 사람들은 놀라울 정도로 비슷한 모습을 하고 있었다. 남자들은 볼거리조차 되지 못하므로 눈에 들어오지도 않았다. 2013년, 거리는 테니스 스커트, 시폰 원피스, 낙낙한 와이셔츠와 스키니 청바지, 딱 붙는 후드티, 청치마와 스니커즈로 넘실댔다. 갈색 머리는 허리까지. 아침부터 드라이를 했겠지만 어딘가 완벽해 보이지는 않는 웨이브. 피부는 투명해야 하고, 당장이라도 부서질 듯 여리여

리한 몸 위에 꽃무늬 시폰 원피스가 살랑였다. 또각거리는 구두, 큰 눈과 쌍꺼풀, 연한 일자 눈썹, 핑크색 볼과 촉촉한 입술, 금방이라도 울 것 같은 눈망울 밑에 반짝이는 글리터, 정돈되었지만 진하지 않은 화장, 살구색 스타킹, 귀에서 달랑이는 귀걸이. 웃을 땐 손을 입에 가져다 대고, 항상 작은 가방을 들고 다니고, 옥구슬이 굴러가는 듯한 목소리까지.

문득 저런 모습으로 산다면 뭐가 달라질까 궁금했다. 왠지 못 할 것도 없을 것 같았다. 절에서 2년 동안 행자로 살다가 막 돌아온 나는 매일같이 일하고 절하고 채식을 하느라 몸에 살이라곤 없었다. 사람들이 체조선수 출신이냐고 물을 정도였다. 우선 얼굴은 화장으로 어떻게 해볼 수 있을 것 같았다. 유튜브를 보고 화장을 연습하기 시작했다. 지하상가나 쇼핑몰 같은 데서 가장 흔하고 잘 팔리는 옷을 샀다. 그랬더니 놀랍게도 삶이 바뀌기 시작했다. 남자들은 나라는 존재를 처음 인식한 것처럼 바라봤다. 마치 그 전까지는 내가 없기라도 했다는 듯이. 예쁘다는 말을 처음으로 들었다. 듣고도 믿을 수가 없었다. 사람들은 다이어트나 성형을 했냐고 물었다. 정말 이거면 되는 거였나?

해야 할 일이 쌓여 있었다. 성형도 하고, 제모도 해야 했다. 몸매도 부족한 곳이 많았다. 피부 관리도 받고 정기적으로 헤어스타일도 바꿔야 할 것 같았다. 손톱과 발톱도 신

경 쓰고 뷰티 트렌드도 따라잡고 좋은 향기도 나야 할 것
같았다. 취미도 바꿔야 할 것 같았고, 되도록 튀는 행동은
자제해야 할 것 같았다. 호락호락한 여자는 아니라는 의미
로 명품백도 하나 있어야 할 듯했고, 고분고분하면서도 밀
고 당길 줄 아는 태도도 익혀야 했다. 앉아 있는 자세, 걸음
걸이, 먹는 습관, 웃는 모습, 말투까지 바꿀 것투성이였다.
머리부터 발끝까지, 모든 것에 암묵적인 매뉴얼이 있었다.
나는 성인이 된 후에야 겨우 그 시작점에 서게 된 것이었다.

　한번 시작하니 멈출 수가 없었다. 그런데 어딘가 자꾸
만 이상하게 흘러갔다. 시폰 원피스는 다년간 다져진 나의
건강한 신체를 가리지 못했고, 화장은 자꾸만 '한 듯 안 한
듯'을 삐죽삐죽 넘어섰다. 왕년에 패션으로 한 끗발 했던 개
성이 꿈틀댔고, 무엇보다 너무도 씩씩하고 용맹한 눈빛을
가릴 수가 없었다. 그러나 매일 새로운 얼굴로 집을 나서는
일은 느껴보지 못한 쾌감을 주었다. 화장에 대한 열정은 갈
수록 타올랐다. 뮤지컬 배우나 피겨 스케이트 선수나 짱구
같은 얼굴로 1교시에 등장하는 일이 잦았다. 사람들은 내
맨 얼굴과 화장한 얼굴을 동일인의 것으로 생각하지 못했
다. 단 5분을 나가는 한이 있어도 머리부터 발끝까지 세팅
했다. 만날 사람이 아무도 없어도 그랬다. 그것은 고집에 가
까웠다. 스스로도 알 수 없는 일이었다.

바로 그때 만난 것이 「루폴의 드래그 레이스」다. 미국의 TV 프로그램으로, 「슈퍼스타K」처럼 오디션을 통해 참가자를 선발하고 경쟁하여 우승자를 뽑는 리얼 버라이어티 쇼다. 참가자 전원이 남자의 성을 가졌으며 최고의 여자, 드래그 퀸이 되기 위해 경쟁한다. 드래그 퀸은 과거, 여자가 무대에 오를 수 없었던 미국에서 여자 배역을 맡던 남자들을 지칭하던 말에서 유래했다. 한마디로 여장남자인데, 현대에 와서는 여장을 하는 게이, 혹은 여장을 하고 다양한 쇼를 진행하는 엔터테이너를 말한다. 드래그 레이스는 매년 미국 전역에서 활동하는 드래그 퀸 중에 최고를 선발하여 그중에서도 가장 훌륭한 드래그 퀸을 가려낸다. "Be the Best Woman, Wins"라는 쇼의 캐치프레이즈대로 최고의 여성을 가려내는 것이다.

그 쇼를 처음 봤을 때의 충격을 잊을 수 없다. 어디서부터 이상하다고 말해야 할지 머리가 띵했다. 완전히 별종처럼 보이는 사람들이 너무 당당하게 자신의 존재를 TV에 내놓고 있었다. 본인이 얼마나 이상한지는 정말이지 아랑곳하지 않고 더욱더 열심히 이상해지려 하고 있었다. 집채만 한 가발을 쓰고, 성기를 감추고, 가슴과 엉덩이에 패드를 덧대고, 스타킹을 신고, 변장에 가까운 화장을 하고, 눈이 부셔서 쳐다볼 수가 없는 반짝이 드레스를 입고, 아찔한 킬힐

을 신고서 우르르 서 있었다. 말투와 행동은 나보다 더 여자

같았다. 그들에 비하면 내 꾸밈은 갓난아기 수준이었다.

그전까지 희미하게만 느껴졌던 여성스러움과 남성스

러움의 기준 같은 것이 뚜렷이 보였다. 그들은 그 기준이 어

지럽게 뒤섞인 혼합체 같았다. 각진 턱선과 목젖, 떡 벌어진

어깨, 발목과 종아리, 허스키한 목소리는 남자의 것 그대로

였다. 어디에 눈을 두어야 할지 알 수 없었다. 분명 여자인

데, 또 남자였다. 가장 놀라웠던 것은 그들이 너무나도 열심

이라는 점이었다. 나는 살면서 그렇게 무언가에 열심인 사

람을 본 적이 없었다. 연탄재 함부로 차지 말라던 안도현의

시가 생각났다. 뒷머리를 한 대 맞은 것 같았다. 그들은 일

생일대의 기회 앞에 서 있었고, 목숨을 걸 준비가 되어 있었

다. 다름 아닌 나 같은 여자가 되기 위해서 말이다.

그들은 매주 말도 안 되는 미션에 임했다. 자신이 입을

옷을 직접 만드는 능력과 엄청난 화장 능력은 기본 소양이

었다. 남자의 몸으로부터 여성의 몸에 가까워질 수 있는 갖

은 요령을 알아야 했다. 무대를 장악하는 재치와 카리스마

는 물론이고, 다른 쟁쟁한 드래그 퀸 사이에서도 눈에 들 만

한 특별함을 가져야 했다. 무엇보다 어디서든 당당하고 대

담하고, 재능 있는 여자여야 했다. 화보 촬영, 노래, 연기, 무

대 기획, 춤, 코미디 모든 분야에서 최고를 보여줘야 했다.

매주 주어진 테마에 맞는 새로운 룩을 디자인해 선보이고 경쟁자인 다른 퀸들과의 협업을 통해 인성과 리더십도 평가받았다. 그리고 그 모든 과정에서 절대로 여성스러움을 잃어서는 안 되었다.

그 프로그램은 '베스트 워먼'이 존재할 수 없음을 역설적으로 보여주고 있었다. 그 말도 안 되는 미션을 사회 속 여성들은 너무나 일상적으로 요구받고 있었다. 무엇보다 분명한 차이는 그들이 완벽한 드래그 퀸으로서 무대를 선보이고 탈의실에 돌아왔을 때 드러났다. 우악스럽게 화장을 지우고 드레스를 훌렁훌렁 벗어젖히고 반라로 브라운관을 아무렇지 않게 뛰어다니는 그들은 영락없는 남자였다.

쇼에는 마이너리티로 살아온 그들의 고난과 역경 스토리가 자주 등장했다. 해가 갈수록 인종과 국적의 다양성이 중요해지는 추세를 천천히 따라가고 있기는 했지만, 참가자의 압도적 다수는 여전히 미국인 백인 남성이었다. 트랜스젠더는 쇼에 출연할 수 없다는 엄격한 규정도 있었다. 여성에게 모욕적 표현으로 쓰이는 창녀, 걸레, 여우, 성기의 악취 등을 뜻하는 은어가 공공연한 칭찬으로 쓰였다. 차별을 받아본 집단이 그보다 더 소수의 집단을 더 철저하게 차별할 수도 있다는 것을 그들을 보며 알았다. 그러니까 그들은 여자를 흉내 내려 할 뿐, 진짜 여자가 되는 것에는 전혀 관심이 없었다. 여성을 찬양하지만 동시에 완전히 추방시킨 세계 같았다.

그것은 내가 그 프로그램의 엄청난 애청자임에도 불구하고, 사실상 그들에게 환영받지 못하는 존재라는 뜻이기도 했다. 한국이라는 국적과 여성이라는 정체성은 그들이 희망하는 예상 시청자에 들지도 않을 것이다. 하지만 무대 위 그들은 기막히게 아름다워서 여전히 할 말을 잃게 했다. 그들을 마음껏 사랑하고 싶을 때도, 그들을 마음껏 지적하고 싶을 때도 자꾸만 헛발질하는 기분이 들었다. 남자는 멋져야 하고, 여자는 아름다워야 한다는 편견이 나에게도 있었다. 우리 사이에 그어진 선이 자꾸만 아른거렸다. 그들이 가진 빛, 어둠, 아름다움과 모순은 내 머리를 마구 어지럽히며 나의 20대 초반을 풍미했다.

그렇게 나는 한국의 외딴 방 귀퉁이에서 저 멀리 미국의 모르는 남자 언니들의 괴상한 쇼를 보고 울고 웃으며, 그들에게 절절한 동지애를 느끼고 있음을 시인해야만 했다. 그들은 지금까지 내가 알던 무엇과도 다른 영역에 있었다. 드래그 퀸에게는 새로운 이름이 있었다. 스스로 지은 이름이다. 성격, 출신, 스토리도 모두 새로 만들어진다. 자신이 원하는 존재를 상상하고 드래그를 하는 순간, 그 존재로서 살았다. 그들은 꾸며지는 것이 아닌, 어떤 것에 '분'하고 있었다.

　내가 어떤 모습으로 존재할지도 허탈할 정도로 내 손에 달려 있다. 물론 보이지 않는 억압과 규제와 모순 속에서다. 나는 디즈니 공주도, 스튜디오 지브리의 주인공도, 「스타워즈」의 요다도, 드래그 퀸도 아니어야 했다. 나는 여전히 내일의 내 모습을 상상하는 것으로 하루를 시작한다. 나의 스승의 말처럼, 아름다움은 언제나 옳기 때문이다.

주치의를 위하여

그 한의원에 대한 소문은 무성했다. 누군가는 손바닥에 침을 마흔 개씩 맞았다고 했고, 벌에 쏘인 것처럼 아프다는 약침을 람보처럼 쏜다든가, 무려 한 뼘 길이의 장침을 뼛속까지 찔러 넣는다고 했다. 그 한의원에 갔던 사람들은 다음 날낫기는커녕 그 증세가 더 심해졌다. 특히 침을 맞은 곳은 퍼렇게 멍이 들었으며 두들겨 맞은 것처럼 부어올랐다. 진짜이상한 지점은 이것인데, 그럼에도 사람들은 그 한의원에갔다. 그뿐만 아니라 한의원은 언제나 사람들로 북적거렸다. 의사는 딱 한 명이었고, 예약을 한 사람도 대기실에서 한 시간씩 기다리는 일이 허다했다. 예약을 안 하고 오면 사정이 어떻든 발걸음을 돌려야 했다. 가끔 운이 좋으면 진료실로 들어가 누워서 기다릴 수도 있었는데, 아무 데서나 잠들지 못하는 나조차 졸기 시작할 즈음 선생님은 등장했다. 푸석푸석한 눈을 가늘게 뜨면 어슴푸레한 그녀의 모습이 보였다.

그녀는 종종 이런 말로 대화를 시작했다. "쓰레기통은 누가 만드는 걸까요?" 갑자기 무슨 뚱딴지같은 소리람. 잠이 덜 깬 채 방금 들은 말이 꿈이 아닌지 더듬고 있는데 이야기는 아랑곳없이 이어진다. "어딜 가나 보이는 그 파란색 쓰레기통 있잖아요. '휴지통'이라고 하얀 글자로 쓰여 있는 그거. 나 초등학교 다닐 때부터 있었는데 아직도 쓴다니까. 놀랍지 않아요?" 눈을 감은 내 검은색 시야에 별안간 파란색 쓰레기통이 두둥실 떠오른다. 아, 그게 그렇게 오래되었나? 생각하던 순간 외마디 비명을 질렀다. "악!"

순간 등줄기에 식은땀이 나고 졸음이 확 달아났다. 방심한 틈에 당한 것이다. "눈 감았다 뜨면 새로운 게 나오고 세상은 점점 새롭게 바뀌잖아요." "으! 왁!" 몸의 방방곡곡에서 폭죽 파티가 열린 것 같다. "근데 어째서 그 쓰레기통만은 30년 동안 변함이 없냐고요." "끼얏! 잠시만요, 선생님!" 그녀는 멈출 생각이 없다. "그걸 만든 사람은 우리가 그걸 그렇게 오래 쓸 거라고 생각했을까요? 세상은 하루가 다르게 바뀌고 점점 예뻐지는데 왜 그것만은 그대로인 거지?" 나는 애처로운 목소리로 매달려본다. "선생님, 설마 더 놓으시려는 건 아니죠, 옥!" 그러면 그녀는 은은한 미소를 머금고 나를 바라보며 "거의 다 했어요"라고 말하곤 했는데 산에서 정상이 얼마나 남았냐고 물을 때 들을 수 있는 "거의 다 왔다"와 정확히 일맥상통하는 답이었음은 물론이다. 그녀는 침을 몇 군데에 더 놓더니 피날레를 장식하듯 작은 침 스티커를 붙여주었다. "그런 걸 만드는 사람이 있다면 꼭 만나고 싶어요. 이쯤 되면 다시 만들 때가 됐다고 말해주고 싶어서요. 그럼 쉬세요." 그녀가 트롤리를 끌고 진료실에서 유유히 사라졌다. 내 몸은 완전히 토벌되었다. 머릿속엔 파란색 쓰레기통이 둥둥 떠다녔다.

　　그녀는 말했다. "자, 한 주간 어땠나요?" 그러면 나는 답했다. 숨이 잘 안 쉬어져요. 잠이 잘 안 와요. 항상 피곤해요. 생리통이 심해요. 손목이 아파요. 무릎이 뻐근해요. 소화가 잘 안 되고 방구가 나와요. 눈이 피곤해요. 그러나 이렇게 말할 때도 있었다. 우울해요. 너무 불안해요. 마음이 울적하고 무거워요. 어떻게 살아야 할지 모르겠어요. 돈이 하나도 없어요. 사람을 못 믿겠어요. 오늘 헤어졌어요. 회사가 너무 힘들어요.

침은 이야기 사이로 불쑥불쑥 끼어들었다. "아!" "윽!" "왁!" "꺅!" "끼욕!" 일차적으로 한바탕 파티를 벌이고 나면 그녀는 뒤로 한 발짝 물러섰다. 그러고는 어떤 미세한 동작을 취했다. 처음엔 그것이 무엇인지 알 수 없었다. 어떤 때는 마치 춤처럼 보이기도 했다. 그녀는 내 주변을 살랑살랑 돌면서 이곳저곳을 살피고 있었다. 그러고는 불시에 소리 없는 새처럼 날아들어 가볍게 몇 군데를 더 쏘았다. 이렇게 꽂으면 죽는 게 아닌가 싶을 정도로 목 한가운데를 깊이 찌르기도 하고, 며칠간 넷플릭스만 본 날은 "눈이 나를 부르네"라고 말하며 정확히 눈 위에 침 스무 개를 연방으로 놓았으며, 하루는 정수리에만 열 개 가까이 놓아서 피가 이마까지 줄줄 흐르기도 했다. 그녀가 발가락에 침을 놓기 위해 부드러운 손으로 양말을 살살 벗겨내줄 때만큼 무서울 때가 없었다.

한번 침이 몸에 들어온 순간부터는 꼼짝달싹할 수가 없었다. 조금이라도 움직였다가는 처음과 같은 고통이 느껴졌다. 마치 누가 꽝꽝 얼려놓은 얼음처럼, 나는 그녀가 침을 놓았던 자세 그대로 굳었다. 그녀는 굳어 있는 내 몸에서 조금 떨어진 허공에 손바닥을 펼쳤다. 손바닥은 천천히 허공에서 8자를 그리며 내 몸 위를 선회했다. 나는 눈을 게슴츠

레하게 뜨고 작게 신음하며 날아다니는 그녀의 손바닥을
바라보았다. 그녀의 손바닥이 위로, 아래로 부드러운 바람
을 타고 날아가는 비행기처럼 완만하고 부드럽게 천천히
내 몸 위를 평행하게 날았다. 그녀는 한 번도 그 손짓의 의
미를 말해준 적이 없지만, 나는 그녀의 손에 담긴 신묘한 힘
으로 나의 기운들이 잘 흐를 수 있도록 길을 찾아주는 것이
라고 믿었다. 그러나 단순히 어디에 또 놔볼까 고민하는 것
이었을 수도 있다.

　　그녀가 어디에 침을 놓는지, 왜 놓는지 얘기한 적은 거
의 없다. 무엇은 하고, 무엇은 하지 말라고 말하는 경우도
드물었다. 다만 뜬금없이 이런 말을 늘어놓았다. "하지감자
가 그렇게 맛있더라고요. 집에 가는 길에 시장 봐서 집에 가
서 쪄 드세요. 소금만 찍어 먹어도 꿀맛이라니까." 또는 이
렇게 말하는 것이다. "호박이 완전 짱이에요. 송송 채 썰어
서 노릇노릇하게 호박전 부쳐 드세요." "구수한 청국장 드
세요. 파스타 하듯이 야채 넣고 팔팔 끓이다가 불 끄고 청국
장 동동 띄워 먹어봐요." 눈을 질끈 감고 송장처럼 누워서
그런 엉뚱한 처방전을 받았다. 그런데 치료를 마치고 집에
가는 길에 정신을 차려보면 손에 하지감자가 들려 있고, 부
엌에서 호박전을 부치고 있고, 냄비에 청국장이 동동 떠 있
었다.

그녀는 트롤리 위에 놓인 노트북에 언제나 빠른 손놀
림으로 무언가를 기록했다. 내가 아무리 시답잖은 소리를
해도 쉴 새 없이 무언가를 적어 내려갔다. 무엇을 쓰는지는
도저히 알 수 없었지만, 우리의 대화는 저번 주의 진료실에
서 이번 주의 진료실로 1분의 시차도 없이 매끄럽게 이어져
있고는 했다. 어쩐지 그녀가 한순간도 나를 잊지 않았다는
느낌을 받고는 했다. 차트에 나의 몸과 마음에 대한 매우 구
체적인 관찰기가 적혀 있대도 놀랍지 않을 것 같았다. 이를
테면 '○월 ○일. 몸이 경직되어 있음. 회사에서 프로젝트의
실적이 좋지 않아 기분 안 좋음. 간밤에 악몽을 꾸고 담이
걸렸다고 함' 같은 것 말이다.

그녀는 언제나처럼 대뜸 말문을 열었다.

"얼마 전에요. 이사 갈 집을 보러 갔거든요. 나이가 이
러니까 이제는 월세는 싫더라고요. 조금이라도 안정적인 집
없나 하고 보니까 서울 집들이 다 너무 비싸. 그래도 지금까
지는 제가 집 복이 있어서 좋은 곳에 잘 살았었는데. 가능성
이 있는 곳이 교외밖에 없더라고요."

언젠가 그녀가 한의원 근처 월셋방에 살고 있다고 얘
기해준 것을 기억하고 있다. 그녀가 말을 이었다. "그래서
어제는 친구 차를 몰고 같이 경기도 광주 쪽에 다녀왔는데,
와, 거기는 집이 다 으리으리하대요. 지칠 때까지 수도 없이

집을 봤는데, 이 집이다 싶게 마음에 드는 곳이 없는 거예요. 거기가 제가 구할 수 있는 마지노선이었는데도 말이죠. 그래서 터덜터덜 집으로 돌아왔죠. 근데 친구가 첫 번째 본 집 괜찮지 않았냐고 거기로 가면 어떻겠냐 하대요. 저도 그 집이 딱히 하자가 있다고 생각하진 않았어요. 창문 밖에 전선이 너무 많이 보인다든가. 옆집하고 너무 가깝다든가. 너무 언덕에 있다든가. 뭐 조금 신경 쓰이지만 그냥 넘길 수도 있는 것들이었죠. 친구가 그냥 거기로 가자고 설득하는데 저도 모르게 그랬어요. 싫어. 나 거기 가기 싫어. 근데 그렇게 말하는데 눈물이 나대요. 눈물이 뚝 흐르더라고. 정말 싫었나 봐요. 정말 싫었나 봐."

　　독백 같고 또 고백 같기도 한 그 짤막한 이야기가 끝나고 진료실 안에 짧은 침묵이 이어졌다. 그 이야기에서 느껴진 야트막한 슬픔이 내 마음의 모서리를 조금 미어지게 했다. 소중한 이야기를 들었다는 것 외에 어떤 말을 해야 할지 알 수 없었다. "선생님, 싫으면 절대 하지 마세요." 나는 말했다. 그러고는 나는 무언가가 싫어서 하기 싫다고 말해본 일이 언제 있었는지 더듬어보았다. 그녀가, 내가, 결코 싫은 데도 하는 일이 없었으면 하고 바랐다.

　　그녀의 고향은 강원도의 바다 마을이다. 철물점을 하시는 어머니 아버지가 계시며, 어릴 적에 공부를 하러 상경했다. 세상을 떠돌며 아픈 사람을 만나면 언제든 도움을 주고 싶어 한의사가 되기로 마음먹는다. 그 결정이 떠돌기는커녕 한 공간에서 매일같이 사람들을 기다리는 운명이 되어 돌아오리라고는 미처 생각지 못했다. 어머니의 유일한 소망은 두 딸에게 미술과 피아노를 가르쳐 곱게 시집을 보내는 것이었는데 둘째 딸이 삐뚤어져 한의사가 되어버린 것을 매우 탐탁지 않아 했다. 그나마 언니는 어머니의 소망대로 꽃처럼 자라 시집을 잘 가서 좋은 동네에 살고 있다. 그녀는 어릴 적에는 반짝거리는 사람들을 쫓아다니느라 바빴으나, 그들과 자신이 맞지 않는다는 것을 뒤늦게 깨닫고, 그것을 알고 있는 지금이 훨씬 행복하다고 느끼며, 진정으로 자신과 맞는 사람을 찾아 어느 때보다 안정적이고 행복한 연애를 하고 있다. 불시에 비명 소리가 퍼지고 이야기는 중단되었지만, 그녀의 이야기는 다시 이어졌다. 이 이야기에서 저 이야기로. 지난주에서 이번 주로, 이번 주에서 다음 주로.

그녀는 가끔 이런 말을 하기도 했다. "근 4주간 다솔님이 가장 많이 썼던 단어가 스스로가 바보 같다, 멍청하다는 말이에요. 왜 그랬을까요. 한번 생각해볼까요." 또는 "완벽하게 하려고 하지 말아요. 너무 잘하려고 해서 숨이 안 쉬어지는 거예요. 목이랑 어깨에 힘이 잔뜩 들어가서 흉곽이 폐를 누르고 있거든요. 슬렁슬렁 쉬엄쉬엄해요" 같은 말들이었다. 그녀는 가끔 내가 잘할 거라는 확신이 나 자신보다도 있는 듯했는데, 언젠가는 이렇게 말했다. "가만히 멍 때려봐요. 조용히 멍 때리고 있다가 생각나는 걸 해요. 당신 안에 있는 깊은 우물에서 물을 길어 올리듯이요. 춤추듯이요."

그럴 때면 나는 그녀가 얼마나 뜬금없는지 놀랐다. 어떻게 매번 내 마음과 몸에서 정확한 맥을 짚어내는지, 또 그 이전에 얼마나 진솔하고 진심이며 사랑스러운지 매 순간 놀라곤 했다. 침을 맞고 꼼짝도 못 한 채 송장처럼 누워 눈을 감고 있는 나에게 이런저런 이야기를 늘어놓는 그녀를 생각하면 웃음이 나기도 했다. 내가 그녀를 찾으러 떠돌아다니지 않아도 되고, 그녀가 늘 여기 있을 것이라는 사실이 너무나 완벽하게 느껴졌다. 나는 다음에 그녀에게 말할 거리를 찾기 위해 나를 바라보아야 했다. 마치 선물로 받은 귀한 손수건을 다루듯이 내 몸과 마음을 펼쳐서 유심히 살펴보고는 했다. 나의 오늘은 어땠냐고, 하고 싶은 얘기는 없냐고 묻고는 했다. 일주일에 딱 한 번 진료실에서의 10분. 빨간 적외선 빛을 받으며 살랑거리던 그녀의 몸짓과 나긋나긋한 목소리. 내 몸 위를 빙글빙글 선회하는 그녀의 고운 손을 떠올리며.

두 남녀

그녀는 과자에 대한 짧은 단편영화에 출연한 한 배우를 만나게 되었다. 단편영화는 상영하는 곳이 별로 없었다. 그녀는 첫눈에 그 영화를 매우 좋아하게 되어서 지방 영화제까지 찾아다니며 두 번이나 챙겨 보았다. 귀여운 과자들이 주인공인 뮤지컬 영화였는데 정작 역할을 맡은 배우들은 길쭉하고 훤칠한 게 매력 포인트였다. 평소에 단것에 별로 관심이 없었던 그녀였다. 그 영화로 인해 무관심의 영역이었던 과자가 갑자기 새롭고 신선하게 다가왔다. 그녀는 영화를 두 번째로 보러 간 날 옆 좌석에 앉아 있던 그와 눈이 마주쳤다. 그는 당황해서 한동안 시선을 돌릴 수 없었다. 그녀가 너무 흔들림 없이 확고하게 그를 바라보고 있었기 때문이다. '저 사람이 과자인가?' 그녀는 생각했다. 그가 화면 속 과자 중 하나와 매우 흡사하긴 했지만 그보다 놀라울 정도로 더 잘생겼기 때문이었다. 자신이 너무 오랫동안 그를 쳐다보고 있었다는 것을 뒤늦게 깨닫고 그녀는 멋쩍은 눈인사를 건넸다. 그러자 그는 간단하게 목례로 답하고 자리에서 일어나 앞쪽으로 달려 나갔다. 무대인사가 이어지는 모양이었다. 영화관 앞쪽 무대에 선 그는 하얀 와이셔츠 차림에 훤칠한 키와 조막만 한 얼굴, 또렷한 이목구비로 단연 빛이 났다. 주인공 과자는 세 가지였고 세 명의 배우가 연기했지만 딱 한 명만이 무대인사에 참석했다. 하지만 관객들은 전혀 불만이 없어 보였다. 과자가 저렇게 잘생겼었다니. 사람들은 웅성거렸다. 무대인사 후 그는 출구 옆에 서서 조금은 멍한 표정으로 그녀가 말을 걸어오길 기다렸다. 혹시 자신이 기억하지 못하는 아는 사람일 수도 있다고 생각했기 때문이다.

몇 주 뒤 그는 지금까지 애써 무시했던 SNS에 처음 가입하게 되었다. 자신이 '아직도' 연기를 하고 있다는 것을 사람들에게 알리기 위해서였다. 그는 페이스북이나 인스타그램 계정이 없으면 사람이 살았는지 죽었는지조차 궁금해 하지 않는 분위기에 환멸이 났다. 연기자가 되면 바로 좋은 작품에 섭외되고, 포털사이트에 검색하면 프로필이 나오는 어엿한 배우가 될 것이라고 믿었었다. 그런 그가 아마추어 배우로서, 그것도 몇 년 만에 SNS를 개설한다는 것은 유쾌한 일은 아니었다. 그러던 와중 예전에 출연한 단편영화 한 편이 몇 개의 영화제에 선정되었다. 한줄기 빛과 같은 소식이었다. 그 사실을 알리는 것으로 SNS를 연다면 나쁘지 않을 것 같았다.

그러다 우연히 자신의 이름이 태그된 사진 한 장을 발견했다. 얼마 전 영화제에서 만났던 그녀와 찍은 사진이었다. 너무 대놓고 쳐다봐서 민망하기보다 아는 사람일까 봐 조심스러웠던 여자. 영화를 두 번이나 챙겨 봤다며 화면보다 더 미남이시라며 수줍게 사진을 부탁하던 여자. 그 또한 그런 상황이 아직 낯설던 터라 사진 속 둘은 어색하기 짝이 없었다. 그는 그녀에게 SNS 친구 요청을 보냈다. 별로 큰 뜻은 없었다. 굳이 이유를 찾자면 조금은 고마웠던 것 같다. 지친 일상에 작은 에너지를 받은 느낌이었다. 순식간에 친구 요청이 수락되었다는 알림이 왔다. 곧바로 그녀에게서 메시지가 날아왔다. "저랑 밥 한번 먹어주세요. 안 먹어주시면 한강에 뛰어들겠습니다." 그는 그 문장을 보자마자 당황스럽기보다 푸하하 웃음이 터져버렸다. 너무 크게 웃어서 스스로 깜짝 놀랄 정도였다.

그녀는 약속을 잡은 뒤로 그와 만날 날을 손꼽아 기다렸다. 평범한 학생인 자신에게 언제 이런 기회가 올까 싶었다. 그녀는 로맨스 드라마의 여주인공이 된 것처럼 들떴다가도 거울 속에 비치는 밋밋하기 이를 데 없는 자신의 모습을 보며 애써 기대를 눌러냈다. 전날에는 잠도 이룰 수 없었다. 옆에 예쁜 여자연예인이 넘쳐날 테니 꾸미면 더 없어 보이겠지, 하며 그녀는 예쁜 원피스도 내려놓고 바지와 운동화 차림으로 집을 나섰다. 시내 한복판의 수많은 인파 속에서도 단번에 그를 찾을 수 있었다. 내가 만나러 온 사람이 저 사람이란 말인가. 그녀는 믿을 수 없는 사실에 가슴이 벅찼다.

반면 그는 그녀의 얼굴을 보자 갑작스럽게 마음이 무거워졌다. 자신이 꽤 내성적인 편이라는 것을 상기하기도 했고 그녀가 가진 기대에 부응하지 못할 것 같다는 생각이 들어서였다. 팬을 만난 것은 처음이었다. 그녀가 수줍게 웃으며 건넨 선물을 받아들고 그는 한번 더 멍한 표정을 지었다. 그것은 그가 단편영화에서 맡았던 배역의 초코과자였다. 아마도 팬에게 처음 받아보는 선물이었다.

둘은 시끄러운 식당에서 어색하게 대화를 나누며 밥을

먹었다. 그녀는 여느 여자들처럼 못 먹는 척을 하지 않으려고 쉬지 않고 음식을 입에 넣었다. 그는 자신이 어떻게 보일까 생각하는 데 너무 신경 쓴 나머지 식사에 흥미를 잃어버렸다. 그녀는 생각보다 그가 어리다는 것에 놀랐다. 그리고 얼마 지나지 않아 이 어리고 잘생긴 배우가 자신보다도 아는 영화가 없고, 영화에 대한 관점이나 취향을 갖고 있지 못하다는 것까지 파악해버렸다. 그는 어서 스타가 되고 싶어 했다.

둘은 식당을 나와 조금은 한적한 길을 찾아 걸으며 대화를 이어갔다. 화젯거리가 떨어지자 그는 여자친구를 따라 무작정 파리에 갔던 일화를 꺼냈다. 여자친구가 긴 여행을 떠났을 때 그녀가 너무 보고 싶어서 있는 돈을 다 털어 파리로 날아갔다고 했다. "텅텅 빈 손으로 파리에 도착해서 걔를 만날 때까지 주구장창 빵만 먹으면서 버텼는데, 걔는 에펠탑 앞의 5성급 호텔에 묵고 있더라고." 그의 말에서 왠지 모를 쓸쓸함이 느껴졌다. 그는 파리에서 제일 싼 한인민박 도미토리에 몸을 구겨 넣으며, 자신이 생각하는 로맨스라는 건 없음을 깨달았던 것 같다. 그래서인지 그는 빨리 스타가 되고 싶었다. 어서 많은 것을 이루고 싶었다.

어느 정도 시간이 지났을까, 그들은 걷다 지쳐 다시 야외 테이블이 있는 카페에 마주 앉았다. 한낮의 열기가 식어

선선한 바람이 부는 여름밤이었다. 이제 그녀는 턱을 괴고 그가 하는 말을 듣거나 맞장구쳐주는 것밖에는 할 수 없었다. 그는 길에서 실랑이하는 커플들을 물끄러미 바라보며 참견하는 말을 하거나 이따금 지나가는 사람들의 옷차림을 예쁘다고 말하는 것 외에 할 일이 없었다. 그는 그녀가 선물로 준 초코과자에 손도 대지 않았다. 소중하게 간직하기 위해서라고 말했지만 사실은 다음 작품에 있는 노출신을 준비하느라 먹지 않는 것이라는 사실을 알게 될 즈음 그녀는 시계를 확인했다. 시간이 많이 지났을 거라고 생각했는데 겨우 두 시간이 지나 있었다. 아직 헤어지기는 애매한 시간이었다. 서로 다른 세계에 사는 사람들이 만들 수 있는 교집합은 겨우 이 정도일까, 그녀는 생각했다.

그들은 다시 길을 걷기 시작했다. 무언가 새로운 것을 하기에는 애매한 시각이었으므로, 조금 걷다 각자의 길로 가면 될 것 같았다. 마침 창경궁의 돌담길이 있어 산책에 안성맞춤이었다. 그녀는 그 길을 매우 좋아했다. 그녀는 외출 전에 비해 매우 안정되어 있었다. 그에 대한 기대도 환상도 이미 사라져버렸고 그가 한 명의 별다를 것 없는 인간으로 보이기 시작했다. 특별히 꾸미고 나오지 않은 스스로가 뿌듯했으며 여자친구가 있다는 말을 들었을 때도 아무런 감정이 들지 않았다. 혼자 있었더라도 이 길을 산책했을 테니

이 시간이 의미가 없는 것도 아니었다. 두 사람은 밤이 되어 한적해진 돌담길을 말없이 걸었다. 그러다 그녀가 문득 걸음을 멈췄다. 그도 가다 말고 뒤를 돌아 그녀를 보았다. 그녀는 높이 솟은 창경궁의 돌담 위 처마를 빤히 바라보고 있었다. "왠지 넘을 수 있을 것 같아." 그녀는 자신도 모르게 혼잣말을 했다.

사람들은 모두 집으로 돌아가고 노란 가로등만이 길을 비추고 있었다. 주변을 둘러보니 아무도 없었다. 저 멀리서 한 사람이 천천히 걸어오고 있을 뿐이었다. 그녀는 돌연 가슴이 뛰기 시작했다. 돌담 밑에 높다란 언덕이 있어 언덕에 올라서 조금 노력한다면 처마에 손이 닿을 것도 같았다. 그는 다시 걷기 시작했다. 가다가 뒤를 돌아보니 그녀가 아까 그 자리에 그대로 있었다. 그는 그녀에게로 돌아가야 할까 기다려야 할까 헷갈렸다. 그녀의 시선이 향한 곳과 그녀를 번갈아 쳐다보았다. 저 여자 무슨 생각인 걸까. 어느새 자정에 가까운 시간이었다. 하늘에는 휘영청 밝은 보름달이 거리를 비춰주고 있었다. 그는 천천히 그녀 쪽으로 걸어갔다. 될까? 그는 다리를 뻗어 벽을 짚고 언덕 위로 훌쩍 올라갔다. 되네. 그는 언덕 위로 올라가 그녀를 내려다보았다. 그녀도 그를 따라 벽에 손을 짚고 뛰어오르기를 시도했지만 넘어지기를 반복했다. 담벼락 옆에 있던 나무와 넝쿨에 자꾸만 다리가 쓸렸다.

"내 손 잡아."

그는 마지못하다는 듯 손을 내밀었다. 사람이 오기라도 하면 큰일이기 때문이다. 그녀는 그의 손을 잡고 언덕 위로 훌쩍 올라섰다. 막상 올라와보니 언덕은 생각보다 더 높았다. 잠깐 스친 그의 손은 따뜻하고 부드러웠다. 그녀는 바지를 입고 나오길 백번 잘했다고 다시금 생각했다. 언덕 위에 올라섰는데도 돌담 지붕은 머리보다 높은 곳에 있었다. 그가 올라가보려고 이리저리 시도했지만 번번이 실패했다. 처마의 기와들이 금방이라도 떨어질 듯 얼기설기 얹어져 있는 터라 잡을 곳도 마땅치 않았다. 그녀는 어찌지도 못하고 그의 시도를 바라보고 있었다. 이제 슬슬 포기해야 하나 싶을 즈음 그가 등을 보이며 말했다.

"안 되겠다. 목마 태워줄게."

그러고선 그녀를 목 위에 태우더니 덤벙 들어 처마에 올렸다. 그녀는 놀랐다. 그가 포기할 줄 알았기 때문이다. 그녀는 소심한 비명을 지르며 마침내 돌담에 올라섰다. 어느새 볼이 뜨거워진 것이 느껴졌다. 이번엔 그녀가 그에게 손을 내밀었다. 그렇게 둘은 돌담에 올라오는 데 성공했다.

"근데 저거 CCTV 아냐?" 그가 그들을 향해 깜빡거리는 무언가를 가리키며 말했다. "뭐 어때요. 기념으로 V 날려

줘요." 그녀는 알 수 없는 패기로 웃으며 손으로 V를 만들어 보였다. 그녀의 도발에 그는 너털웃음을 웃었다. 처음에는 돌담에 오르는 것만을 목표로 삼았는데 막상 올라와보니 창경궁 쪽 땅이 발에 닿을 듯 가까웠다. 가볼까? 둘 중에 누군가가 그렇게 말했던 것 같다. 그들은 휴대폰으로 아래를 비춰 조심스럽게 내려갔다. 그는 생각보다 담이 높았는지 잠시 고민하다 양팔을 벌리고 안기라는 제스처를 취했다. 그녀는 한 치의 머뭇거림도 없이, 그의 품으로 살포시 뛰어내렸다. 그렇게 창경궁 무단침입에 성공했다.

어둠에 잠긴 창경궁이 눈앞에 펼쳐졌다. 보름달 빛에 시야가 적응되자 곧 자유롭게 움직일 수 있었다. 달빛이 흐르는 창경궁은 몹시 아름다웠다. 어떤 조명도 음악도 필요하지 않았다. 마치 다른 세계에 있는 기분이 들었다. 그런데 어딘가 낯설지 않았다. 조선시대에 밤 산책을 하는 선비와 아낙이 된 것 같았다. 푸르스름한 빛을 받은 궁은 한층 더 고즈넉하고 우아했다. "아무래도 전생에 궁에서 살았나 봐. 어딘가 익숙해요. 공주였나?" 괜히 너스레를 떨어도 그는 함께 웃으며 맞장구를 쳐주었다. 그는 지금 이 순간이 딱 영화의 첫 장면 같다고 말했다. 그리고 언젠가 꼭 이 이야기로 영화를 만들어보고 싶다고 했다. 둘은 오래전부터 만나온 사람처럼 익숙하고 또 수줍었다. "나중에 사극도 찍을 거니까 잘 기억해둬야겠네요." 그녀의 말에 그는 당연히 그럴 것이라며 목을 몇 번 가다듬고 말했다. "게 있느냐." 그녀는 깔깔거리며 웃어젖혔다. 별말을 하지 않아도 둘의 얼굴엔 웃음이 흘렀다. 그때 누군가 소리쳤다. "이봐요! 학생들!" 어디선가 눈부시게 밝은 손전등 빛이 두 남녀를 비췄다. 그들은 누가 먼저랄 것도 없이 손을 잡고 달리기 시작했다.

노민정 씨, 당신을 신고한다

나는 경찰서에 가서 그년의 엄마 연락처를 알아내가지고 무작정 전화를 걸었다. 네 딸년이 한 짓 좀 보라고, 세상에 상식이나 양심이라고는 눈곱만치도 없는 네 자식년 좀 보라고 힐난했다. 그 아줌마는 한숨을 쉬며 연신 사과를 하고, 나는 분위기를 몰아 네 딸 이름에 빨간 줄 긋기 전에 내가 냈던 돈의 두 배를 배상하라고 요구했다. 그러고는 내가 돌려줘야 할 물건은 그냥 꿀꺽해버렸다. 그 요망한 딸년은 왜 돈을 돌려줬는데도 물건을 돌려주지 않느냐고 그러겠지, 그

러면 나는 그년이 그랬던 것과 같이 아니꼽거들랑 신고해
보라고 뻗대는 것이다. 그러고는 자 기분이 어떠냐, 하하!
하고 웃는 것이다. 그렇게 꿈에서 깼다.

너무나 생생하고 너무나 원하는 그대로였기에 그게 꿈
이라는 것은 엄청난 허탈감을 가져왔다. 사실은 내가 원하
는 대로 되고 있는 게 하나도 없었기 때문에 꿈까지 꿨다는
것이 자존심 상하고 기분이 나빴다. 그 작은 일 때문에 잠도
곱게 자지 못하고 하루의 시작부터 시달리고 있다는 사실
이 한심하게 느껴졌다.

사실 어제 난생처음 누군가를 신고하러 경찰서에 갔
다. 입구에서 나를 안내해주던 경찰을 따라 담당 부서로 들
어갔을 때 코끝에서 느껴지던 짜장면 냄새, 여느 회사의 사
무직 직원과 다름없는, 심드렁한 태도의 경찰, 경찰이 내가
원하는 어떤 정보도 알아보지 않고 그저 내가 이미 알고 있
는 전화번호로 전화를 걸었을 때 그년이 전원을 꺼버림으
로써 너무나 쉽게 차단된 소통의 통로. 협박은커녕 제 돈 좀
돌려주세요. 그쪽이 잘못한 거잖아요. 안 그래요, 라는 말조
차 못 해봤다는 상황이 더럽게 인정하기 어려웠다.

그년은 아무래도 웃고 있을 거다.

사실은 별일 아니라고도 할 수 있다. 나는 어느 날 친
구에게 예쁜 치마를 하나 빌려 입었고 고심 끝에 그것을 사

고 싶다고 생각했고 그러나 그 치마는 너무 비쌌고 그래서 인터넷 중고 장터에서 그것을 사기로 마음먹었다. 모조품이 많은 제품이라고 해서 너무 티 나게 싼 것보다 어느 정도 가격대가 있는 것으로 구매했으나 받아본 치마는 친구에게 빌렸던 그것과 눈에 띄게 차이가 있었다.

나는 정품 회사 측에 문의 끝에 그것이 가품이라는 확언을 받아냈고 판매자에게 환불을 요구했다. 그러나 판매자, 즉 노민정 씨 자신은 죽어도 정품을 팔았다며 "노"를 외치는 것이다. 그러면서 자신이 그 치마를 샀던 인터넷 블로그에서 "창고에 남은 재고로 만든 것이라 차이는 있어도 분명히 정품"이라는 '댓글'이 달렸다는 아주 완벽히 믿을 만한 증거를 제시해버린 것이다.

그녀는 신고할 테면 신고해라, 정품이면 자신이 역으로 신고를 넣겠다고 떵떵댔다. 그러고는 바로 다음 날 중고 장터에서 탈퇴했다. 내가 가진 그녀의 유일한 정보인 휴대폰 번호로 뜬 카톡으로, 환불을 해주지 않으면 정말로 신고하겠다고 마지막으로 경고하니 카톡도 탈퇴해버렸다.

사실 고깟 치마, 그 돈 몇 푼 눈감고 잊어버리면 되지 왜 서로 귀찮은 일을 하냐만서도 나는 언제부턴가 진지해지기 시작했다. 저런 행위를 당당하게 해놓고 아무런 탈이 없다면 그건 정말 맞지 않았다. 그래서 나는 아주 귀찮고 지루하고 좋을 것 하나 없는 길을 선택한 것이다. 그녀와 소통했던 내용을 하나하나 기록하고 정보를 수집하고 증거를 찾아내서 모으고 정리하고 출력하고 오려 붙여서 가까운 경찰서에 가서 상황을 설명하고 아는 정보를 모두 나열하고 기다리고…….

"환불해드릴게요" 하고서는 "환불은 물건 돌려받고 나서 해주는 거 몰라요?"라며 상황 파악 못 하는 그녀의 문자에 상식 있는 사람으로서의 답장을 해줘야 하고 미친년, 미친년 욕은 못 하고 글에나 이년 저년 소심하게 적어 넣는 길을 택한 것이다. 그러고서 속 터지는 마음에 복수하는 꿈이나 꾸다 잠에서 깨는 옹졸하고 한심한 길을 택한 것이다. 게다가 내가 잘하고 있다고 응원하기는커녕 "그 치마가 그렇게 갖고 싶니" "네 노동력과 시간이 아깝다" 하는 사람들에게 신자유주의 경제학적인 관점 이외의 이 일의 가치에 대해서 상식 있는 사람으로서의 대답을 해줘야 한다.

어머니와 가을밤에 산책을 나서면서 이 이야기를 꺼냈을 때 어머니가 "미친년" 해준 말에 얼마나 속이 시원했는지 모른다. 그래 이게 미친년이 할 짓이라는 게 나 혼자만의 착각은 아니었던 거야. 이년이 미친년이라는 것을 설득시키는 일이 이렇게 지루하고도 길고 어렵고 귀찮고 하나도 득이 없는 일만은 아니었을지도 몰라.

우리 모녀는 지루한 풍경이 보이는 카페에 앉아서 태국에서 봉기를 일으킨 학생 마흔세 명이 학살당했다는 소식을 휴대폰으로 보았다. 그리고 인생살이 반백 년을 훌쩍 넘은 김한영 씨는 이야기하는 것이다. 살다 보면 느끼게 되겠지만, 억울하게 피해를 입은 당사자가 피의자에게 속이 풀릴 만큼 어떤 조치를 취할 수 있는 세상이 아니다. 할 수 있는 것이 너무나 작고 하찮은 것들뿐이다. 그마저도 피해자에겐 너무나 고되고 힘들다. 제일 좋은 건 안 당하는 것뿐이다. 그래서 나는 어떻게 하면 안 당할 수 있냐고, 방법이 있냐고 물었다. 간단한 대답이 돌아왔다. 없다. 언제 어디서나 뒤통수 조심해야 하는 세상이다. 가족들을 책임져야 할 가장이 하루아침에 일자리를 빼앗기고 삶을 빼앗겨도 억울함을 토로하지 못하고 조그만 목소리마저 밟히고 무시당하는 세상이다. 개인만 생각하고 찬란한 기업의 미래를 내다보지 못하고 그 시간에 다른 일자리 알아볼 생각도 없이 게으르고 옹졸하고 뻔뻔하고 이기적으로 자신의 권리 따위를 요구하는 멍청한 노동자가 되는 세상이다. 인생을 바쳐 사랑했던 자식을 하루아침에 잃어도 영문조차 알지 못한 채 입 닥쳐야 하는 세상이다. 단순한 교통사고 하나 났을 뿐인데 사람이야 죽는 게 매일반이거늘 담담하게 받아들이고 조용히 살아갈 생각을 못 하고 매일 대통령 탓이나 하는 빨갱이로 취급받는 세상이다.

나는 지루하고 더럽게 복잡하고 귀찮은 이 짓을 계속 하기로 한다. 상식은 지키며 살아야 한다고 배웠는데 그게 이렇게나 끔찍한 일이었을 줄이야. 다시 나의 노동력과 시 간을 쓸데없는 치마 한 장에 쏟다. 나는 정말 멍청하다. 이 노동에 대한 가치를 자본주의 사회 안에서 어떤 말로도 정 당화할 수 없다. 나는 합리적이지 못하고 지루하고 옹졸한 개인으로서 노민정, 당신을 신고한다.

4

가 난 해 도 화 려 할 권 리

아감,
나에게 구멍을 뚫어준 남자

사랑니를 빼러 갔다. 미루고 미루던 일이었다. 사랑니 발치의 고통에 대해서는 이미 질릴 정도로 들어왔기에 최대한 딴청을 피워온 게 1년이 넘어가고 있었다. 오후까지 침대에 늘어져 있다가 뉘엿뉘엿 지는 해를 보며 몸을 일으켰다. 이젠 어쩔 수 없군, 하며 가까운 치과를 예약했다. 사람들은 내가 웬만큼 아파도 끄떡없을 것 같다고 말한다. 생긴 게 장군 같다나. 하지만 나는 가능하다면 나를 엄살 공주라고 소개하고 싶다. 만약 내가 조금만 더 일찍 태어나 조금만 정의

로운 일을 했다가 고문이라도 당했더라면 나는 아마 1분도 버티지 못하고 비밀을 털어놨을 것이다. 다행히 그런 일은 일어나지 않았지만 내가 큰 위인이 되지 못할 것이라는 사실은 집 앞 병원만 가도 알 수 있다. 다시 한번만 생각해주십시오. 선생님, 주사만은 안 됩니다. 저 죽습니다. 주사 처방 하나를 앞두고 온갖 신파극을 찍는 한 청년의 모습을 찾을 수 있을 것이다.

그런 내가 쇄골에 소나무를 새기겠다고 무턱대고 타투숍을 찾은 적이 있었다. 철이 없었던 것이다. 벌새처럼 진동하는 바늘이 막 나의 몸 위에 선홍빛 선을 한 줄 새겼을 때, 나는 외쳤다. "그만!" 나는 깨달았던 것이다. 이것은 내가 할 수 있는 일이 아니구나! 나는 쇄골에 한일 자를 새긴 여자가 될 것인가 하는 문제로 사생결단을 해야 했다. 줄 하나가 소나무가 될 때까지는 세 시간이 걸렸고, 나는 말 그대로 젖 먹던 힘을 다해 소리를 질렀다. 친절하고 예의가 발랐던 타투이스트는, 웃으며 나에게 지금까지 만나본 최고의 진상이라고 말했다. 나는 아픔이라면 그 그림자만 보여도 소스라치고는 했다. 하지만 살면서 몸에 바늘 댈 일 없는 것만큼 행복한 일이 있을까.

평일 오후의 치과는 한산했다. 아직 어떤 비명도 들리지 않았다. 가장 먼저 한 일은 치아 사진을 찍는 것이었다.

간호사를 따라가니 작은 방 안에 커다란 기계가 있었다. 앞니로 무언가를 물고 머리와 턱을 고정했다. 움직이지 마세요, 간호사가 작은 방에서 나갔고 문을 닫았다. 기계가 소리를 내며 움직이기 시작했다. 미래공상과학스러운 소리를 내며 내 머리 주변을 빙글빙글 도는데, 우주선에 탑승하는 우주인이 된 기분이 들었다. 그렇게 찍힌 사진 속에는 내 이들이 검은 바탕에 하얀색으로 일렬로 길게 늘어서 있었다. 세어보니 모두 스물여덟 개다. 문득 궁금해져서 네이버에 검색해보니 성인의 이 개수가 평균 스물여덟 개였다. 거기서 빼야 하는 이가 네 개. 그럼 남는 건 스물네 개였다.

그 사실을 알고 나니 왠지 남은 이들이 식구같이 느껴졌다. 연기처럼 뿌옇고 아방가르드한 형상의 이들은 작은 귀신 같기도 했다. 두 다리를 조금 벌려서 잇몸 속에 깊게 찔러 넣고 옹기종기 모여 앉은 귀신들. 그런 생각을 하는 동안 의사는 시술 의자를 뒤로 젖히고 입 부분에만 동그랗게 구멍이 난 초록색 천을 얼굴에 덮어주었다. 따끔해요, 라는 말과 함께 스리슬쩍 마취주사가 잇몸을 뚫고 들어왔다. 짜릿한 고통에 온몸이 부르르 떨리고 식은땀이 훅 났다. 이 구렁이 같은 의사! 오, 하느님, 저는 준비가 되지 않았습니다. 나는 얼굴에 덮인 천 아래에서 눈을 힘껏 부릅떴다. 날카로운 소리들이 귓가를 울리기 시작했다. 입은 이미 무감각해져 꿈에서 누가 나를 건드리는 것같이 희미한 감각만 남았다. 다만 입속에서 무언가 불쾌한 것이 시작되었다는 것은 알 수 있었다. 안이 보이지 않는 상자 속에 손을 넣은 것처럼 낯설고 두려웠다. 별안간 어떤 무시무시한 것이 나를 덮칠 것만 같아 온몸에 땀이 나고 덜덜 떨렸다.

의사는 나의 사랑니가 곱게 누워 있는 데다 하필이면 뿌리가 신경에 가깝다고 했다. 까다롭고 긴 여정이 될 것이라는 말이었다. 이빨이 갈리는 소리와 함께 시원하고 고운 가루 같은 입자가 공중에 퍼져 피부에 닿는 것이 느껴졌다. 내 몸의 일부일 수도 있었다. 나는 목석처럼 굳어 있었다. 온갖 망상을 하기 시작했다.

다솔아, 너는 지금 성형수술을 하는 거야. 너는 아주 예뻐질 거야. 이것만 지나가면 길가의 모든 남자가 너만 쳐다볼 거야. 의문점 따윈 없는 미인이 되는 거야. 예뻐지는 데는 고통이 따르는 법이야. 아주 많은 미인이 시술대에 누웠지. 숨 쉬어, 눈 떠. 누군가는 더한 것도 했어. 그래. 다솔아, 넌 이효리가 되기 위한 시술을 받는 거야. 이효리와 인생을 바꾸는 시술 말이야. 조금 아프지만, 이효리가 되어볼래요? 조금 아프지만, 이라는 말에, 너는 이효리가 될 수 있다는데 그깟 아픔쯤이야, 하고 지금 시술대에 오른 거야. 이제는 하다못해 민박집을 운영해도 사람들의 환호를 받으면서 넉넉하게 살 수 있는 거야. 아니야, 게다가 지금 밖에 지드래곤이 기다리고 있는 거야. 자기야, 자기가 이 수술만 받는다면 영원히 당신 곁에 있을게. 이런 말에 너는 웅! 하고 지금 시술대에 있는 거야. 지드래곤이 밖에서 너를 기다리고 있겠다는데 이깟 시술쯤이야.

잠시라도 마음을 놓을라치면 고통이 파도처럼 덮쳐 나를 현실로 불러왔다. 아닌 게 아니라 이빨이 부서지고 있었다. 뽀각뽀각, 덜거덕, 치잉치잉. 피인지 침인지 모를 액체가 입안에 차오르고 사라지고를 반복했다. 뿌리가 꼬여 있어서 번거로워요. 의사는 말했다. 손과 발이 식은땀으로 흥건했다. 나도 모르게 몸이 덜덜 떨렸다. 피부가 잔뜩 곤두서 있었다. 조금이라도 고통이 느껴지면 몸을 움찔움찔거렸다. 겁에 질려 있었다. 마취로 인해 통각이 무뎌지긴 했지만 내 몸의 어떤 부분은 고통을 있는 그대로 받아들이고 있는지도 몰랐다. 그때 문득 전 해에 여행했던 인도에서의 한 기억이 떠올랐다.

햇빛이 쨍한 오후 나는 바라나시의 갠지스강 주변을 산책했다. 끝이 보이지 않을 정도로 길게 뻗은 갠지스강을 바라보며 한갓지게 걷고 있었다. 아무 데나 소들이 앉아 있고 몇몇 사람은 강에서 빨래를 하거나 목욕을 하고 있었다.

멀찍이 강 너머를 바라보는 사람들도 있었다.

갠지스강은 인도의 상징으로 알려져 있지만 사실은 구역마다 주인이 있는 사유지다. 인도인들은 그 구분을 가트라고 불렀다. 바라나시에는 1가트부터 12가트까지 있고 각가트는 인도의 유서 깊은 가문의 소유이다. 인도에서 유서를 파기 시작하면 앞으로 나아갈 수가 없어서 거기까지만 알기로 했다.

걷다 보면 가트마다 조금씩 다른 분위기를 가진 것이특징이다. 갠지스강은 한강처럼 핵심적인 공간이기에 그곳이 누군가의 사유지로 구분되어 있다는 사실은 사뭇 어색했다. 내 숙소는 3가트에 있었고, 거기서부터 12가트까지는걸어서 한 시간 정도 걸렸다. 12가트는 다른 가트에 비해눈에 띄게 깔끔했다. 가트의 입구엔 커다란 보호수가 있었고 깔끔한 골목과 상가들이 늘어서 있었다. 분명 부호의 사유지일 것 같았다.

인도에선 보기 드물게 멀끔한 가게를 마주쳤다. 페인트로 온통 하얗게 칠해져 이글루 같은 보석 상점이었다. 인도에서 보석 상점은 정말 흔했지만 본 것 중에서 가장 그럴듯했다. 가벼운 궁금증이 생겨 가게에 들어갔다. 깔끔하게닦인 긴 유리 진열장 속 장신구들을 찬찬히 훑어보았다. 아쉽게도 내가 살 만한 것은 별로 없었다. 주인은 가게 맨 안

쪽에 있는 작업대 같은 곳에 앉아서 무언가에 열중하고 있었다. 귀도 뚫나요? 내가 대뜸 물었다. 네, 그가 대답했다. 그렇군요. 내가 말했다. 어디를 뚫으려고요? 그는 물었다. 글쎄요. 나는 대답했다.

그즈음 나는 인도를 여행하며 몸의 곳곳에 구멍을 낸 아름다운 소녀와 아가씨와 아주머니와 할머니를 수없이 본 터였다. 인도인들은 몹시 많은 장신구를 착용했다. 가난하다고 해서 예외는 아니었으며 남녀노소의 구분도 없었다. 중년 남자도 열 손가락에 묵직한 왕 가락지가 끼워져 있었고, 아이들은 빛이 바랜 큐빅과 녹슨 팔찌를 몇십 개씩 몸에 걸고 다녔다. 귀한 장신구라면 옷장 깊은 곳에 숨겨두는 우리나라와는 달리 그들은 모든 것을 최대한으로 몸에 걸고 다니는 것 같았다. 그 모습은 내 눈에는 조금 부담스럽고 조악했지만, 분명 굉장히 화려했다. 마치 가난해도 화려할 권리는 있다고 말하는 것 같았다. 눈이 부실 때처럼 손바닥으로 가려야만 그들을 똑바로 볼 수 있을 것 같았다. 딱할 정도로 작고 마른 노파가 수십 개의 장신구를 질질 끌며 걷는 모습을 보고 왜 자신을 저 쇳덩이로 구속하는 것일까 하는 생각이 들기도 했다.

빨간색, 노란색, 초록색, 파란색, 거침없이 쨍한 원색을 남발하며 어디나 주렁주렁 치렁치렁한 것은 장신구만이 아

니었다. 옷이나 가게, 간판, 포스터, 음식, 화물용 트럭까지
그랬다. 꽃과 향신료, 풀과 하늘마저도 그랬다. 그러니까 인
도가 그랬다. 눈이 아프고 어지러웠지만 싫지 않았다. 솔직
히 말하면 아주 예뻤다. 그것은 그들의 총천연색이었다.

그중에서도 가장 화려한 것은 인도의 신이다. 신부터
화려하다고 하는 게 맞겠다. 소탈하고 검소한 신은 인도에
서 찾아볼 수 없다. 아주 허름한 곳부터 아주 화려한 곳까지
어디나 그들의 자리가 마련되어 있었다. 언제나 수많은 장
신구와 꽃과 물건에 둘러싸여 있었다. 심지어 나체에 장신
구만 걸친 경우도 있었다. 부귀영화와 영험을 뜻하는 것일
테다. 신과 가장 가까이 사는 그들은 신을 닮아가려 하고,
그것으로 자신이 지켜지리라 믿는 것일까.

작업대로 가까이 가보니 그는 은반지를 만들고 있었
다. 밝은색 피케 티셔츠를 반듯하게 차려입고 있었다. 차림
새로 많은 것을 알 수 있는 곳이었으므로, 상당히 유복해 보
였다. 반지를 직접 만드나요? 그럼요. 저는 보석장이입니다.
이곳은 내 가게지요. 그렇군요. 나는 말없이 고개를 끄덕인
후 작업대 앞에 있는 낮은 의자에 앉았다. 한동안 말없이 그
를 바라보았다. 그는 반지 둘레를 넓히고 있었다. 내가 있든
없든 그가 그 일에 집중하고 있다는 사실이 좋았다. 사실 내
가 있는지도 잊은 것 같았다.

가게가 참 깔끔하고 예쁘네요. 감사합니다. 우리 가족은 몇 대째 보석집을 하고 있죠. 그즈음 그는 어디선가 두껍고 뾰족한 송곳 두 개를 꺼내 서로 비비고 있었다. 파리가 손을 비비는 모습과 비슷했다. 지금은 뭘 하는 건가요? 바늘을 갈고 있어요. 왜요? 당신 귀를 뚫어야지요. 당장 그 무시무시한 것을 당신의 두 눈으로 볼 수 있다면 좋겠다. 설사 내가 귀를 뚫을 용기가 굳건했다 해도 일순간에 사라지기에 충분했다. 내가 본 가장 무시무시한 바늘이었다. 그걸로 마음먹고 사람을 찌르면 몸 앞에서부터 뒤로 나오는 것도 별로 어렵지 않을 터였다.

놀라서 아무 말이 없는 나에게 그는 말했다. 이 바늘로 수도 없이 많은 구멍을 뚫었지요. 오랜 전통을 가진 가장 위생적이고 확실한 방법이에요. 훌륭한 것들은 시간이 지나도 변하지 않지요. 나는 말했다. 저는 잘 모르겠어요. 아픈 걸 정말 못 참거든요. 나는 무시무시한 바늘을 못 본 체하고 화제를 바꾸기 위해 새로운 이야기들을 늘어놓았다. 바라나시 이야기, 갠지스강 이야기, 마을 곳곳에 보이는 소들의 이야기. 그걸 듣던 그는 말했다. 당신 정말 재밌군요! 귀는 어디를 뚫을 건가요? 나는 대답 대신 내가 주삿바늘을 피하기 위해 병원에서 어떻게 사정을 하고 어떻게 착한 타투이스트로 하여금 독설을 내뱉게 만드는지 말했다.

그러는 동안 그는 어느새 가까이 다가와서 내 귀를 살펴보고 있었다. 그러더니 지금까지 뚫은 구멍들이 잘못된 위치에 뚫렸노라고 말했다. 몸에 구멍을 뚫을 때는 다른 부분에 영향을 미치지 않는 특정한 위치, 맥, 흐름, 즉 길이 있는데, 그것을 고려하지 않고 뚫었다는 게 그의 설명이었다. 이번에 자기가 뚫을 곳은 흐름에 정확히 맞는 곳이지만 이미 뚫려 있던 옆의 구멍과는 높이가 맞지 않을 수 있다고 설명했다.

나는 그때까지 몸에 총 세 개의 구멍을 뚫었는데, 두 번은 부평 지하상가였고 한 번은 홍대의 피어싱 가게였다. 나는 아직도 처음 내 귀에 구멍을 냈던 피어싱 총을 기억하고 있다. 주인의 총질과 함께 총성이 났고 예상했음에도 내가 화들짝 놀랐던 것과 눈물이 핑 돌았던 것 그리고 불쾌하고 알싸한 아픔에 대해서도 생생히 기억했다. 그 뒤로도 몇 번 더 구멍을 뚫었지만 이런 이야기는 어디에서도 들어본 적이 없었다. 몇십 분을 정성 들여서 갈아낸 무시무시한 바늘이나 오랜 시간 동안 변하지 않은 훌륭함도 없었고, 몸의 다른 곳에 영향을 미치지 않을 수 있는 흐름 같은 것도 없었다. 내 몸에 구멍을 낸다면 그만 한 적임자는 없을 것 같았다.

그의 이름을 알고 싶었다. 이름이 뭐예요? 아감. 아감?

아감. 아감, 나는 귀를 뚫고 싶은 마음이 굴뚝같지만 정말
무서워요. 아픈 게 정말 싫다고요. 괜찮아요, 걱정하지 말아
요. 하지만 그 바늘은 정말 무시무시한데요. 나는 이 바늘로
가장 빠르고 정확하고 가장 아프지 않게 구멍을 뚫는 방법
을 알고 있지요. 하지만 정말 무서워 죽겠는데요. 손에는 벌
써 식은땀이 나고 있었다. 아감은 잠시 생각하더니 말을 이
었다. 좋아요. 이건 비밀인데, 내가 아픔을 느끼지 않는 방
법을 알려줄게요. 정말요? 역시 그럼 그렇지. 인도 사람들이
누구 하나 빠짐없이 몸에 구멍이 숭숭 나 있는 데에는 그럴
만한 비법이 있을 것이다. 나는 새로운 신비를 맞이하기 위
한 심호흡을 했다.

아감, 내가 노래를 틀어도 될까요? 아감은 고개를 설레
설레 저으며 웃었다. 당신은 심심할 틈은 없겠군요. 나는 비
욘세의 「hold up」을 틀었다. 꽉 잡아, 그들은 나만큼 널 사
랑하지 않아. 비장한 비욘세의 목소리가 가게 안에 울려 퍼
졌다. 비욘세를 알아요? 그녀가 날 도와줄 수 있을지도 몰
라요. 내가 말했다. 그동안 아감은 정성스럽게 갈아놓은 바
늘을 준비했다. 애써 바늘 쪽은 쳐다보지 않았다.

우리는 가게 복도에서 나란히 마주 보고 섰다. 그가 조
곤조곤한 목소리로 말하기 시작했다. 어디에 있을 때 가장
행복한가요? 나는 되물었다. 네? 어떤 장소여도 좋고, 어떤

시간이어도 좋아요. 어떤 사람도 좋고요. 선뜻 어떤 것도 생각나지 않았다. 글쎄요……. 그러자 아감이 말했다. 잘 생각해봐요. 그리고 그곳에 가요. 몸은 여기에서 귀를 뚫고 있지만, 영혼은 어디든 갈 수 있으니까요. 지금 따위는 까맣게 잊을 수 있는 어디론가로요. 나는 약간 맥이 풀리는 것 같았다. 이 사람이 갑자기 어딜 가라는 거야.

비욘세의 노래가 가게 안에 울려 퍼졌다. 몇 달 전에 지하철 안에서 이 노래를 들었다. 아주 오랜만의 외출이었다. 출근하거나 퇴근하지 않는, 약간은 느긋해도 좋은 사람들이 지하철에 있는 시간이었다. 어디로 향하고 있었는지는 기억나지 않았다. 오후의 빛이 따뜻했던 한산한 객실의 장면만 일렁였다. 늦가을이었고, 한강 다리를 지날 때 울긋불긋한 단풍이 보였……. 딱! 그때 내 몸에 구멍이 뚫렸다. 푸하. 나도 모르게 웃음이 났다. 끝났어요? 네, 어때요? 몸의 어딘가가 탁 뚫리는 느낌이 났다. 정말 멋져요! 나는 무시무시한 바늘을 든 그의 다른 손과 하이파이브를 했다. 나 하나 더 뚫을래요.

그때 치과에서 시술대 위에 누워 있던 나는 불쑥 눈물이 났다. 얼굴과 얼굴에 덮인 천 사이로 따뜻한 것이 볼 위를 가로질렀다. 너무나 간절하게 지금을 떠나가야 할 때, 내가 선택한 것이 성형과 이효리와 지드래곤이었다니. 터무니가 없어서 웃음이 나려다 덜컥 눈물이 났다. 어쩌면 지금을 비롯한 많은 순간에 나는 진짜로 머무른 적이 없었는지도 모른다. 나는 다시 한번 지하철을 떠올렸다. 어저께도 지하철을 탔었다.

눈물이 나니까 몸이 조금은 따뜻해졌다. 해녀들이 바다에서 체온을 유지하기 위해서 오줌을 싼다는 이야기가 생각났다. 해녀복 전체로 오줌이 퍼지면 꽤 따뜻하댔다. 뿌리가 부러져서 뽑기가 힘드네요, 의사는 말했다. 그 목소리가 아주 먼 곳에서 들리는 것 같았다. 그때쯤엔 모든 것이 뿌옇게 느껴졌다. 누군가는 평생을 이 속에서 살 수도 있었다. 날카로운 소리로 가득 찬 방에서 아무도 내가 우는 걸 알 수 없었다. 어깨를 조금 들썩거린대도 상관없었다.

세 개의 구멍을 더 뚫고 귀가 얼얼한 채로 나는 아감에게 인사를 건넸다. 그는 트래블 무엇에 별점을 남겨주면 좋겠다고 말했다. 감사 인사를 하려는 순간 손님이 몰려들었다. 그는 친절하게 웃으며 새로운 손님들을 맞이했다. 나는 값을 치르고 조용히 가게를 나왔다. 바라나시의 오후는 강렬한 노란색으로 세상을 감쌌고, 길가의 주인 없는 개들은 나른한 표정으로 갠지스강에서 목욕하는 사람들을 바라보고 있었다. 나는 잠시 개들과 함께 바닥에 걸터앉았다.

그의 말을 이렇게 오래 기억하게 될 줄은 몰랐다. 종종 내 영혼이 그곳에 다시 찾아가게 될 줄은 몰랐다. 바라나시의 갠지스강 주변 한 가트에 사는 보석장이. 나의 몸에 구멍을 뚫어준 아감. 그는 지금쯤 내 이름이며 얼굴도 까맣게 잊어버리고 또 누군가를 지켜낼 장신구를 만들고 있겠지, 바늘을 갈고 있을지도 모르지.

One tinder day

원 틴더 데이

오늘은 이상하게 사람들과 같이 있어도 혼자 방에 갇혀 있는 듯이 고립된 기분이 들었다. 그래서 벽을 편하게 세울 수 있는 사람들과 마주하고자 틴더를 켰다. 신나게 스와이프를 하는데 수많은 낯선 사람 사이에서 10년 전 중학교 선배가 똥폼을 잡고 있었다. 나는 예로부터 어떠한 결정을 할 때 서슴없을 때가 있어왔으므로 슈퍼라이크를 누르고 그의 메시지를 기다렸다. '나 오늘 외로워오 오빠' 느낌으로 그를 근처 시내로 불러냈다. 30분만 마음을 추스르고 출발하겠다는 그를 흔쾌히 기다려주고 약속장소로 나갔다. 나를 찾아 두리번거리는 그에게 다가가 씨익 웃어 보였다. 다행히도 그는 나를 알아보았다. 개똥 같은, 은 그의 표현이다. 나로 서는 오늘 아주 잘 아는 사람도 아주 처음인 사람도 만나고 싶지 않았기 때문에 더없이 완벽했다.

다행히도 그는 말이 많았고, 대부분 산발적이었으며 대개 사소하고 자주 맥락을 이탈했다. 그래서 나는 평소에 자주 말할 수 없지만 동시에 말할 기회를 호시탐탐 노리고 있는, "말하는 걸 별로 좋아하지 않는다"는 입장을 당당히 표명하고 말없이 이야기를 들었다.

그는 틴더로 성사된 인상적인 데이트 얘기를 늘어놓으며 그녀와의 만남이 얼마나 재미있었고 앞으로도 잘될 느낌인데 새로 만난 여자가 안 매력적인 중학교 후배여서 얼마나 안심했는지를 분명하고 와닿게 설명했다.

그는 짧은 머리를 2 대 8 가르마로 타서 반질반질한 이마를 느끼하게 내놓고 말할 때마다 눈썹을 움직이는 것으로도 부족해서 마구 흔드는 사람이었다. 얼굴만 보고 있어도 정신이 없었다. 빈속으로 고속버스에 탄 느낌이었다. 그를 물끄러미 쳐다보다가 종종 그의 제스처를 따라 하며 독특하다고 짚어주었는데, 그는 역시나 그렇다는 걸 몰랐다.

어쨌든 그는 자기 이야기를 끊임없이 했고, 별안간 미

안해져서 내 이야기를 묻기도 했지만, 나는 쓸데없이 고고해질 줄 알게 되어서 별로 중요한 이야기는 하지 않았다. 그저 기말고사를 맞은 대학생의 흔한 발제 이야기를 조금 나누었고 그 주제가 드래그 퀸이었기 때문에 그는 역시나 나를 '여성학적으로 굉장히 예민한 이'라고 손쉽게 받아들여버렸다. 그러나 나는 옛날과 달리 오해와 다투지 않는 법을 알게 되었기 때문에 그 역할을 편하게 받아들이기로 했다.

사람들이 만든 허울이라는 것이, 누군가에게 이름을 붙이고 역할을 지우는 것이 얼마나 부질없는가를 그와의 대화로 알 수 있었다. 그래서 틴더에 걸어놓은 섹시한 셀카가 영 실물과 다르니 죄책감을 가지라는 둥의 말은 웃으면서 넘어갈 수 있었다. 마치 숨겨둔 비기를 꺼내듯 장기를 늘어놓는 그 앞에서, 나는 큰돈을 숨긴 채 주머니가 비었다고 말하는 사람처럼 거드름을 피웠다. 그러면서도 그 순간의 나 자신이 얼마나 건방진가를 알고 있었다. 안 매력적인 중학교 후배라는 포지션이 아니꼬운 것도 사실이었다. 그를 만나기 전 짧은 순간 N년 만에 재회한 중학교 선배와의 스파크! 같은 걸 마음속에 대서특필했던 나 자신을 한심하게 생각했음은 말할 것도 없다.

이제나저제나 그가 틴더에서 만난 인상적인 여자 이야기는 계속 이어졌다. 심지어 어떤 알 수 없는 전개를 통해 그 여자가 실제로 우리의 만남에 등장하기에 이르렀다. 나는 계속 이어질 그녀에 대한 시퀄을 듣느니 본편을 관람하겠다는 마음으로 그녀의 동석을 수락했다. 그러고는 나 역시 그녀에게 반할 준비를 했다. 그는 아이코 미안하다, 야, 미안하다, 야, 음음, 너 갈 때 되지 않았니? 같은 말을 했다.

그의 말에 의하면 시종일관 난데없고 기발한 말을 하고, 책을 냈고 만화를 그리고 유랑을 즐긴다는 그녀는 내가 보기에도 분명히 얼굴에 역마살 같은 게 있어 보였다. 그녀가 얼마 전에 보았던 한 공연에서 연주를 하다 울어버리기까지 한 뮤지션이, 자신의 연주에 감탄해서 운 것인지 아니면 너무 못했다는 사실을 깨닫고 운 것인지에 대해, 또는 벽에 걸린 액자 속에 있는 것이 그림인지 사진인지에 대해 열띤 토론을 벌일 적에 내가 집에 가고 싶다는 생각을 한 것도 분명하다. 두 번째쯤 그가 내게 갈 때 되지 않았냐고 물었을 때 나는 목도리를 두르고 일어섰고 어, 가게? 라는 천연덕스러운 물음에 가라며, 하고 군더더기를 남겨주는 것도 잊지 않았다.

집에 오는 버스에서는 엄마에게 전화를 걸었다. 집이 추워서 창문에 뽁뽁이를 어떻게 발랐으며, 요 며칠 어떻게 지냈는지를 조곤조곤 이야기했다. 그리고 내일은 조금 더 군더더기 없는 사람이 될 수 있을 것 같다고 생각했다.

아직은 잘리지 않았다

Not just yet

나에게 최고의 여행 기념품은 일기장이다. 나 양다솔은 오로지 여행을 할 때에만 일기를 쓴다. 나에게 일기란 단순한 기록이라기보다는 특정한 이벤트로 인해 관찰되고 경험되는 내면과 외면, 시간과 공간을 콜렉트하는 행위다. 그러한 맥락에서, 일상 속의 양다솔과 여행자 양다솔은 명확히 구분된다. 전자는 대부분의 시간을 집에서 예쁜 파자마 셋업을 입은 채 보드랍고 따스한 고양이의 배에 얼굴을 파묻고 있다. 반면 후자는 실용적인 아웃도어 옷을 갖춰 입고 온몸의 신경을 곤두세운 채 서바이벌에 집중한다. 그 둘은 완전히 다른 목적으로 사는 별개의 인격체이다. 아주 섬세한 관찰력을 가진 이만이 그 둘이 동일 인물임을 알아챌 것이다. 이 비정상적 모드로 체득되는 변화와 발견은 체력이 닿는 한 모두 일기장에 기록된다. 그렇기 때문에 나에게 일기란 여행의 결과물에 가깝다. 여행을 떠날 때마다 한 권씩, '다녀왔습니다'라고 말하듯 일기들은 나의 책장에 장식된다.

오늘 나는 집에 앉아서 일기를 써보려 한다. 체력이 닿는 데까지 오늘의 시공간과 내·외면에 대하여 쓰기로 작정했다. 왜냐하면 오늘은 내가 그토록 원하고 빌어먹을 정도로 절박하게 부르짖었던 취직의 성공, 그 첫날이었기 때문이다.

사람들이 말하는 그 첫 출근을 이렇게나 어렵사리 이루어놓고도 퇴근 후에 한다는 일이 고작 방구석에서 혼자 일기를 적어내리는 것이라는 사실은 그다지 유쾌하지 않다. 집으로 돌아왔을 때 가족들이 반갑게 맞아주고, 아니면 애인이 수고했다며 저녁을 사주고, 그것도 아니면 퇴근 시각 즈음에 친구로부터 어땠느냐는 전화 한 통을 받는 것이 아무래도 좋을 것이다. 하지만 나는 그중 무엇도 해당되지 않았다.

나는 멋진 동네를 발견했다. 강남으로 출근을 했는데

어쩌다가 오목교라는 생뚱맞은 동네에서 퇴근을 하게 되었
다. 처음 가본 그 동네에서 버스정류장을 찾다가 한 아파트
단지를 지났다. 작고 아담한 아파트들이 정갈하게 줄 서 있
고 사이사이 나무들이 우거져 있고 어디선가 새들이 지저
귀는 소리가 들렸다. 아직 초저녁이었는데도 그곳의 사람들
은 마치 불로下券하는 사람처럼 개를 데리고 한갓지게 산책
을 했다. 마치 누군가의 커다란 정원에 침입한 것 같은 기분
이 들었다.

그런데 그 사이에 눈에 띄게 허름한 식당 하나가 서 있
었다. 빨간색 배경에 하얀 글씨로 '시골 식당'이라는 간판이
걸려 있었다. 그렇군, 시골 식당이군, 하고 시선을 내렸는데
식당 안이 사람으로 가득했다.

계곡에 있는 식당들처럼 야외 평상과 햇빛가리개가 설
치되어 있었고, 사람들이 오손도손 둘러앉아 식사를 하고
있었다. 부르스타 위에는 맛깔나는 전골이 부글부글 끓고
있었고 온갖 반찬이 상에 올라 있었으며 이야기가 끊이지
않았다. 퍽 여름 같은 풍경이었다. 맛있는 음식, 좋은 날씨,
행복한 공간이군. 마침 집에 가서 무얼 먹어야 할지 고민하
던 차여서 그곳이 삼계탕 집이라는 것을 알자마자 빨려들
어가듯 안으로 들어갔다. 오늘 고생했지, 하고 평소 같으면
부담스러웠을 만 2천 원짜리 삼계탕을 고민 없이 시켰다.

곧 닭 한마리가 통째로 든 뚝배기가 내 앞에 놓였다. 지금까지의 이야기도 퍽 마음에 들었다. 예쁜 동네를 지나다가 우연히 발견한 식당에서 나 자신에게 몸보신을 선물했다는. 하지만 지금 내 앞에 누군가 한 명이 있었다면 오늘을 더잘 기억할 수 있을 것만 같았다. 내가 첫 출근 했던 날, 너랑 나랑 좋은 동네에 가서 삼계탕을 먹었잖아, 하면서. 그렇지만 어쨌든, 인생은 어떻게 될지 모르는 것이라서, 스스로를 챙길 줄 아는 것은 언제나 필요한 덕목이다. 적어도 나는 나의 고생을 알아주는 내가 있는 것이다.

오늘 나는 서울의 정계政界를 가로질렀다. 난데없고 생뚱맞지만 이 문장만큼 오늘을 정확히 설명하는 말이 없다. 오늘 나는 25년간 한 번도 관심을 두지 않았던 서울 자치구의 존재를 확인하기 위해 서울 지도를 펼쳤다. 아침 일찍 서울 중구 구청장 후보를 시작으로 도봉구, 양천구, 성북구, 은평구 구청장 후보를 만났으며 심지어 재선에 도전하는 박원순 서울시장까지 만났다. 만나서 인사를 하고, 악수를 했다……. 정확히 말하면 당선이 유력한 후보들을 찾아다니며 내가 일하는 곳에서 추구하는 뜻과 가치를 함께 실현해가겠다는 협약을 받기 위한 순회를 했다. 나는 내가 일하는 곳의 위원장이 되시는 분과 아침부터 커피숍에서 만나서 짧게 이야기를 나눈 뒤 그의 보조인이 되어 함께 움직였다.

물론 그는 명함도 있고 직책도 무려 위원장이니, 선거 캠프에 갔을 때 악수도 하고 이야기를 나누고 사진에 찍히는 모든 실질적인 역할은 모두 그의 몫이었다. 명함도 없고 직책도 없는 내가 한다는 일이란 점에서 점으로 가는 지하철의 경로와 시간을 검색하고, 캠프의 위치를 확인하고, 그의 목이 마르지 않게 하고, 그가 서명을 해야 하는 순간 그의 손에 펜을 위치하게 하는 것뿐이었다. 그런 나에게 사람들은 인사를 하거나 하지 않았고, 악수를 하거나 하지 않았다. 내가 별로 중요하지 않은 사람이기 때문에 생략하거나 또는 생략하지 않는 것이었다. 나로서는 그것이 무슨 의미를 갖는지조차 생각할 겨를이 없었다. 정작 거기에 신경을 썼던 것은 위원장이었다. 그는 시간이 걸리더라도 나를 굳이 소개했고, 악수하기를 권했다. 소위 권력이 있다는 사람들을 가까이에서 대면해보니 마치 명품관 직원이 된 기분이었다. 아주 귀한 어떤 것의 가까이에 있지만, 그것과는 엄연히 유리된 사람. 그것보다는 엄연히 가치가 낮은 사람. 문득 이 시대의 대다수는 최고가 아니라 기껏해야 최고를 보조하는 일을 하겠다는 생각이 들었다. 집에 와서 생각해봤는데, 내가 괜찮을 수 있었던 것은 나보다 나를 더 신경 써주는 타인이 있었기 때문이었던 것 같았다. 만약 위원장마저도 누군가 나에게 인사하지 않고 악수하지 않는 것을 당연히 여겼다면 어땠을까.

다시 돌아가서, 내가 이렇게 일기를 쓰게 된 데에는 이유가 있다. 바로 누구에게도 내가 첫 출근을 했다는 사실을 말하지 않았기 때문이다. 왜냐하면 내일이라도 잘릴 수 있기 때문이다. 사람 일은 모르는 것이다. 한 가지 확실한 것은 내가 굉장히 이상한 사람이라는 사실이다. 그래서 정말이지 내일모레 잘린다고 해도 별로 놀랄 일은 아니다. 나는 그 사실을 잘 알기 때문에 정말이지 놀라지 않을 것이다. 반면 주변 사람들에게 그 사실을 알리는 일은 최악이다. 겨우겨우 일자리를 구한 나에게 마음을 다해 축하를 해주고 드디어 한시름 놓았다는 표정을 할 사람들에게 며칠 안 되어 잘렸다는 소식을 전하느니 내 목을 자르는 게 쉬울 수도 있다. 적어도 한 달은 잘리지 않고, 급여가 통장으로 들어온다고 해도 안심하기는 이르다. 그다음 날, 그다음 날도 나는 잘릴 수 있기 때문이다. 그러나 나 같은 수다쟁이가 이 모든 자잘하고 새삼스러운 희로애락을 누군가에게 털어놓지 못한다는 것은 고문이나 다름없다. 모든 처음은 얼마나 진이 빠지는가. 그리고 바로 직전에 일어난 일임에도 얼마나 희미한가. 그리고 얼마나 귀한가.

출근 셋째 날, 다행히도 아직 잘리지 않았다. 하루의 전반을 보낼 일이 정해져 있다는 것은 숨이 막히지만 또한 안심이 되는 일이다. 왜냐하면 나는 정말이지 무얼 할까를 고민하는 데 지쳤기 때문이다. 의욕이 없다기보다 무엇이 되었든 할 돈이 없고 같이 할 사람도 없다. 무엇보다 내 핸드폰은 별안간 울리는 일이 잘 없다. 요즘 같은 시대에도 하루 종일 연락이 오지 않는 날이 나에게는 종종 있다.

그런 날이면 마치 손님 없는 가게의 주인이 된 기분이 들었다. 태어나보니 어떤 작은 가게의 주인이었는데, 하필 눈에 잘 띄지도 않는 골목 모퉁이에 위치한 더럽게도 손님이 없는 가게였던 것이다. 그래서 장사를 접어야 하나 고민할 때쯤 한번씩 손님이 미친 듯이 몰려와서 어떻게 해야 할지 혼란스럽게 되는 것이다. 손님이 없는 작은 가게. 아무런 부사 없이도 그 문장은 나에게 매우 쓸쓸하게 들린다.

어제는 사장이란 사람이 나를 사장실로 불렀다. 그러고는 전임자가 해놓은 프로그램을 내 면전에 들먹이며 왜 이따위로 만들었느냐고, 머리가 있으면 머리를 쓰라고 말했다. 일단 그것은 내 작품이 아니었지만, 비효율적이라 한들 상관없다고 생각하며 약 이틀간 침묵한 과오가 있으므로 입을 다물고 있었다. 그는 평소에는 꽤 인자하고 매너가 있는 편이었는데, 어제 우연히 그가 시가 10억 이상의 빌딩을 갖고 있다는 사실을 알았을 때 인자함의 출처를 찾았다고 확신했다. 그런데 머리가 있으면 쓰라니. 빌딩이 있으면 살라는 말처럼 어처구니가 없다. 어찌되었든 내가 머리가 있다는 것을 인지시켜주어 감사할 따름이었다. 다만 그가 말하는 본새를 보아 내가 어떻게든 수를 써서 유료 회원을 박박 긁어 모집해야만 일할 수 있는 듯했는데, 나는 그런 성과급 비슷한 체제에는 정말이지 소질이 없어서 마음이 무거워졌다. 나는 그냥 하기만 하면 되는 일이 좋다. 잘하면 더좋고, 못하면 안 좋고, 그런 일은 정말이지 싫다. 누구나 그럴지도 모르지만······.

일하는 곳의 장점이자 단점은 바로 강남에 위치해 있다는 것이다. 단점은 매우 멀다는 것. 장점은 내가 좋아하는 청담동 찻집이 인근에 있다는 것이다. 일을 마치고 찻집에 가는 상상을 하면 그것만으로도 행복해졌다. 안타까운 것은 그곳에 가기엔 내 차림새가 용납할 수 없을 정도로 수수하다는 점이었다. 이 일터 사람들의 옷차림은 내가 일한 어느 곳보다도 수수한데, 우리는 너무도 중요한 일을 하기 때문에 일부러 옷 따위는 신경 쓰지 않아, 하는 메시지라도 전달하는 것 같았다. 정말이지 내 안에 있는 엄마의 소울을 모두 불러와야만 겨우 그곳에 어울릴 수 있을 지경이었다.

새빨갛게 익은 김치였던 사람이 물에 수차례 씻겨서 풀죽은 하얀 배추가 되어 출근하는 느낌이었다. 나의 인생에서 오래 강력한 낙이었던 옷 입기 분과가 완전히 사라져버린 것이다. 매일 아침 나의 완벽한 옷장에 들어설 때마다 수많은 예쁜 옷이 한숨 섞인 목소리로 나에게 속삭였다. 오늘은 날 입어줘, 아 너 못 입지…… 넌 날 입을 주제가 안 되지……. 그러면 나는 조용히 나를 다독이는 것이다. 유니폼 아닌 게 어디야 다솔아……. 나는 그럴수록 인터넷으로 더 화려한 옷을 주문하고 있는 자신을 발견했다. 도대체 어디서 입으려고. 갈 곳도 없고, 친구도 없으면서…… 핸드폰 같은 건 한번 울리지도 않으면서……. 그나마 있는 친구들도 내 화려함에 지나치게 익숙해서 더 이상 관심조차 가지지 않는데……. 그러곤 천천히 생각한다. 입고 싶은 대로 입는 것이 득이 되는 직업 중에, 내가 실제로 선택할 수 있는 직업은 무엇이 있을까. 답을 찾을 수 없는 그 질문의 끝에는 늘 슬픔이 기다리고 있었다.

나는 피곤할 대로 피곤하여 찻집에 가기로 작정했다. 예상대로 나의 수수하고도 엄청난 차림에 점장님은 놀랐고 나는 설명할 준비가 되어 있었다. 아니, 설명하고 싶었다. 선생님, 저는 수수해야만 합니다. 하지만 저는 옷을 열심히 입지 않으면 병에 걸립니다. 옛적에 제가 절에 살던 때 행자는 노출해서는 안 되고 회색을 입어야 한다는 말을 듣고 그 길로 유니클로에 가서 회색이란 것은 다 집어왔고, 계산대 직원은 저를 색맹이라도 되는 양 쳐다보았습니다. 장례식장

은 통상 검은 옷을 입어야 하지만 사람들은 대략 어둡고 점
잖은 옷을 입고 오지요. 저는 속옷부터 검은색으로 입습니
다. 이 이야기가 어디로 가시는지 아시겠습니까? 그렇습니
다. 저는 수수의 끝을 보려 합니다. 낯선 이가 저를 보더라
도 "저기요, 지나치게 수수하시군요"라고 말할 겁니다. "다
솔 씨, 저기서부터 걸어오는데 수수가 우수수 떨어지는군
요" "다솔 씨는 수수의 결정체지요"라고 말할 겁니다. 바로
그렇습니다. 이제부터 저의 수수의 시대는 시작된 것입니
다. 수수와 저는 단일 개념이 되는 것입니다. 누군가 제가
그날 입은 옷을 기억하지 못하면 성공이겠지요. 저의 수수
를 기대해주십시오,

　　라고 말을 끝마치고 돌아서는데 수수와 기대라는 두
단어가 정말이지 어울리지 않는다는 생각이 들었다.

　　이 일이 나에게 마이너스는 아니지만, 플러스도 절대
아니라는 생각이 들었다. 왠지 더 오랜 시간 일한다고 해도
이 일 자체에 대한 생각을 바꾸기는 어려울 것 같았다. 이렇
게 단조롭고 지루한 일상을 보내면, 자꾸만 삶이 무슨 의미
가 있는지를 생각하게 되는데, 상념을 자르듯 어제는 머리
를 자르기로 했다. 머리를 잘랐는데 어딘가 장미희와 이혼
변호사와 여성 정치인 그 셋을 조금씩 닮게 잘라서 그 자리
에서 혀를 깨물고 죽고 싶었다.

바로 그때 내 머리는 최악이야, 라고 말할 사람이 필요하다는 것을 깨달았다. 내가 머리가 없어서 못 쓰고 있었다는 걸 오늘에서야 알게 되었는데 말이야, 머리카락까지 이 모양이 되었지 뭐야, 라고 말할 사람이 필요하다는 것을 깨달았다.

말한들 무엇이 달라지겠냐만은, 다만 그럴 사람이 없어서 가슴께가 더욱 갑갑해지고 있었다. 그러나 사실을 말하자면, 이 이야기가 사실이라는 증거는 어디에도 없다.

바이브

Vibe

어느 날 그곳에 처음 보는 여자가 찾아왔다. 딱 봐도 미인이었다. 뺨에 홍조를 띄우고 가쁜 숨을 몰아쉬며 문으로 들어선 그녀는 두리번거리며 누군가를 찾고 있었다. 보통 때 같았으면 기다릴 것도 없이 다가가 미인이세요, 하고 너스레를 떨며 환영했을 것이다. 하지만 대신 나는 자리에서 꼼짝도 않고 신경을 곤두세워 동태를 살폈다. 그녀가 누군지, 왜 왔는지, 얼마나 있을지 파악하기 전까진 어떤 섣부른 행동도 하지 않기로 다짐한 것이다.

바로 그때 사모가 안쪽 방에서 가로질러 나와 그녀를 맞이
했다. 그녀는 간단하게 인사를 나누고 외투를 벗더니 갑자
기 사람들 곁을 이쪽저쪽 오가며 번갈아 앉았다. 사모는 그
녀가 방 안에 있는 이들과 어우러져 있는 모습을 휴대폰으
로 여러 장 찍었다. 나를 포함한 사람들이 이 상황에 아무런
생각이 없는 정물이라도 되는 양, 그녀와 사모는 별다른 소
개나 설명도 없이 순식간에 일련의 일들을 처리했다. 얼마
후 그녀는 떠났다.

그 여자가 사모의 며느리라는 것은 며칠 후에나 알게
됐다. 그녀가 나의 위치에 변동을 줄 사람이 아니라는 것을
알게 된 나는 가슴을 쓸어내리며 사모에게 정말 미인이시
던데요, 하고 말했다. 사모는 조금은 으쓱하며 그렇냐, 고
답했다. 그 안에는 당연히 예뻐야지 그럼, 이라는 쪼가 숨어
있었다. 며칠 뒤 그 여자가 이번엔 아기까지 데리고 다시 찾
아왔을 때 내가 "아기가 며느님 닮아 예쁜가 봐요"라고 말
하자 사모는 기다렸다는 듯 "아들이 잘생겼어"라고 받아쳤
다. 그리고 그 여자가 사회복지사가 되기 위해 필요한 실습
과정을 이곳에서 위조하려 하고 있다는 것을 알게 되었다.

나는 일주일에 열 시간 남짓 동네 방과 후 학교의 자습
선생으로 일했다. 내가 자습을 강요하는 대상으로 말할 것
같으면 세상에 온 지 10년 남짓 된 소년·소녀들로, 다른 말

로 초딩이다. 이곳으로 말할 것 같으면 생활이 어려운 맞벌
이 가정의 자녀들을 국가의 지원하에 돌보는 지역아동센터
다. 그중에서도 국가의 하청을 받아 운영하는 공간이다. 이
곳에서 내가 하는 일이란 주로 나도 하기 싫은 공부를 나보
다 더 하고 싶은 게 많은 아이들에게 꾸준히 강요하는 일이
었다.

이 동네로 말할 것 같으면 큰 공장 단지가 있고 버스와
택시의 종점이 있으며 지하철역과 초등학교와 식당 몇 개,
주유소와 약간의 주거지역만이 있는 서울의 끄트머리였다.
사람이 사는 데에 꼭 필요한 것만 약간 부족하게 갖춘 것이
꼭 허름한 원룸 같았다. 나는 지역아동센터까지 자전거를
타고 다녔는데, 자전거 도로가 없어 차로를 아슬아슬하게
달려야 했다.

지역아동센터 입구에는 계단이 있었는데, 계단이라기
보다는 돌을 부숴서 뿌려놓았다 해야 맞았다. 잡초와 쓰레
기로 어지러운 그 계단을 오르면 센터가 있는, 족히 30년은
되어 보이는 빛바랜 시멘트 건물이 있었다. 세상 많은 것이
아름다운 날에도 한결같이 을씨년스럽고 볼품없는 건물이
었다. 맑고 따뜻한 빛이 곳곳을 채워도 그곳에는 냉기가 가
득했다. 5층은 되어 보이는 건물 외부에는 반찬 가게부터
태권도 학원, 영어 학원, 부동산, 교회, 세탁소까지 온갖 간

판이 너저분하게 붙어 있었다. 센터는 그 건물의 3층 귀퉁이에 있었다. 어느 날은 구석탱이에서 빛바랜 목욕탕 간판을 새로 발견하고 놀라움을 금치 못했다. 도대체 이 건물엔 없는 게 무엇인가. 그럼에도 불구하고 왜 아무것도 없는가.

현대판 복합단지의 원조격으로 보이는 이 건물의 내부는 놀라울 정도로 텅 비어 있다. 어쩌면 보이지 않는 곳에서 알 수 없는 일이 벌어지고 있을지도 몰랐다. 그 건물 안에서 누군가를 마주치면 흠칫 놀라곤 했다. 아동센터와 같은 층을 쓰는 태권도장에서 아이들의 비명 같은 기합 소리가 들려왔는데, 그마저도 건물을 빠져나가지 못하고 안에서 메아리처럼 왱왱 돌았다. 건물 옆에는 낡고 작은 놀이터가 있었는데, 심지어 아이들이 바글바글한 때조차 버려진 폐가처럼 볼품이 없었다. 중학생들이 매일 비슷한 시간에 그곳에 와서 담배를 피웠다. 그들에 대해 모르는 아이는 아무도 없었지만 누구도 이야기하지 않았다. 초딩들은 숨어서 중딩들이 떠나기를 기다렸다가 놀이터의 낡은 그네를 타며 놀았다.

이제 이 건물이 얼마나 보잘것없는지는 어지간히 일러둔 것 같으니 그만 안으로 들어가자. 건물에 들어서자마자 꺼져가는 촛불처럼 영업상태가 모호한 반찬 가게와 분식집, 철물점 등이 보일 것이나 그냥 지나치자. 어쩌면 이 건물에서 인기척을 느낄 수 없는 것은 엘리베이터가 없기 때문일 수도 있다. 왜, 아파트에 사는 이들은 이웃을 마주치지 않아도 부지런히 움직이는 엘리베이터를 보며 서로의 존재를 짐작하지 않는가. 건물의 양편에는 이 건물의 주인이 건축 당시 대체 무슨 생각을 했던 건지 의심스러울 정도로 심하게 넓은 계단이 있었다. 마치 낡은 초등학교나 큰 성당에서 봤을 법한 계단이었다. 계단에는 칸마다 '방가 후 학교'나 '신new쌤 수학'이라고 적힌 판넬이 반복적으로 붙어 있어 아직 건물에 누군가 있다는 것을 절박하게 알렸다. 다음 층으로 오를 때마다 보이는 복도에는 현수막이 걸려 있는데 선생과 학생이 다 같이 어색하게 웃고 있는 사진과 함께 '부모님 감사합니다. 태 꿍!' 같은 것이 적혀 있었다.

　바로 이 건물의 3층 구석의 지역아동센터는 본래 교회에서 운영하는 곳으로, 교회가 있고 그 옆에 딸린 몇 개의 방을 공부방으로 썼다. 사모는 센터장인 동시에 목사의 부인이었기 때문에 센터장보다는 사모라고 불렸다. 사모가 더 근본적이기 때문일까, 더 명예롭기 때문일까. 아무튼 그녀의 밑에는 국가에서 고용하고 파견한 사회복지사가 있고, 눈 마주치기를 꺼리는 젊은 공익근무요원이 있었다. 이따금 사회복지사 자격증 과정을 이수하는 사람들이 필요조건인 현장 실습을 하기 위해 이곳에 한 달 정도 머물렀다. 그리고 국가가 근로장학생으로 선발하여 파견한 내가 있었다. 나는 생활을 유지하기 위해 항상 두 개에서 세 개 정도의 아르바이트를 했다. 그렇기에 언젠가 사모가 '동성애를 반대하냐'는 질문을 했을 때 내가 선뜻 대답하지 않자 '주님이 노하신다'고 쏘아붙였던 일이나, 공익근무요원이 시종일관 나를 투명인간 취급한다거나, 아이들이 내 애매모호한 얼굴을 보며 예쁜 편인지 안 예쁜 편인지 단체 토론을 하거나, 뻔히 사회복지사가 해야 할 일을 전부 내가 떠맡게 되었을 때도 나는 아무렴, 상관이 없었다. 달마다 내야 하는 월세와 나와 고양이에게 필요한 일용할 양식, 줄줄이 부과되는 공과금을 지불할 수 있기만을 바랐다.

"일은 할 만해요?" 사모가 물었다. 그녀는 이곳의 총책임자이자 나의 고용주였다. 나는 잠시 대답을 머뭇거렸다. 그러고는 열심히 살아서 정직하고 미련한 사람의 표정을 지어 보였다.

"사모님, 사실 저는 졸업을 앞두고 있어 이제는 본격적으로 미래를 준비해야 합니다. 저는 이곳에서 오후 1시부터 5시까지 일합니다. 하루 중에 가장 중요한 시간을 이곳에서 보내는 셈입니다. 이곳에서 원하는 시간에 맞추기 위해 수업 시간도 조정하고, 때로는 아무것도 하지 못한 채 하루를 다 쓰기도 합니다. 그렇게 일주일에 이틀, 겨우 여덟 시간을 일합니다. 한 달이면 여느 주말 아르바이트보다도 적은 급

여를 받습니다. 저는 아이들을 보는 일은 하나도 힘들지 않습니다. 혹시 제가 지금보다 한 시간만이라도 더 일할 수 있게 조정해주실 수 없을까요?"

그런 거지 뭐, 애들은 말을 안 듣지 뭐, 대충 보내버리지 뭐, 고등어도 어쩜 이렇게 시원찮은 걸 사 보내는지 원, 따위의 말을 하던 사모의 눈에 나를 향한 애잔함이 서렸다. 그녀에게 이런 부탁을 한 것은 처음이 아니었다. 불과 며칠 전에도 그녀가 별생각 없이 거절했던 일이었다. 옆에 있던 직원은 한낱 근로장학생이 늘어놓은 생각지도 못한 연설에 사모의 반응을 예민하게 살피고 있었다. "날이 정말 눈부시게 예뻐요." 이어지는 침묵을 깨고 내가 말했다. 잠자코 있던 사모는 나를 비롯한 교사 두 명에게 카누와 맥심 중에 취향에 맞는 커피를 고르도록 했다. 그러고는 함께 옥상으로 향했다. 계단을 한 층만 더 오르면 온통 초록색으로 칠해진 옥상이 있었다. 주변을 가리는 건물이 없어 볼만한 경관이 펼쳐졌다. 오늘같이 맑은 날에는 구름과 산등성이까지 보였다. 괜히 종종걸음을 걷게 되었다.

사모는 옥상에 있는 평상에 앉아 그저께 TV에서 본 작은 섬 이야기를 꺼냈다. 그 작은 섬에 사는 사람들은 다 같이 바다 낚시를 가고, 잡은 것을 똑같이 나눠 갖고, 밥도 함께 해 먹는댔다. 바다에서 미역을 따면 한곳에 모아 먹고 싶은 만큼 가져가서 말려 먹든지, 배를 타고 나가서 자식들 집에 부친댔다. 그때 옆에 앉은 직원이 더 많이 딴 사람은 억울해서 어떻게 사냐고 물었다. 사모는 그 질문에 그저 웃으면서 그 섬이라면 자신 같은 사람도 살 수 있을 것 같아 그곳의 이름을 마음에 담아두었다고 했다.

나는 찔끔 눈물이 날 뻔했다. 평상 위로 펼쳐진 탁 트인 하늘과 먼 곳에서 찰랑이는 산자락과 선선한 바람과 따사로운 빛, 시끄러운 아이들의 소리, 작은 섬 이야기, 나의 금쪽같은 시간이 그곳에 넘실대고 있었다. 사모는 내 요청에 그 후로도 답을 하지 않았다. 그날 집으로 돌아가는 길 직원은 나의 손에 사은품용 보습크림을 말없이 쥐여주었고 다른 직원은 진심 어린 말투로 주를 믿을 것을 권했다.

사회학자 보드리야르는, 현대 자본주의에서 더 이상 '고유의 분위기'라는 것은 없다고 말했다. 모든 것은 상품 가치로서 값이 매겨질 수 있고, 무한하게 복제되며 누군가가 소유할 수 있기 때문이다. 자본주의 아래 살아가는 인간은 생각하기에 존재하기보다 소비하기에 존재한다. 만약 그렇다면 나는 승패를 가릴 수 없는 싸움을 하고 있는지도 몰랐다. 내 삶의 목적은 자본가가 된다거나, 상품 가치가 높은 사람이 된다거나, 소비력을 많이 갖는 데에 있지 않았다. 나는 나만의 고유의 분위기가 갖고 싶었다. 오롯이 그것만을 위해 고군분투했다. 그것은 내가 입는 옷일 수도, 내가 하는 화장일 수도, 내가 하는 행동일 수도 있었다. 하지만 무엇보다 그 모든 것이 다 없어져도 사라지지 않는 것이어야 했다. 꾀죄죄한 모습으로 카페에서 정작 나는 입에 댈 수 없는 커피를 수백 잔 팔 때조차 존재해야 했다. 센터에서 애들이 먹고 남은 빵이 내 손에 쥐여질 때조차 존재해야 했다. 하지만 그런 일은 없었고, 나라는 사람이 양다솔에서 알바생1로 완전히 분할 때, 나의 한 시간이 6,470원의 가치로 환산될 때, 내 삶의 의미는 완벽히 나와 유리되어 있었다.

어느 날 센터에 처음 보는 남자가 방문했다. 웬만해서는 안쪽 방에서 좀처럼 나오는 일이 없는 사모가 뛰어나오더니 아이들에게 정숙과 집중을 다그치듯 요구하고, 눈에 보이는 어수선한 것을 모조리 주워 담았다. 사모는 본 적 없는 상냥함으로 그를 대접했고, 몇 분 후에 사모의 며느리가 갑자기 들이닥쳤다. 그러더니 잠깐 화장실이나 다녀왔던 사람처럼 아이들 옆에 꼭 들러붙어 천연덕스럽게 말을 붙여대는 것이었다. 아이들은 영문을 모른 채로 대답을 하는 둥 마는 둥 했다. 나는 일을 멈추지 않으면서 모든 것을 지켜보고 있었다. 애써 웃으려고 갖은 노력을 하는 사모와 센터의 곳곳을 둘러보고 이내 자리를 떠나려는 남자, 그리고 그가 사라지자 안도의 한숨을 쉬는 사모와 며느리를 모두 지켜보았다.

　그들은 세상에 둘만 남은 것처럼 두 손을 맞댔다. "이제 됐어. 큰 건은 넘겼어"라고 말했다. 마치 그곳에 있는 모두가 벙어리라도 되는 듯이. 정물이라도 되는 듯이. 어리둥절한 아이들과 무엇도 신경 쓰지 않는 공익근무요원과 체념한 듯한 사회복지사의 눈에는 일말의 감정도 들어 있지 않은 것 같았다. 나는 말없이 사모와 며느리를 쳐다보았다. 그러고는 벌떡 일어섰다. 마치 화장실에 가는 것처럼, 그곳을 빠져나왔다. 나는 주차장으로 달렸다. 남자가 차에 타서 막 시동을 걸고 있었다. 숨을 헐떡이며 차 앞을 막아섰다. 남자는 놀란 표정으로 나를 쳐다보았다. 아까까지 정물처럼 아무런 말이 없던 내가 움직이는 것이 놀라웠던 걸까. 다리가 떨리고 있었다. 나는 말했다. "드릴 말씀이 있습니다."

여름의 도매상

도무지 알 수 없다. 동대문 원단시장, 남대문 수입시장, 노량진 수산시장, 양재 꽃시장…… 도매상들이란. 비좁은 문을 열고 안으로 들어서면 숨이 턱 막힌다. '정말이지 이곳은 실내군' 하고 깨닫는다. 마치 새로운 세상으로 진입한 듯, 그곳의 풍경에 조금 어지러워진다. 도매의 세계. 그것은 어디에 있든, 무엇을 팔든 모든 것을 초월하는 어떤 공통점을 공유한다.

그곳은 강렬하다. 경악스러울 정도로 넘쳐나는 물건들,

상점 옆은 상점으로 끝없이 이어지고. 사람 한 명 정도가 겨우 다닐 수 있는 좁다란 복도를 걷다가 누구를 마주치기라도 하면 어느 쪽이 양보할 것인지 눈치게임이 시작된다. 물건들은 당장이라도 무너질 듯 아슬아슬하게 쌓여 있고 그 위엔 뿌옇게 먼지가 앉아 있다. 어딜 보아도 박스나 셀로판테이프로 만들어진 소위 야매의 손길로 가득하다. 거기엔 없는 것이 없다. 빈틈도 없다. 모든 것이 몹시 엉성함과 동시에 견고하다. 극도의 불안정함이 매우 유구하게 거기 있다. 흡사 몇천 년 전부터 그래왔던 것처럼. 그러면 책을 꽂기 위해서 책장을 사고, 옷을 걸기 위해서 옷장을 사고, 화장품을 넣기 위해서는 화장대를 사는 나 자신이 희대의 소비쟁이로 느껴져 괜히 숙연해지는 것이었다.

그 대단한 빈틈없음은 한편으로 기이했다. 손끝 하나도 대면 안 될 듯이 성스러웠다. 영험 있는 사찰 앞에 세워진 돌탑 같았다. 어떤 과학적 상식도 통하지 않을 것 같았다. 판잣집에 들어찬 단칸방처럼 한 층에만 수십 개의 상가가 있었다. 사람도 마치 물건처럼 그 사이에 끼어 있었다. 작은 공간에 가진 것으로 성을 쌓아 올리고 비집고 앉아 힘없이 부채질을 하고 있었다. 그러면 나는 지금껏 세상에 발디딜 공간을 한 평이라도 늘릴 욕심만 부렸던 나 자신을 반성하게 되었다. 누군가는 딱 그 공간에 인생을 걸고, 자신의 전부로 삼는다.

재미있는 점은 상점이라 해야 할지 '구역'이라고 해야 할지 모르겠는 그곳에 상품의 다양성이라고는 없다는 것이었다. 대부분이 상호와 간판 색만 차이를 둔 채 거의 똑같은 것을 팔고 있다고 해도 과언이 아니다. 이때 수수께끼가 발생한다. 어떤 상점이 나은지 어떻게 알 수 있는가? 다른 말로, 어떻게 차별성을 두나? 그러면 부수적인 질문들도 자연스럽게 생성된다. 어떻게 같은 것을 파는 사람들이 다 먹고 살 수가 있나? 경쟁상대와 어떻게 공존할 수 있나? 그런 질문은 진즉 풀린 지 오래라는 듯 도매상은 조용하기만 하다. 내가 제기한 자잘한 문제들이 모두 해결된 평정의 상태라고 가정해보자. 모두가 고만고만한 품질의 상품을 비슷한 가격과 유사한 디스플레이로 판매한다면, 만약 한 가게에서 눈에 띄게 훌륭한 품질과 싼 가격을 제시하는 순간 전쟁이라도 시작되는 걸까?

도매상에는 가격이 명시되어 있는 경우가 거의 없다. 파는 단위도 적혀 있지 않다. 마치 그럴 필요가 없다는 듯이. 처음부터 그들에게 알맞은 질문을 하기란 거의 불가능하다. 최대한 말을 하지 않는 것이 상책이다. 가격은 날마다 가게마다 사람마다 달라지고, 그걸 나를 제외한 모두가 이미 알고 있다. 혹시라도 그들에게 이게 뭐예요? 같은 질문을 한다면 당신은 투명인간 체험을 하게 될 것이다. 그뿐만 아니라 나는 존재만으로도 길을 막는 셈이어서 "비켜요, 비켜"라는 말을 수도 없이 듣게 된다. 그들의 암묵적인 규칙과 언어를 모른다는 것을 들키는 순간 괄시의 눈빛과 성가시다는 태도를 보게 된다. 이쯤 되면 알 수 있듯이 도매상은 판매업 중에서 거의 유일하게 서비스직이 아닌 것이다. 무지한 낯선 방문자에게 던지는 그들의 불친절은 마치 이곳에 소속되어 있지 않음을 다그치는 것 같다. 소외감으로 위축되어 목소리를 가다듬고 그곳 사람들의 말투를 흉내 내려 애쓰게 되고 마는 것이다.

나는 목걸이를 수선하려고 종로의 한 금속 세공사를 찾아갔다. 지하철역을 나와서 한동안 걷다가 어떤 낯선 골목으로 들어섰다. 나름 10년을 넘게 누비고 다녔던 종로인데, 그 골목은 본 적이 없었다. 너무 비밀스러운 샛길이라 잘못하면 지나칠 뻔했다. 좁다란 길을 따라 조금 들어가자 갑자기 넓고 번듯한 시장이 펼쳐졌다. 거리는 귀금속상과 세공사로 가득 차 있었다. 특별히 닮은 구석도 없는데 묘하게 경성의 거리를 떠오르게 했다. 어딘가 전반적으로 빛이 바랜 채 한여름의 생기로 가득했다.

아무도 모를 것 같고, 아무도 없을 것 같은 길에 수많은 사람이 활보하고 있었다. 경성의 거리였다면 수레를 끌었을 사람이 트럭에서 상자를 내리고, 고운 한복을 차려입은 아씨 대신 향수를 짙게 뿌린 셔츠 차림의 남자가 영업 전화 같은 걸 걸면서 지나갔다. 길을 걷던 사람들은 불쑥 대화를 시작했다. "어디 가?" 혹은 "퇴근해?" 아니면 "저번엔 고마웠어" 같은 내용이었다. 그러면 "B동에 가요" 혹은 "네, 일찍 어머니 댁에" 아니면 "다음에도 부탁해요" 같은 대답이 돌아왔다.

어딘가 낯익은 풍경이었다. 같은 노선의 버스가 도로에서 마주칠 때, 기사들은 어김없이 손을 들어 올려 서로를 향해 씨익 웃어 보였다. 가는 사람을 붙잡고 다짜고짜 그런 대화를 할 수 있다는 것은 식구나 다름없다는 뜻이고, 이 거리에 소속된 사람임을 증명하는 셈이었다. 사람들 사이의 보이지 않는 역학관계를 인식한 것이다. 이곳을 걷는 사람들을 나처럼 그저 걷는 사람들이라고 생각한 것은 속단이었다. 동시에 이질감이 느껴졌다. 내가 과연 이 거리를 다녀도 되는지 자문해봐야 할 것 같았다.

나는 외부인이었다. 그곳이 원하고 기다리던 손님인 동시에 따져볼 것도 없이 완벽한 외부 사람. 나라는 존재 없이도 매우 완전한 세상에 발을 들인, 그러나 그곳의 순환을 위해 어쩌면 필수적으로 유입되어야만 하는 존재. 그 순간 나는 귀걸이 진열대를 발견한다. 사람들이 쓰는 건 봤지만 실제로 파는 건 한 번도 보지 못한 물건이었다. 새 액세서리 진열대가 종류별로 비닐에 예쁘게 포장되어 있었다. 벨벳, 아크릴, 유리 등 재질도 다양했다. 길가에 있는 가판대나 액세서리 가게에서 보았던 진열대의 진원지가 바로 이곳이구나. 나는 집에서 쓸 만한 귀걸이 진열대를 찾고 싶은 마음에 가게 안으로 들어갔다. 기대감과 함께, 불시에 "비켜요, 비켜"라는 말을 들을지도 모른다는 생각에 가슴이 조여왔다. 다이애건 앨리에서 처음 지팡이를 사려고 지팡이 가게 앞을 기웃거리는 꼬마 마법사처럼.

가게 안으로 들어서자 고등학생으로 보이는 남학생 둘과 눈이 마주쳤다. 저 학생들이 무언가를 사러 왔을 리는 없을 것 같지만, 나로선 알 수 없다는 생각이 들었다. 가게에는 액세서리 진열대를 비롯하여 보관함, 진열 선반, 선물함, 포장지 등 액세서리 디스플레이의 모든 것이 총망라되어 있는 듯했다. 역시나 어디에도 가격표는 없었다. 물건으로 이루어진 탑 사이로 몇 명의 손님이 무언가를 찾는 데에 열중하거나 가게 주인과 이야기를 나누고 있었다. 나는 생경한 눈빛을 짐짓 감추고 마치 내 가게에 쓸 진열대를 찾는 사람 시늉을 해가며 가게 안을 서성거렸다.

천장 쪽에 있는 물건들을 한참 살펴보고 있는데 갑자기 눈앞에 요구르트 병이 나타났다. 빨대를 꽂은 플라스틱 요구르트. 옆을 돌아보니 아까 눈이 마주쳤던 남학생이 서 있었다. "요구르트 드세요." 당연하게도 나는 벙쪄 있는데 그는 자연스럽게 요구르트를 내 손에 쥐여주고 옆에 있던 다른 손님들에게도 차례로 건넸다. 저이는 이곳의 요구르트 알바인가? 나는 손에 쥔 요구르트를 물끄러미 보며 생각했다. 이곳의 영업 방침일까. 종로의 귀금속 거리에 있는 진열대 상점은 손님마다 요구르트를 쥐여주는 것으로 메리트를 꾀하는 것일까.

이 고등학생들은 도대체 어떻게 이 골목을 발견했을까. 또 이 가게는 어쩌다 발견했으며 어찌하여 손에 요구르트를 쥐여주는 아르바이트까지 하게 되었을까. 갑자기 내 고등학교 시절이 시시하게 느껴졌다. 시장 골목에서 미리 딴 캔 음료를 건네는 할머니들을 조심하라는 얘기가 불쑥 떠올랐지만 나는 빨대를 덥석 입에 물었다.

이상한 곳이다. 이상한 거리의 이상한 상점. 아무 상관 없어 보이는 사람들이 서로 말을 걸고, 어디서도 팔지 않는 물건들이 탑처럼 쌓여 있고, 볼에 여드름이 가득한 변성기의 고등학생이 빨대를 꽂은 요구르트를 건네는 곳.

요구르트는 익숙하고 달콤한, 꼭 모유가 그랬을 것 같은 맛이 났다. 나는 그 달짝지근함을 책임질 수 없어 꽁무니를 빼듯 가게를 나왔다. 다시 경성의 거리가 펼쳐지고, 이번

엔 곧장 목걸이를 고쳐주는 가게로 향한다. 통유리창의 귀
금속 가게가 줄줄이 이어진다. 운 좋은 몇몇은 손님을 상대
하고 있다. 나머지는 허리춤에 손을 얹고 인상을 살짝 찌푸
린 채 허공에 시선을 두고 있다. 그중 몇몇과 눈이 마주치기
도 한다. 그들은 단번에 내가 귀금속을 사러 오지 않았음을
알아보고 무신경하게 시선을 거둔다. 나는 작고 빽빽한 간
판들 사이에서 내가 찾는 가게를 놓치지 않기 위해 인상을
찌푸린다. 좁고 가파른 계단을 씩씩하게 올라가 복도를 가
로지른다. 맞은편에 오는 사람이 양보해달라는 눈짓을 하
고, 나는 그 사람이 지나갈 때까지 마치 껌처럼 벽에 들러붙
는다. 그 순간 비실비실 웃음이 새어 나온다. 내가 찾던 세
공사의 조그만 간판 앞에 다다랐다. 불투명한 은색 철문을
가볍게 두드리는데 가슴이 쿵쾅거린다. 이렇게 더운 날 끊
어진 목걸이를 수선 맡겨야 하는 처지가 되었을 때 당장 짜
증부터 났었는데. 바보 같았다. 이렇게 멋진 곳에 올 수 있
었는데. 나는 신이 났다.

환절기

언젠가 살다 처음으로 남자배우에게 빠진 적이 있다. '퐁당'
이 아니라 '폭삭' 빠졌다. 밥 먹는 것도 잠자는 것도 잊고 그
의 영상과 사진을 찾아보았다. 나의 안위가 걱정되는 일이
었다. 그 이후로 그것을 오랜 기간 성실하고 극진하게 하는
사람들을 존경하게 되었다. 그러한 사랑은 마이너스가 너무
나 끝없고 분명하기 때문이다. 나는 그를 사랑했지만 그의
팬은 아니었다. 애인이 되고 싶은 마음도 없었다. 그의 정
인, 배우자, 혹은 삶의 동반자가 되고 싶었다. 매일같이 그

와 함께하는 매일을 상상했다. 그에게 무척 어울리는 배우 자임을 스스로 확신했다. 간간이 이성을 찾을 때면 같은 두 명의 인간이 자본주의 시대의 매스미디어를 통해 한쪽은 한없이 커지고 복제되며 다른 한쪽은 한없이 작아지고 사라지는 과정에 대해서 생각했다. 나는 너를 보는데, 왜 너는 나를 보지 못하니 같은 걸 울면서 시로 썼다. 나는 이렇게나 너를 사랑하고 있는데 왜 내가 할 수 있는 건 고작 네가 입었던 땀내 배인 티셔츠를 6만 3천 원에 사는 거니, 날 왜 그렇게 만드니 같은 내용이었다.

그렇지만 나는 믿고 있었다. 이 모든 것이 한 달이면 달라질 거란 사실을. 문득 마지막으로 그의 사진을 저장했던 것이 벌써 일주일 전이라는 사실을 깨닫고, 그의 웃는 얼굴에 아무런 감흥을 느끼지 못하는 스스로를 놀라워하며. 나를 태울 만큼 뜨거웠던 사랑이 그의 옆에 초라하게 식어 있는 것을 발견할 날이 찾아올 것이다. 숨이 턱턱 막힐 듯 더운 여름에서 발이 눈에 푹푹 빠지는 겨울이 되듯 나는 다른 얼굴을 하고 있을 것이다. 그렇게 무엇인가에 열중하다가도, 내가 그랬다는 사실조차 잊고는 했다. 언젠가 나는 가장 끔찍했던 이별 상대에게 말했다. "너 같은 거 한 달이면 끝이야."

언제나 그랬듯이, 영원할 것처럼 실재하던 더위의 자

리에 선선하고 높은 바람이 돌아왔다. 그래서 말인데 나는 어쩌면 이것이 나의 변덕이나 단기집중력 따위가 아닌 천의에 의한 것이 아닐까 하는 망상을 하는 것이다. 이쪽을 다 보았으니까 저쪽을 보듯 나는 고개를 돌리게 되었다. 그런 내가 지난여름, 유난히 길었던 장마 동안 가장 집중해서 보았던 것은 우울이었다.

아무리 아파도 절대 약을 먹지 않는 사람인 나는, 매일 오후 8시쯤 약을 챙겨 먹고 정신과라고 적힌 약봉지를 곱게 개어 책상 한편에 모아두고는 했다. 나는 누구에게도 필요하지 않고 아무짝에도 쓸모없고 어디에서도 환영받지 못할 것이라는 생각에 대해 어떤 딴짓도 용납하지 않고 훌륭하게 집중하였다. 물론 울면서 시도 썼다. 그리고 여전히 내가 없다고 죽는 이는 없고, 나는 딱히 쓸모 있는 사람은 아니며 모두가 반기는 사람도 아니다.

그러나 나는 누군가의 부름에 문득 하늘을 올려다보듯, 다른 곳으로 고개를 돌렸다. 아직 모든 것이 제자리에 그대로 있었다. 가을이 오려나 보다.

홈리스

그러니까, 정말 힘든 날이었다. 왜, 설명을 시작하려는 순간부터 힘들어지는 그런 날이 있지 않은가. 정확히 말하면 그날은 내 여행 중 가장 힘들었던 날의 바로 다음 날이다. 나는 이탈리아 밀라노에서 여행을 시작해 며칠 만에 첫 히치하이킹에 겨우 성공했다. 목적지는 스위스의 수도였는데, 자정이 다 될 즈음 이탈리아에서 딱 한 발자국 떨어진, 스위스의 '루가노'라는 작은 호수 마을에 닿을 수 있었다. 문제는 그 마을이 너무 작아서 이동하는 사람 자체가 드문 데다 모두가 이탈리아로만 왕래한다는 점이었다. 이탈리아를 사랑하는 스위스 마을인 듯했다.

히치하이킹으로 이동하는 자가 목적지로 이동하는 차량을 찾을 수 없다면 꼼짝없이 발이 묶이는 셈이다. 그래도 맨땅에 고개 처박는 심정으로 해보는 수밖에 없었다. 차가 잘 잡힐 것 같은 도로를 찾고 근처 가게에서 버린 박스를 주워 목적지인 도시 이름을 대문짝만 하게 적었다. 도로변에 서 있은 지 한 시간, 설상가상 비가 쏟아지기 시작했다.

집에서 가져온 판초를 뒤집어쓰고 억수같이 내리는 비를 맞으며 버텨보기를 장장 여섯 시간, 수백 대의 차가 갸웃거리며 내 앞을 지나쳤고 해는 익어가다 못해 어둑어둑해지고 있었다. 당장 머물 숙소도 없고 가방과 몸은 빗물에 홀딱 젖어버렸으며 겨울의 어둠은 빠르게 찾아오고 있었다. 그때 누군가가 말을 걸어왔다. 도로 건너편 통유리로 된 건물의 프런트 여직원이 반나절을 빗속에 서 있는 소녀를 불쌍히 여긴 것이다.

그녀는 스위스 사람이 아닌 러시아 사람을 만난 걸 행운으로 알라며 자기네는 이런 것을 보고 그냥 못 넘어간다고 말했다. 회사 직원들이 돈 없이 여행하고 있다는 내 말을 듣고 '미친 짓'이라며 훈수를 두기도 했다. 경찰을 불러 한국으로 돌려보내겠다며 적극적인 조언을 했다. 주변은 어두워지고 내가 뜻을 굽힐 생각이 전혀 없어 보이자 그들은 내가 묵을 곳을 수소문하기 시작했다. 얼마 후 그녀의 부탁을 받은 러시아인 남자 동료가 나를 차에 태우고 기차역까지 데려다주었다. 그러고는 목적지까지 가는 10만 원어치의 기차표를 사주었다. 고맙다는 인사로 넘겨버릴 수는 없는 일이었다. 그러나 10분 뒤 떠나는 기차를 서둘러 잡아타고 창문 너머로 열심히 웃으며 손 인사를 하는 것 외에 내가 할 수 있는 일은 없었다.

스위스는 유럽 내에서도 물가가 비싼 편인데, 특히 살인적인 기차 요금이 유명하다. 하지만 그만큼 시설이 깔끔하고 기차 밖 풍경이 예술이라는데, 비가 쏟아지고 사방이 암흑에 덮여서 그냥 내내 터널을 지나는 느낌이었다. 내 목적지는 카우치서핑이라는 웹사이트로 리퀘스트를 보내둔 호스트의 집이었다. 호스트는 '루체른'이라는 유명한 도시 근교에 살고 있었다. 프로필 사진 속의 그는 혈기왕성한 청년이었다. 다른 게스트들이 다녀갔다는 후기가 없는 것이 조금 불안했다. 하지만 나는 어디든 지붕이 있는 곳이라면 감사할 지경이었다.

스위스의 기차는 환승이 잦았다. 세 시간짜리 여정에 세 번을 환승해야 했는데 혹시라도 내릴 역을 놓칠세라 몸에 긴장이 바짝 들어가서 쪽잠도 잘 수 없었다. 도착한 환승

역에는 기차인지 지하철인지 알 수 없는 열차들이 줄줄이 서 있어 매우 혼란스러웠다. 나는 캄캄한 밤에 열차를 잘못 타기를 한 번, 두 번, 어쩌다 세 번까지 했다. 덕분에 예상보다 세 시간이나 늦어져 자정이 넘은 시각에 가까스로 호스트를 만날 수 있었다. 그때까지 기다려줬다는 것만 해도 그는 좋은 사람임이 분명했다. 그는 작은 기차역에서 나를 기다리고 있었다. 버스도 끊겨버리는 바람에 그의 자전거 뒷자리에 타야 했다. 그의 가족들은 내일 아침 일찍부터 움직여야 해서 다들 먼저 잠들었다고 했다. 안락한 자전거 뒷자리에 몸을 싣고 고단한 하루도 비로소 끝이구나, 한숨을 돌리며 그의 집에 도착했다. 집으로 들어가자마자 그는 곧장 나를 화장실에 가두고 "자신의 페니스를 빨아주지 않겠냐"고 했다. 그러니까,

이 이야기는 내 여행 중에 가장 힘들었던 날의 그다음 날 이야기다. 그날은 절대로 끝나지 않을 것처럼 보였다. 바닥에 누웠지만 잠이 오지 않았다. 결국 해가 떠오를 때까지 잠을 한숨도 이루지 못했다. 당장이라도 실신할 것 같은데 정신은 차가울 정도로 선명하다는 것이 놀라웠다. 나는 호스트의 가족들이 집을 나서는 시각, 그러니까 새벽 6시에 몸을 벌떡 일으켰다. 거실로 나가 호스트의 가족들과 인사를 하고 내 소개를 하고 함께 아침을 먹었다. 놀랍게도 호스

트의 부모는 천사 같았다. 나에게 "원하는 만큼 여기 머물 러도 좋다"며 주말엔 알프스를 함께 올라보는 것이 어떻겠 느냐고 했다. 나는 한글로 된 시가 수놓아진 손수건을 선물 로 건넸고, 그들은 못내 걱정된다며 결단코 괜찮다는 나에 게 적잖은 돈을 쥐여주었다. 감사하다고 말씀드리고 그 집 을 떠났다.

동이 트기도 전이지만 작은 기차역에는 사람들이 많이 나와 있었다. 출근시간인 모양이었다. 역사는 지난밤과는 차원이 다르게 좋아 보였지만 17킬로그램의 배낭을 메고 피로에 전 나는 그런 것이 눈에 들어오지 않았다. 어쨌든 나 는 그렇게 목적지였던 '루체른'에 도착했다.

도착해서 맞이한 풍경은 내가 상상했던 '세계적 금융 강국의 중심 도시'와는 전혀 달랐다. 한쪽에는 고풍스럽고 우아한 건물들이 예쁜 그릇과 수저 세트처럼 옹기종기 모 여 있고 다른 쪽에는 드넓고 파아란 호수와 굽이진 산맥들, 낮게 탁 트인 하늘이 펼쳐져 있었다. 어제의 폭우로 구름도 없이 말끔한 하늘엔 그즈음 푸르스름한 새벽의 잔재가 거 의 가시고, 굽이굽이 솟은 산줄기 사이로 해가 삐쭉 올라오 고 있었다. 그 위로 날개를 활짝 뻗친 갈매기들이 날아다니 고 백조들이 호수 위를 우아하게 수놓고 있었다. 나는 첫눈 에 완전히 반해버려, 루체른이 사람이었다면 "결혼해주세요" 하고 싶은 마음이었다.

넋이 나가서 호숫가 벤치에 주저앉아 한참 그 풍경을 바라보았다. 경직되어 있던 마음이 스르르 풀리고 쌓였던 피로가 해일처럼 몰려왔다. 나는 고개를 세차게 흔들고 자리에서 일어났다. 한 오라기 남은 정신을 겨우 붙잡고 상가를 전전하며 와이파이를 찾아다녔다. 다시 오늘의 숙소를 찾아야 했다. 이동이 없는 오늘 같은 날은 카우치서핑을 할 수밖에 없다. 루체른에 오면 나를 받아준다고 했던 또 한 명의 남자 호스트에게 기대를 걸 수밖에 없었다. 프로필 사진이 없었지만, 다수의 여자 게스트들이 잘 묵고 갔다는 후기를 남겨놓았다. 와이파이를 잡아서 그와 저녁 8시에 역에서 만나기로 약속했다. 그가 인터넷상에서 친절한 말투를 가졌다는 게 내가 가진 유일한 희망이었다.

일단 숙소를 구했으니 한시름 덜 수 있었지만, 문제는 아직 이른 아침이라는 것이었다. 앞으로 저녁까지는 빈속일 것이었다. 아까 호스트의 집에서 아침으로 먹은 빵 몇 조각은 벌써 그 효력을 다한 듯했다. 그러나 무엇보다도 졸음이 쏟아졌다. 나는 루체른의 고급스럽고 화려한 건물들 사이에서 자칫하면 지나치기 쉬운 단정한 교회 건물에 들어갔다. 크고 높은 건물이 그렇듯 냉기가 서려 있는 교회였다. 바람한 점 불지 않아도 으스스했다. 주변을 둘러보니 다행히 아무도 없었다. 교회 앞쪽 높은 곳에 매달려 계신, 이 공간의 주인인 예수님께 인사를 드리고 '잠시만 앉아 있다 갈게요'라고 양해를 구했다. 줄지어 놓인 예배 의자 사이에서 가장 눈에 띄지 않을 뒷줄 귀퉁이에 앉았다. 커다란 가방을 내려 다리 사이에 끼우고 그 위에 턱을 괴자마자 곯아떨어졌다.

얼마쯤 지났을까. 나는 누군가 말을 거는 소리에 눈을 떴다. 50대 후반의 얌전한 사모님처럼 생긴 아주머니가 걱정스러운 표정으로 나에게 무언가 말하고 있었다. 스위스식 독일어였다. 내가 영어로 무슨 일인지 묻자 그녀는 당황하며 영어 몇 단어를 더듬거렸다. 잠시 후 그녀가 나에게 '홈리스'냐고 묻고 있다는 걸 알아차렸다. 도움이 필요하냐고, 왜 여기서 자고 있냐고 묻는 것 같았다. 순간 나는 당황해서 그녀에게 '홈리스'가 아니며 기도를 하다 잠든 것뿐이고 도움은 전혀 필요 없으니 걱정하지 말라고 답했다. 하지만 그것이 잘못된 판단이었음을 곧 알 수 있었다. 나는 누가 봐도 '홈리스'가 맞으며 그녀의 아주 작은 호의도 꽤 크게 도움이 되었을 것이기 때문이다. 그걸 알았을 때 그녀는 이미 떠난 뒤였다.

교회는 잠자기에 나쁘지 않은 장소였으나 냉기가 점점 더 체온을 떨어뜨려 발이며 손이 시리시리 아려오더니 온몸을 싸늘해졌다. 옷을 꺼내 입어봐도 오래 있을 수 없겠다는 생각이 들었다. 나는 잠이 덜 깬 채 멍한 표정으로 허공을 바라보았다. 일종의 비참함 같은 것을 느끼고 있었다. 스물한 살 처녀가 유럽에 와서 듣는 말이 '홈리스'라니.

교회를 나와 맥도널드로 향했다. 볼일이 급했는데 화장실이 보이지 않았다. 유럽에선 화장실도 모두 개인 소유여서 웬만한 식당 화장실은 밥을 사 먹은 사람만 이용할 수 있었다. 프랜차이즈 식당에서나 간혹 운이 좋아야 화장실을 무료로 이용할 수 있었다. 맥도널드에 앉아 있는 스위스인들은 모두 백지장같은 얼굴에 금발, 파란 눈을 갖고 있었다. 남자고 여자고 밀가루로 빚은 인형 같았다. 약간 눈이 부셔서 쳐다보기가 어려웠다. 그들의 시선이 집채만 한 배낭을 멘 아시아 여자에게 향했다. 우리 동네 맥도널드에 이런 사람이 나타났어도 시선이 모였을 법하다. 나는 왠지 모를 부끄러움을 무릅쓰고 곧장 화장실로 향했다.

그러나 화장실은 도어록으로 굳게 잠겨 있었다. 주변의 곱상한 스위스 젊은이들에게 "영수증 좀 빌려줘, 화장실에 가고 싶거든"이라고 말할까 고민했다. 그러나 이미 잠도 못 자고 밥도 못 먹은 채 무거운 짐을 지느라 지친 내 몸은 주문대로 향하고 있었다. 가장 싼 1유로짜리 버거를 시켰다. 얇은 빵과 샤프심처럼 얇은 햄, 그리고 다시 얇은 빵으로 이루어진 햄버거였다. 한 입 한 입 아껴가며 삼켰다. 화장실도 다녀왔다. 의외로 비밀번호는 너무 간단했다. 그냥 몇 분만 앞에 서 있다가 누군가 나오는 찰나에 들어갔으면 됐을 텐데, 제기랄. 돈 없으면 똥도 못 싸는 똥 같은 세상.

급한 대로 똥을 덜어놓았으니 다음으로는 무거운 짐을 덜어놓아야 했다. 금강산도 식후경이지만, 내 경우엔 금강산도 짐 맡긴 후경이다. 내 가방을 보면 지나가던 사람들도 "거기에 또 한 명이 들어 있는 것 아니냐"며 농담을 던졌다. 나는 무작정 작고 야무져 보이는 호스텔에 들어갔다. 제가 내일 친구들하고 예약을 했는데요, 이름은 창큄퐝청. 네? 창하고 뭐라고요? 아아 그러니까 창큄퐝청킴팍박이요. 그런 이름은 없는데요. 없을 리가요. 여기에 써주실래요? 아, 아시다시피 제가 아시안이라 친구 한자까지 영어로 쓰는 법은 몰라서요, 비슷한 이름은 없나요? 분명 창큄퐝청킴팍박정이 있을 텐데. 음…… 혹시 중궈 퐝 이름으로 두 명 예약하신 건가요? 아 네, 중궈 퐝. 그렇지요. 바로 그게 제 친굽니다. 아주 절친한 친구죠.

그런데 이건 내일이 아니라 내일모레인데요? 아, 그럼요, 제가 내일이라고 했던가요? 그리고 발음도 좀 다른 것 같은데요. 아니요. 영어로 발음하면 그런 식으로 되는 게 맞지요. 본명을 짧게 줄인 겁니다. 그 이름이 맞습니다, 그렇고말고요. 아, 그렇군요. 제가 괜한 의심을 한 것 같아 죄송합니다. 빨리 확인해드렸어야 했는데. 아, 아니요, 별말씀을요. 분명 그럴 수 있는 일이지요. 아시안의 이름이란 게 다 그런 것 아니겠습니까, 에, 그러니까 제가 여기 온 이유는 혹시 오늘 오후까지 잠깐 짐을 좀 맡길 수 있을까 하는데. 예, 그럼요. 얼마든지 맡아드리겠습니다. 그리고 따뜻한 물과 와이파이, 지도와 물티슈도 좀 얻고 싶네요. 예, 그럼요, 바로 준비해드리겠습니다. 빠르게 도와드리지 못해 죄송합니다. 그렇게 호스텔의 묵직한 장롱 문이 열린다.

늘 그렇듯 돈 많은 중국인 관광객들은 사시사철 유럽 관광에 여념이 없다. 어딜 가나 10억 중국인 중 한 명은 묵게 마련인 것이다. 호스텔은 예약자가 아닌 낯선 여행자에겐 국물도 없다. 장롱이 텅텅 비었어도 짐 하나 맡아주지 않고 물 한 잔도 아까워하며 공중에 떠다니는 와이파이 하나도 잡아주지 않는다. 나는 중궈 팡 외 한 분에게 피해가 안 되는 한에서 내 국물을 챙긴다. 중국과 나는 물보다 진한 관계인 것이다. 중궈 팡, 그리고 중국인 만세.

짐까지 맡기자 나는 훨훨 날아갈 것 같았다. 가벼운 몸으로 본격적으로 주변을 쏘다니기 시작했다. 와이파이가 잡히는 곳에서 영상통화로 엄마께 "별일 없다"고 웃어 보이고, 아무런 걱정 없는 사람처럼 넋을 놓고 앉아 있기도 했다. 스위스의 특산품인 시계를 볼 때는 아버지가 생각나고,

맥가이버 칼을 볼 때는 어린 시절이 생각났다. 어느새 저녁이 되었고 나는 호스텔에서 짐을 찾아 역까지 걸어가 호스트를 기다렸다. 주변 사람에게 전화를 빌려 호스트에게 전화를 걸었다. 그의 인상착의를 전혀 알 수 없었으므로 내가 이 도시에서 가장 큰 가방을 멘 사람이라고 설명하였다. 그를 기다리기를 10분, 빨간 티코 한 대가 내 앞에 멈춰 섰다.

작은 차에서 엄청난 덩치의 남자가 내렸다. '설마' 했지만, 그가 나를 알아보고 인사를 건넨 순간 이미 늦었다는 것을 알았다. 내가 도망간다 해도 저 몸집이면 승산이 없었다. 그를 한마디로 설명하자면 험악하다는 말이 맞을 것이다. 까무잡잡한 피부와 얼룩덜룩한 수염, 짧은 머리와 거구. 우리나라라면 그대로 떼인 돈을 받으러 가도 손색이 없을 것 같았다. 유럽이라면 프로레슬러에 적합한 외모일까. 인터넷에서 그에게 좋은 평을 남겼던 숱한 여자들을 떠올렸다. 어떤 마음으로 그 글을 썼는지 알다가도 정말 모르겠다는 생각이 들었다.

어쨌든 그는 내 짐을 덤벙 들어 트렁크에 실었다. "우와, 여기 한 명 더 있어?" 그는 말했다. 나는 그와 '합승'을 했다. 옆자리에 앉은 그의 거친 숨소리가 그대로 느껴졌다. 가까운 줄 알았던 그의 집은 의외로 시내에서 한참 떨어져 있었다. 우리는 점점 인적이 드문 길로 접어들고 있었다. 지금 집으로 가고 있는 건 맞을까? 이대로 내장 떼이러 가는 건 아닐까? 아니면 포주에게 팔리는 것인가? 별의별 생각이 다 들었다. 어쨌든 분명한 것은 '나는 저항할 수 없다'는 것이었다. 이렇게 된 바에야 나는 최선을 다해보기로 했다. 나는 어젯밤 만났던 호스트가 나에게 '페니스를 빨아달라고 했다'는 이야기를 했다. 그 사건을 처음으로 누군가에게 털어놓는 것이었다. 그 순간 정말 심장이 철렁했고, 잠을 한숨도 못 이루었으며, 그대로 새벽바람에 그 집을 뛰쳐나와 너에게로 도망을 온 것이라고. 그러니 너는 부디 나의 안식처가 되어줬으면 좋겠다는 애절한 눈망울을 반짝였다. 그는 아주 웃긴 에피소드라도 들은 듯이 티코가 떠나가라 웃으며 말했다. "그래서 어떻게 했어?"

나는 말했다. 주머니에 후추 스프레이가 있었어. 하지만 쏠 수 없었지. "왜? 쏴버리지." 쏘고 나면 어떡해? 걔는 비명을 지르며 쓰러질 거고, 가족들은 깨서 헐레벌떡 달려오겠지. 그리고 자기 집 화장실에 웬 난생 처음 본 땟국물 나는 아시아인 여자애와 쓰러진 아들을 발견하겠지. 그럼 어떻게 될까? "똑똑하네. 그래서 어떻게 했어?" 울면서 매달렸어. 제발 그러지 말아주면 안 될까 하면서 애원했지. "오, 생각지도 못한 전개네." 걔 표정이 딱 그랬어. 뭐야 이거, 울잖아? 알겠으니까 소란 떨지 말고 잠이나 자. 이러고

날 방에 보내주더군. 그는 덤덤한 표정으로 대답했다. "운이 좋았군." 다음 날 아무 일도 없었다는 듯 걔네 가족들과 아침을 먹었어. 부모님이 참 친절하시더라고. 장애인을 가르치는 특수학교 선생님이랬나. 나는 걔 귀 가까이에 가서 속삭였다. 엄마한테 어제 네가 뭐라고 했는지 말씀드려도 될까? 고추를 빨아달라고 했던 것 말이야. 그러고는 그 하얀 얼굴이 어디까지 더 하얘질 수 있는지 지켜봤어. 이번에는 걔가 애원하더군. 그래서 나는 말없이 넘어가기로 했지. 어떤 것은 바로 벌을 받지 않아야 오래 남으니까. 그러고는 걔가 날 집 밖으로 배웅할 때 지갑을 꺼내라고 말했어. 응? 내 지갑을? 걔는 말했지. 현금을 다 꺼내고 텅 빈 지갑을 돌려줬어. 그러고는 잘 있어. 이렇게 말하고 돌아섰지.

도착한 곳은 언덕배기의 평범한 아파트였다. 주변에 다른 건물은 거의 없는 듯했다. 아무리 줄행랑을 쳐도 인근에 몸을 숨길 곳이 전혀 없으리라는 계산이 섰다. 나는 그의 집에 '입장'했다. 그의 집 벽지는 새하얗게 질려 있었고 내 머릿속도 그랬다. 그는 "네 집처럼 편하게 있으라"고 말했다. 그리고 자신이 요리를 준비할 동안 얼마든 여유를 갖고 씻어도 좋다고 했다. 나는 기진맥진했고 며칠간 제대로 씻지도 못했으므로, 생존의 위협을 걱정하더라도 우선 씻는 것이 좋겠다고 판단했다. 그의 샤워기에는 디스코볼처럼 정신없는 무지개색 조명이 달려 있었다. 그런 샤워기가 세상에 있는지도 몰랐다. 샤워기는 지금의 현실을 한없이 부정하고 싶은 내 마음을 빨강, 노랑, 파랑, 초록색으로 자꾸만 비추었다.

눈치챌 수밖에 없었던 사실은, 그가 매우 깔끔하다는 것이었다. 수건은 한 가지 색으로 통일되어 각 맞춰 정갈하게 개켜져 있고 비누 외에 스킨이며 로션이며 안티에이징 크림 등이 찬장에 깔끔히 진열되어 있었다. 거울에 물때도 없고 러그는 기분 좋게 말라 있으며 온수의 온도도 딱 알맞았다. 사실 그동안에 다녀온 어떤 집보다 쾌적했다. 나도 깔끔이라 하면 뒤지지 않는 사람이어서 이런 환경에 정말 목말라 있었다. 오랜만에 '씻었다'는 느낌이 드는, 생애 마지막 샤워였대도 썩 나쁘지 않은 샤워였다. 그 순간 마음속에서 희미한 무지갯빛 에너지가 조금씩 잉태되는 것을 느꼈다. 새 옷으로 갈아입고 거실로 나가니 그는 스위스 사람들이 즐겨 먹는다는 치즈 퐁듀로 한 상을 차려놓고 있었다.

"샤워를 끝내면 머리카락 뒤처리를 단단히 해줬으면 해." 내가 나온 샤워실을 훑어본 그가 말했다. "오케이. 쏴리, 맨~" 나는 내가 아는 한 최고로 남자답고 흑인 소울이 담긴 말투와 손짓으로 답했다. 그는 의아한 표정을 지었다. 또 한 가지 발견한 것은 그의 집이 전반적으로 어둡다는 사실이었다. 처음엔 전기가 들어오지 않는 줄 알았다. 그러나 정확히 말하면 우리나라의 집처럼 천장 조명으로 방을 훤히 밝혀놓은 게 아니라, 조그맣고 옅은 조명 여러 개를 벽이나 측면에 배치해서 어스름한 분위기를 연출해놓은 것이었다. 물론 코리아 특유의 흥하리만치 훤한 빛에 익숙해진 나는 '어둡고 음침하다' 외에 별생각이 들지 않았다.

어쨌든 그는 자신이 연출해놓은 '분위기'에 꽤 자부심이 있는 듯했다. 그리고 그는 굳이 이야기 안 해줬으면 하는 것을 이야기 안 해줬으면 하는 방향으로 계속 이야기하는 재주가 있었다. 이를테면 "그래, 말 그대로 현실인 거야. 카우치서핑이라는 사이트가 말은 좋지만, 3040 싱글들이 거기에 프로필을 올려놓은 이유가 뭐겠어?" 또는 "얼마 전까지만 해도 2주 동안 우리 집에서 나와 '최고로' 로맨틱한 시간을 보내다 간 중국 여인이 있었지. 물론 서로 동의한 것이었고 말이야. 이 침대에서도 사랑을 나눴었지" 같은 말이었다. 그의 말이 이해가 안 되는 것은 아니었다. 내가 일반적 기준에서 벗어난 눈이 아니라면, 그는 그 위협적인 외모로 스위스가 아닌 어딜 가도 여자들로 하여금 애정을 부르기는 어려울 것 같았다. 그래도 집 안으로 들어와 그의 의외로 깔끔한 구석과 '분위기'와 세심하게 꾸며진 다양한 장식 사이에서 치즈 퐁듀를 대접하는 그를 본다면 그가 조금은 달

라 보일 것이다. 더군다나 스위스 현지인도 아니고 유럽에
대한 환상과 설렘을 갖고 홀로 여행을 온 여인이라면, 방황
하는 그녀를 먹여주고 재워주고 구경까지 시켜주는 그에게
넘어갈 수도 있겠다 싶었다. "물론, 나는 동의하지 않으면
강제하지 않아. 그 호스트는 너에게 강제로 했기 때문에 문
제인 거지. 서로 좋으면 로맨스 아니겠어?" 그의 눈에서 왠
지 모를 끈적끈적함이 느껴지자 나는 그냥 내 몸이 정말 지
칠 대로 지쳤나 보군, 하고 생각하며 몸을 일으켰다.

"요 맨 해브 어 스윗 드림" 호기롭게 인사를 건네고 건
넛방 게스트룸에 들어가 문을 잠갔다. 며칠 만에 누워보는
포근한 이부자리였지만 그의 발소리가 들릴 때마다 가슴이
철렁하는 것은 어쩔 수 없었다. 늘 사방이 어두워야만 잠을
자던 나도 작은 조명 하나는 마저 끄지 못하고 후추 스프레
이를 꼭 쥔 채 겨우 눈을 감았다. 이튿날 오랜만의 숙면에
몸이 훨씬 가뿐해졌다. 다행히 문은 어제처럼 굳게 잠겨 있
었다.

벌써 정오가 가까운 시각이었다. 죽은 듯이 잔 모양이
었다. 창밖을 내다보니 어제와는 달리 한 치 앞도 보이지 않
을 만큼 안개가 자욱하게 덮여 있었다. 거실에 나가보니 그
는 소파에 앉아 있었다. 한참 전에 일어나 있었던 것 같았
다. 그 또한 원하는 것을 이룰 가능성은 없다고 판단했는지,

아리따운 여성이라면 진즉 차에 태워 여기네 저기네 했을 것을 "오늘은 서로 지쳤을 테니 쉬자"는 것이었다. 그도 몇 주 내내 바쁘게 보내다 맞이한 주말이었다. 나로서는 지붕과 음식과 와이파이가 있는 곳에서 다음 계획도 세우고 숙소도 구할 수 있으니 불만일 리가 없었다.

그는 집에 있는 것으로 대충 끼니를 차려주었고 나는 황송하게 받아서 싹싹 긁어 먹었다. 오후 즈음 그는 그래도 어디 안 나가면 서운하지 않겠냐며 드라이브를 제안했고 나는 순순히 응했다. 우리는 차를 타고 안개가 자욱한 그의 동네를 돌았다. 사실 5미터 너머는 전혀 보이지 않았던 터라 구경했다고 하기도 애매했다. 왠지 모르게 미안해하는 그에게 "나는 어차피 관광에 취미가 없다"고 했더니 머쓱해 하며 나온 김에 차로 오를 수 있는 가벼운 뒷산이라도 가보자고 했다. 안개를 헤치며 한참 오르막길을 올랐다. 어느 순간부터 안개가 조금씩 희미해지는 것도 같더니 곧 산의 꼭대기에 닿았다.

나는 탄성을 지르며 차 밖으로 나섰다. 그곳은 사방이 탁 트여서 한 바퀴 빙그르르 돌면 온통 산줄기가 넘실댔다. 커다란 호랑이처럼 등등하고 장엄한 산등성이는 그 구부러진 곡선이 각각 조금씩 다르게 그러나 매우 조화롭게 또 관능적으로 펼쳐져 있었다. 군데군데 안개가 걷힌 사이로 아스라이 선명한 산줄기가 보였고, 아래를 내려다보면 여전히 구름 같은 안개가 자욱해서 마치 하늘에 떠 있는 것 같았다. 그 풍경은 위대했다. 그 앞에서 내 스스로가 얼마나 작은 인간인지 알 수 있었다. "맨! 잇츠 판타스틱!" 나는 그에게 하이파이브를 청했다. 그는 내가 너무 웃기다고 고개를 젖혀가며 웃었다. 우리 집 뒷산에 감동 좀 했냐는 표정이었다.

한참을 그 경이로운 풍광을 감상했다. 돌아가는 길에 그는 나에게 "혹시 레즈비언이냐"고 물었다. 나는 두꺼비처럼 두꺼운 안경을 끼고 초췌한 얼굴에 떡 진 머리를 질끈 묶고, 옷이라고는 다 무채색 스포츠웨어였으며 얼굴만 한 워커를 신고 집채만 한 가방을 들쳐 멘, 한마디로 여자 같은 구석이 하나도 없는 거지 여행자였다. 무엇보다도 말끝마다 과장된 제스처에 "맨~"을 빼놓지 않으니 영어권 국가에서 성 정체성 구별에 가장 큰 영향을 미치는 '말투'가 그의 신경에 거슬렸던 것이다. 나는 그 문화를 일찍이 미드와 영어권 영화로 숙달한 터였고 나의 '여성성'과 '아름다움'을 차단하는 방어막으로 사용했다. 이런 상황에서 평소와 다를 것 없이 행동한다면 '나 안 잡아먹고 뭐 해'라는 뜻이 아니면 무엇이란 말인가. 나는 대답 대신 내가 레즈비언이라면 이 여행에서 좀 더 안전하겠냐고 반문했다. 그는 말했다. "그럴 리가, 레즈비언은 보너스지." 경악스러운 대답이었다.

그의 말에 따르면 유럽 남자들은 레즈비언과의 섹스에 로
망이 있다. 자신의 '남성적 매력'이 그/그녀의 '성 정체성'을
초월하여 적용되었다는 일종의 증명 같은 것이라고. 혼자가
아니라 둘이서 다니면 어떻겠느냐는 질문은 하자마자 후회
했다. 그의 대답은 "많을수록 좋지"였다.

　어디 하나 사랑스러운 구석이 없는 험악한 생김새의
남자와 어디서도 여성스러움을 찾을 수 없는 여자의 2박
3일은 천천히 생각보다 평화롭게 지나갔다. 별다른 일이 있
었다면, 금방 눈치챌 정도는 아니지만 가만히 보고 있으면
이상함을 느낄 수 있는 그의 비밀을 하나 발견한 것이다. 그
것은 집 안 구석구석에 자신의 자리를 조용히 지키고 있던
'스펀지밥'이었다. 부엌에 정연히 놓인 컵들 사이에 스펀지
밥 머그잔이 있다든지, 눈에 띄지 않는 곳에 아주 작은 스펀
지밥 인형이 숨어 있다든지, 바짓단이 살짝 올라갔을 때 양
말에 스펀지밥이 작게 수놓아져 있다든지 하는 것이었다.
생김새로 미루어봤을 때 그의 집에 그런 게 있으면 이상하
게 생각되는 것이 나로서는 당연했다.

　그들의 존재 이유를 물었을 때 그가 보였던 반응으로
보아, 그를 스쳐간 수많은 게스트 중에서도 내가 그 비밀을
아주 빠르게, 정확하게 눈치챈 유일한 사람임이 분명했다.
그는 나에게 네가 어떻게 '그'를 아느냐고 물었고 나는 '그'

가 내 유년 시절의 30퍼센트 가량을 이루는 대주주라는 사
실을 알려주었다.

　별안간 지금껏 볼 수 없던 화색이 그의 얼굴에 만연했
다. 당혹스러울 정도였다. 그의 눈빛은 어느 때보다도 순수
하고 걸음은 아장아장했으며, 순식간에 집 안 곳곳에 숨어
있던 스펀지밥 팬티며 포스터며 그릇이며 가방 등을 찾아
소개해줄 때의 말투와 손짓은 유려하기까지 했다. 이내 그
는 수줍게 웃으며 내게 "「스펀지밥」 볼래?"라고 물었고 아
무리 매몰찬 사람이라도 그 제안을 거절할 수 없었을 것이
다. 잠시 후 그는 어디선가 커다란 가방을 가져왔다. 그 안
에는 「스펀지밥」 DVD 전편이 담겨 있었다. "이럴 수가."
나도 모르게 탄성이 나왔다. 스위스 「스펀지밥」은 우리나라
의 것과 이름도, 말투도, 목소리도 달랐지만, 영락없는 '스
펀지밥'이었다. 사는 곳은 각각 스위스와 한국이고 세대와
성별, 성격 모두 다른 우리의 유년 시절에는 '그'가 있었다.
우리는 밤새 「스펀지밥」을 보았다.

　그는 독일로 가는 차를 잡아야 하는 나를 위해 근처 고
속도로 입구까지 태워다주겠다고 했다. 그는 마치 소중한
여동생을 떠나보내듯 애절한 눈빛으로 배고플 때마다 요기
를 할 수 있는 아몬드나 초콜릿 같은 것을 주머니가 터지도
록 넣어주었다. "더 줄 게 없어 미안해." 그는 말했다. 그즈

음 나는 아주 복잡한 심정이 되어 있었다. 어느 순간부터 그가 애처로웠던 것이다. 그가 사는 사회 안에서 그는 늘 많은 여성에게 외면당하고 상처받았을 터다. 그는 사는 데 부족함은 없지만, 가끔 너무 혼자만 있어서 점점 표정이 사라지는 것 같다고 지나가듯 말하기도 했다. 카우치서핑에서 만난 여자 게스트들과 함께하는 순간이 그의 삶에서 몇 안 되는 '표정을 드러내는 시간'이었던 것 같다. 그 집채만 한 속에는 소년이 살고 있는데, 그런 자신을 인터넷에서 만난 여자들에게만 부끄러운 듯 조심스럽게 보여주었다. 나는 그가 말했던 대로 '동의 없이' 어떤 것을 나에게 강제하지 않았다는 사실이 몹시 고마웠고, 정말 오랜만에 어딘가에 편하게 머물렀다고 느꼈다.

나는 한국에서 직접 만들어 온 손수건을 선물로 건네고도 왠지 아쉬워서 그에게 잠시 앉아보라고 권했다. 그러고는 좀 떨어진 의자에 바르게 마주 앉았다. 나는 여행을 하면서 혹시나 정말 감사한 인연을 만났을 때, 내가 줄 것이 아무것도 없다면 이 노래로라도 보답해야겠다고 마음먹었던 노래를 부르기로 했다. 그는 조금 놀라더니 이내 약간 설레는 얼굴이 되었다.

한국 노래지만 영어로 번역된 가사도 있어서, 영어로 부를 테니 이해하기 어렵지 않을 것이라 설명했다. 그는

"한국어로 된 버전이 있다면 그냥 그걸로 불러줘"라고 했다. 하긴 그럴 것이, 그가 한평생 한국어로 된 노래를, 그것도 라이브로 언제 또 들어볼까 싶었다. 준비를 마쳤으나 막상 손에는 식은땀이 흥건했다. 지금껏 노래방에서, 많은 사람 앞에서 떠밀려 불렀던 적은 있어도, 누군가를 위해 정말 감사한 마음을 담아 노래해본 적은 없었다. 잘 불러서가 아니고 정말 고마운 마음에 부르는 것이니 부디 잘 들어주면 좋겠다고 말하며, 목을 가다듬었다. 몇 번 심호흡을 한 후, 천천히 입술을 뗐다.

네 눈은 검고도 맑구나°
이마에 흐르는 땀방울도

네 등은 붉은 흙 같구나
씨앗을 뿌려볼까

해는 뜨고 지고
달도 뜨고 지고
물길은 하늘에 닿고

°   이상은의 「어기여 디어라」 속 구절이다.

해는 뜨고 지고

달도 뜨고 지는

천구를 가로질러

어 기여 디어라

어 기여 디어라

바람도 멈추고

비도 거두어지니

어여어여 노를 젓네

눈을 감았다. 온몸이 진동하고 있었다. 한 소절마다 얼굴이 일그러졌다 펴졌다 했다. 감은 눈 속 어두운 화면에 숱한 장면이 스쳐 지나갔다. 목소리가 가늘게 떨려왔다. 마음이 뭉그러지는 것 같았다. 너무 피곤했던 것일까, 아니면 너무 굶주렸던 것일까. 불안이 견딜 수 없을 만큼 쌓였던 것일까. 그의 열등감이나 순수함, 아니면 그가 아닌 나의 것이었을까. 「스펀지밥」이었을까. 빨갛게 쳐들린 페니스였을까. 홈리스 혹은 중궈 팡이었을까. 나를 출국시키려는 경찰 아니면 치즈 퐁듀, 관능적인 호랑이들일까. 그것은 아마 '별일 없다'는 말에 안심하는 엄마의 얼굴, 프로레슬러, 프론트의 여직원일 것이다. 파랗고 드넓은 호수에서 삐쭉 솟아난 해.
뒷산의 자욱한 안개 사이로 보이는 산줄기. 무지갯빛 조명
이 반짝이는 샤워기에서 나오는 따뜻한 온수 같은 것이 내
두 볼에 흐르고 있었다. 허공에 내질러지는 소리가 마치 내
것이 아닌 듯했다.

나의 영원한 우상,

김한영 여사께 이 책을 바칩니다.

———————————————————

가난해지지 않는 마음

초판 1쇄 발행 2021년 10월 12일
초판 5쇄 발행 2023년 1월 30일

지은이 양다솔
펴낸이 김선식

경영총괄 김은영
콘텐츠사업본부장 임보윤
기획·책임편집 이상화 **디자인** 이은혜 **크로스교정** 박하빈
콘텐츠사업2팀장 김보람 **콘텐츠사업2팀** 이은혜, 박하빈, 이상화, 채윤지
편집관리팀 조세현, 백설희 **저작권팀** 한승빈, 김재원
마케팅본부장 권장규 **마케팅3팀** 권오권, 배한진
미디어홍보본부장 정명찬 **디자인파트** 김은지, 이소영 **유튜브파트** 송현석
브랜드관리팀 안지혜, 오수미 **크리에이티브팀** 임유나, 박지수, 김화정
뉴미디어팀 김민정, 홍수경, 서가을
재무관리팀 하미선, 윤이경, 김재경, 안혜선, 이보람
인사총무팀 강미숙, 김혜진, 지석배
제작관리팀 박상민, 최완규, 이지우, 김소영, 김진경, 양지환
물류관리팀 김형기, 김선진, 한유현, 전태환, 전태연, 양문현, 최창우

펴낸곳 다산북스 **출판등록** 2005년 12월 23일 제313-2005-00277호
주소 경기도 파주시 회동길 490
대표전화 02-704-1724 **팩스** 02-703-2219 **이메일** dasanbooks@dasanbooks.com
홈페이지 www.dasanbooks.com **블로그** blog.naver.com/dasan_books
종이 IPP **인쇄·제본** 한영문화사 **후가공** 평창 P&G

ISBN 979-11-306-4136-2 (03810)